Stephen Crane Geschichten eines New Yorker Künstlers

Stephen Crane

Geschichten eines New Yorker Künstlers

Romane und Geschichten

Herausgegeben von Günther Butkus
Nachwort von Alexander Häusser
Übersetzt von Norbert Jakober

PENDRAGON

Inhalt

Geschichten eines New Yorker Künstlers

Wie „Great Grief" zu seinem Festtagsessen kam

Wrinkles hatte sich mit einem Blick in den kleinen Nähkasten, der als Küchenschrank diente, Gewissheit verschafft.

„Es sind nur noch zwei Eier und ein halber Laib Brot da", verkündete er unmissverständlich.

„Heiliger Strohsack!", rief Warwickson, der auf dem Bett lag und rauchte. Seine Stimme klang so trübsinnig, wie es seinem Spitznamen Great Grief, der „Große Griesgram", entsprach.

Wrinkles war ein vorsorglich denkender Mensch. Ein nahezu leerer Vorratsschrank war für ihn etwas zutiefst Beunruhigendes. Auch wenn er nicht hungrig war, drängten ihn die Geister seiner sparsamen Ahnen, etwas gegen die prekäre Lage zu unternehmen. Mit ernster Miene setzte er sich hin. „Was sollen wir tun?", fragte er in die Runde. Es ist gut, sagte er sich, dass es in diesem bunten Haufen erfolgloser Künstler einen gibt, der die anderen davor bewahren kann, friedlich vor sich hin zu hungern. „Was nun?"

„Hör schon auf, Wrinkles", sagte Grief vom Bett aus. „Du verdirbst einem ja die ganze Laune."

Little Pennoyer schaute von der Federzeichnung auf, an der er eifrig gearbeitet hatte.

„Ich krieg vielleicht morgen ein Honorar vom Monthly Amazement", verkündete er vorsichtig optimistisch. „Ist eigentlich fällig. Ich warte schon seit drei Monaten darauf. Morgen geh ich hin, vielleicht zahlen sie ja."

Seine Freunde vernahmen es wohlwollend. Nur Wrinkles konnte sich ein spöttisches Kichern nicht verkneifen. Mit seinen achtundzwanzig Jahren war er quasi ein alter Mann und hatte schon viele tapfere junge Männer gesehen. „Klar, Penny. Keine Frage, Alter." Grief gab nur ein kehliges Krächzen von sich. Danach herrschte langes Schweigen.

Der Lärm von den Straßen New Yorks drang gedämpft zu ihnen herein. Gelegentlich hörte man Schritte in den verwinkelten Korridoren des heruntergekommenen Hauses, das, vom Alter gebeugt, zwischen zwei Bürotürmen eingezwängt war, die sich tief hätten bücken müssen, um es zu sehen. Durch die Schneeflocken, die gegen das Fenster wehten, waren die Schornsteine und Dächer nur verschwommen zu erkennen. Immer wieder fuhr der Wind mit langgezogenem Heulen durch die Häuserschlucht.

Great Grief stützte sich auf die Ellbogen. „Schaust du mal nach dem Feuer, Wrinkles?"

Wrinkles holte den Kohlenkasten unter dem Bett hervor und öffnete die Ofentür. Ein rotes Leuchten flammte in die beginnende Abenddämmerung. Little Pennoyer legte die Feder weg und warf die Zeichnung auf den imposanten Haufen, unter dem sich der Tisch verbarg. „Es ist zu dunkel zum Arbeiten." Er zündete sich seine Pfeife an und begann im Zimmer auf und ab zu gehen, die Schultern gestrafft wie ein Mann, dessen Arbeit Bedeutung hatte.

Die Abenddämmerung ließ sie melancholisch werden. Mit der Dunkelheit senkte sich eine Schwere herab, die sie zum Grübeln brachte. „Mach das Licht an, Wrinkles", sagte Grief.

Das orange Gaslicht ließ alles klarer hervortreten: die grauen, verschrammten Wände, das zerknautschte Bett in einer Ecke, die Schachteln und Truhen gegenüber, den kleinen Ofen, den mit ungeahnten Schätzen bedeckten Tisch. In einem Winkel lagen weinrote Vorhänge, auf einem Regal thronte ein alter Gipsabguss, dessen Ritzen dunkel vom Staub waren. Ein langes Ofenrohr lief in die falsche Richtung, ehe es sich mit einer entschlossenen Krümmung zu dem Loch in der Wand hinwandte. An der Decke hatten sich Spinnweben ausgebreitet.

„Ich würde sagen, wir essen was", schlug Grief vor.

Etwas später klopfte es zaghaft an der Tür. Wrinkles stellte das Blechgeschirr auf den Herd, Pennoyer schnitt Brot auf. „Herein!", rief Great Grief, der den Gummischlauch am Gasherd befestigte.

Die Tür ging auf, und Corinson trat gebeugt ein. Sein Mantel sah nagelneu aus. Nach einem kurzen neidvollen Blick begrüßte ihn Wrinkles freundlich. „Hallo, Corrie, alter Junge!" Corinson setzte sich und begutachtete die herumliegenden Pfeifen, bis er eine brauchbare fand. Grief hatte den Kaffee auf den Herd gestellt, musste ihn jedoch im Auge behalten, damit nichts passierte. Der Gasschlauch war sehr kurz, zudem stand der Herd auf einem Stuhl, der wiederum auf einer Truhe platziert war. Kaffee zu kochen war ein Kunststück, das man beherrschen musste.

„Wie geht's, Corrie?", fragte Grief, ohne sich zu ihm umzudrehen. „Was macht die Kunst?", setzte er mit vielsagender Betonung hinzu.

„Kreideportraits nach Fotografien", sagte Corinson.

„Was?" Alle drehten sich zu ihm, als hätte jemand einen Hebel umgelegt. Little Pennoyer ließ das Messer fallen.

„Kreideportraits. Fünfzehn Dollar die Woche, in dieser Jahreszeit sogar mehr." Corinson paffte seine Pfeife und lächelte wie ein Mann, der wusste, was er wollte.

Little Pennoyer hob das Messer wieder auf und schnitt das Brot. „Also, das is vielleicht 'n Ding", murmelte Wrinkles und hatte plötzlich das dringende Gefühl, nachdenken zu müssen. Er ließ sich auf einen Stuhl sinken und begann auf seiner Gitarre eine Serenade zu spielen, während er gleichzeitig darauf achtete, ob das Wasser für die Eier schon kochte.

Great Grief schien von der Neuigkeit wenig beeindruckt zu sein. „Wann hast du entdeckt, dass du nicht zeichnen kannst?"

„Noch gar nicht", entgegnete Corinson gelassen. „Mir ist nur klar geworden, dass ich auch ganz gern esse."

„Ach nee!", sagte Grief.

„Die Eier, Grief", sagte Wrinkles. „Das Wasser kocht."

Little Pennoyer mischte sich ins Gespräch ein. „Wir würden dich ja zum Essen einladen, Corrie, aber wir sind zu dritt und haben nur zwei Eier. Und mit dem Brot sieht es auch nicht besser aus."

„Kein Problem, Penny", sagte Corinson. „Nur keine Umstände. Ihr Künstler solltet nicht auch noch Gäste bewirten. Ich muss sowieso los, hab noch was zu erledigen. Na dann, macht's gut, Jungs. Kommt mal vorbei."

Als die Tür ins Schloss gefallen war, sagte Grief: „Kaffee ist fertig. Der Typ kotzt mich an. Dieser Mantel hat bestimmt dreißig Dollar gekostet. Er prahlt nicht, trotzdem spürst du immer, wie toll er sich findet. Du bist auch selbstgefällig, Wrinkles, aber nicht auf diese unerträgliche Art. Er …"

Die Tür ging auf und Corinson schaute wieder herein. „Leute, wisst ihr, dass morgen Thanksgiving ist?"

„Na und?", sagte Grief.

„Ja, Corrie, ich weiß es", sagte Little Pennoyer. „Ich hab erst heute Morgen dran gedacht."

„Was haltet ihr davon, wenn ich euch morgen Abend zum Essen einlade? So richtig mit allen Schikanen."

Wrinkles zupfte auf seiner Gitarre ein überschäumendes Barockstück und Pennoyer tanzte ein paar Ballettschritte dazu. „Sollen wir?", tönte es begeistert. „Klingt nicht übel, oder?"

Als sie wieder unter sich waren, meldete sich Grief zu Wort. „Ich bleib zu Hause. Der Typ kotzt mich an."

„Quatsch", hielt Wrinkles dagegen. „Du bist ein ewiger Nörgler. Außerdem, woher kriegst du morgen dein Abendessen, wenn du nicht hingehst? Verrat mir das mal."

„So sieht's aus, Grief", stimmte Pennoyer zu. „Woher kommt dann dein Abendessen?"

Grief grummelte vor sich hin. „Er kotzt mich trotzdem an."

Die Bezahlung der Miete und andere Kleinigkeiten

Little Pennoyers vier Dollar konnten nicht ewig vorhalten. Als er sie ausbezahlt bekam, ging er mit Wrinkles und Great Grief essen. Danach stellte er fest, dass nur noch zweieinhalb Dollar übrig waren. Eine kleine Zeitschrift in der Innenstadt hatte ihm eine der sechs Zeichnungen abgenommen, die er vorgelegt hatte, und ihm später vier Dollar dafür bezahlt. Penny war zutiefst betrübt, als ihm klar wurde, dass sein Geld allzu schnell dahinschmelzen würde. Er fühlte sich schlechter als zuvor, ohne einen Penny in der Tasche. Da hatte er noch auf 24 Dollar gehofft. Wrinkles hielt ihm einen Vortrag über den richtigen Umgang mit den „Finanzen".

Great Grief schwieg. Wenn er für einen Comicstrip einen Scheck über sechs Dollar erhielt, träumte er gleich davon, ein Atelier zu mieten, das ihn 75 Dollar monatlich kosten würde. Wahrscheinlicher aber war, dass er losziehen und für fünf Dollar gebrauchte Vorhänge und Gips kaufen würde.

Wenn Penny Geld hatte, hielt er es in der vollgestopften Bude nicht mehr aus. Er wollte hinaus in die Welt, die Luft der Freiheit atmen. Doch er hörte auf Wrinkles, den Älteren und Vernünftigen. Wer dieses Zimmer um zehn Uhr vormittags oder sieben Uhr abends betrat, hätte meinen können, dass Roggenbrot, Frankfurter Würstchen und Kartoffelsalat von der Second Avenue die einzigen Nahrungsmittel auf der Welt waren.

Purple Sanderson gehörte ebenfalls zu ihrem illustren

Kreis, doch um das Essen brauchte er sich für gewöhnlich keine Sorgen zu machen. Er hatte eine Zeit lang das Handwerk eines Gasinstallateurs gelernt, bevor er ein großer Künstler wurde. Als es in ganz New York keinen Kunstmanager mehr gab, mit dem er sich nicht überworfen hatte, suchte er einen befreundeten Installateur auf, dessen Ansichten er sehr schätzte. Die Konsequenz war, dass er heute Stammgast in einem sehr guten Restaurant in der 23. Straße war und sich samstagabends manchmal über seine Kumpel lustig machte.

Purple sei im Grunde ein guter Kerl, meinte Grief. Was ihn jedoch an ihm störte, war Purples Eigenschaft, absolut nichts zu vergessen. Eines Abends, nicht lange nach Pennoyers schmerzlicher Erkenntnis, kam Purple herein und hängte seinen Mantel auf. „Übrigens", verkündete er, „in vier Tagen ist die Miete fällig."

„Schon?", war Penny überrascht. Die Miete kam für ihn jedes Mal überraschend, als wäre es ein Ereignis, mit dem niemand hatte rechnen können.

„Aber ja", sagte Purple ein wenig gereizt, als könne er nicht verstehen, wie unbedarft manche in Finanzdingen waren.

„Heiliger Strohsack!", sagte Wrinkles.

Great Grief lag auf dem Bett, schmauchte seine Pfeife und wartete auf den Ruhm. „Ach geh, Purple. Du hast doch immer was zu meckern. Aber ich bin nicht schuld. Schuld ist der Kalender."

„Kannst du nicht ein Mal ernst sein, Grief?"

„Purple, du bist ein Armleuchter."

Penny schaute von seiner Arbeit auf. „Ich krieg noch ein Honorar vom Amazement Magazine. Dann hab ich Geld."

„Klar, mein Freund", spöttelte Grief. „Bald hast du die Taschen voller Geld. Haben die vom Amazement Magazine schon mal gezahlt, wenn sie's versprochen haben? Oder bist du jetzt plötzlich ein erfolgreicher Künstler? Du klingst jedenfalls so."

Wrinkles schaute ebenfalls lächelnd zu Pennoyer. „Beim Established Magazine wollten sie, dass Penny Modelle engagiert und es damit versucht. Bloß kostet ihn das eine Stange Geld, bevor er selbst etwas verdient. Wenn er dann das ganze Geld investiert hat, das er gar nicht hat, und wir mit der Miete zwei Wochen im Rückstand sind, kann er dem Vermieter ja sagen, er soll noch sieben Monate warten, bis zu dem Montag, nachdem seine Beiträge erscheinen. Viel Glück, Penny."

Sie nahmen den kleinen Pennoyer gerne auf die Schippe, weil er so großartige Aussichten hatte, aber keine Zeit, um etwas daraus zu machen.

Penny lächelte nur. Ein leises, tapferes Lächeln.

„Du mit deinem komischen Optimismus", meinte Grief unnötigerweise.

„Die Welt hätte nichts dagegen, wenn du auch mal optimistisch wärst", bemerkte Purple.

„Ach ja?", spottete Grief. „Das hör ich zum ersten Mal."

Wrinkles' Unbeschwertheit hielt nicht lange an. Sobald sich eine Gelegenheit zur Schwermut bot, griff er zu. Er ließ sich auf einen Stuhl sinken und nahm die Gitarre zur Hand.

„Okay, was kann man da machen?", fragte er und stimmte eine schwermütige Melodie an.

„Purple rauswerfen", murmelte Grief vom Bett aus.

„Glaubst du, du hast das Geld bis dahin, Penny?", fragte Purple.

Little Pennoyer machte ein sorgenvolles Gesicht. „Ich weiß es nicht."

Dann wurde diskutiert, bis die Köpfe rauchten. Und nicht nur diese; der Tabak von der Marke „Long John" roch wie brennende Mumien.

Ein Sonntagsessen

Eines Tages besuchte Purple Sanderson seine Eltern im St. Lawrence County, um die Landluft zu genießen und ihnen nebenbei zu erklären, warum er immer noch nichts erreicht hatte. Great Grief hatte zuvor mit ihm gewettet, dass er früher als geplant zurückkommen würde. Die anderen gaben Grief gute Chancen, die Wette zu gewinnen. Es gibt Angenehmeres, als erklären zu müssen, warum man ein Versager ist.

Später fuhren Great Grief und Wrinkles nach Haverstraw, um Griefs Cousin zu besuchen und Skizzen zu machen. Little Pennoyer war niedergeschlagen; es ist nicht schön, in den grauen Wänden einer staubigen Stadt zu sitzen, wenn man die ferne Harmonie spürt, mit der das Sonnenlicht sich über Blätter und Grashalme ergießt. Wenn wenigstens Wrinkles und Grief da gewesen wären, um ihn mit ihrem Gezänk abzulenken. Nicht einmal Purple würde wie sonst um sechs Uhr nach Hause kommen und sich wichtigmachen.

Am Freitagnachmittag stellte er fest, dass ihm nur noch fünfzig Cent blieben, bis er am nächsten Tag seinen Scheck vom Gamin erhalten würde. Am Samstagmorgen war er ganz der zuversichtliche Künstler, als er mit zwanzig Cent in der Tasche die Redaktion des Gamin betrat.

Der Kassierer nickte bedauernd. „Tut mir sehr leid, Mr. … äh … Pennoyer, aber unser Zahltag ist der Montag, wissen Sie. Ab zehn Uhr vormittags können Sie jederzeit kommen."

16

„Kein Problem", sagte Penny. Auf dem Rückweg dachte er darüber nach, wie er die zwanzig Cent so in Lebensmittel investieren konnte, dass es bis Montag, zehn Uhr, vorhalten würde. Als Erstes kaufte er zwei Stück Kuchen in einer Bäckerei in der Third Avenue. Richtig schöne Kuchen, mit einem Loch in der Mitte und hübschen Verzierungen an den Rändern. Ab und an stand er von der Arbeit auf und vergewisserte sich, dass nichts weggekommen war. Am Sonntag stand er gegen Mittag auf und nahm eine Mahlzeit zu sich, die Frühstück und Mittagessen in einem war. Danach waren noch fast drei Viertel eines Kuchens übrig. Mit dieser Strategie war er guten Mutes, bis Montagmorgen über die Runden zu kommen.

Um drei Uhr nachmittags klopfte es zaghaft an der Tür. „Herein", sagte Penny. Die Tür wurde geöffnet, und Tim Connegan, der sich als künstlerisches Modell durchzubringen versuchte, schaute herein. „Entschuldigen Sie, Sir", sagte er.

„Tim, alter Junge, kommen Sie rein", sagte Penny. Mit gesenktem Kopf trat Tim ein. „Setzen Sie sich", sagte Penny. Tim ließ sich auf einem Stuhl nieder und rieb sich die rheumageplagten Knie.

Penny zündete sich seine Pfeife an und schlug die Beine übereinander. „Na, wie geht's?" Tim hob sein kantiges Kinn und schaute Penny einen kurzen Moment in die Augen.

„Nicht gut?", fragte Penny.

Der ältere Mann hob tapfer die Hand. „Ich war in allen Ateliers in der Stadt und hab noch nie so viele Leute gesehn, die nich' da sind. Alles ist am Strand oder in den

Bergen oder in irgendeinem Resort. Ich glaube, bis Herbst sind alle Modelle verhungert. In der 57. Straße hab ich endlich jemand angetroffen – und was sagt er? ‚Kommen Sie am Dienstag wieder – vielleicht kann ich Sie brauchen, vielleicht auch nich'.' Das war letzte Woche. Wissen Sie, Mr. Pennoyer, ich wohne in der Bowery, und als ich am Dienstag wieder hingehe, sagt der Kerl: ‚Herrgott, Sie schon wieder?' Ich hab mich erst mal in den Park gesetzt, weil ich zu müde war, um den ganzen Weg nach Hause zu laufen. So sieht's aus, Mr. Pennoyer. Ich bin kreuz und quer durch die Stadt gelatscht, um einen Job aufzutreiben, und jetzt bin ich fix und fertig."

„Das ist hart", meinte Penny.

„So isses, Sir. Hoffentlich kommen die Leute bald zurück. Der Sommer ist der Tod für unsereins. Ich weiß nie, wie ich zu meiner nächsten Mahlzeit komme. Tatsache."

„Haben Sie heute schon was gegessen?"

„Ja, Sir, ein bisschen."

„Wie viel?"

„Na ja, Sir, eine Lady hat mir heute früh einen Kaffee spendiert. Hat gut getan, das können Sie mir glauben."

Penny ging zum Vorratsschrank. „Ich hab noch ein bisschen Kuchen da", sagte er, als er zurückkam.

Tim hob abwehrend die Hände. „Also, nee, Mr. Pennoyer, das kann ich wirklich nich' …"

„Na los, nehmen Sie schon."

„Also, nee."

„Greifen Sie zu, alter Junge."

Penny rauchte seine Pfeife.

Als Tim schließlich zur Tür ging, drehte er sich noch einmal um. „Also, Mr. Pennoyer, ich kann Ihnen gar nicht sagen, wie dankbar ich Ihnen bin für das, was Sie …"

„Nicht der Rede wert, alter Knabe." Penny rauchte seine Pfeife.

Das letzte Bild

„Es ist Mist", sagte Grief.

„Ach, es ist nicht so übel, Alter", meinte Wrinkles. „Obwohl – einen großartigen Beitrag zur amerikanischen Kunst würde ich es auch nicht nennen."

„Du hast echt was drauf, Gaunt", sagte Little Pennoyer. „Wenn du es richtig anpackst."

Einer nach dem anderen waren sie hereingekommen, um das Werk zu begutachten und ihre Meinung zu äußern. Gaunt beachtete sie genauso wenig, wie er einen Streichholzverkäufer beachtet hätte. Er hatte keine Augen und Ohren für das, was um ihn herum vorging; sein Blick war ausschließlich auf etwas gerichtet, was sich jenseits eines geheimnisvollen weiten Ozeans zutrug. Seine Augen zeigten einen schattenhaften Abglanz seiner Gedanken, einen sanften grauen Nebel. Irgendwann, wenn man selbst gar nicht mehr daran dachte, was man zu ihm gesagt hatte, schaute er plötzlich auf und fragte: „W-wa-as?"

Gaunt hatte seinen eigenen Weg gefunden, sich mit dem Universum zu arrangieren, das mit lärmender Geschäftigkeit seinen Angelegenheiten nachging. Die jüngeren Männer waren sich einig, dass er das Zeug zu einem großen Künstler hatte; er müsse bloß einmal mehr Tatendrang an den Tag legen als eine Pyramide in der Wüste. Bis dahin lebte er ganz in seiner eigenen Welt und hörte kaum, was die anderen sagten. Wenn er jemanden sah, der sich des Lebens freute, konnte es vorkommen, dass er anerkennend murmelte, als würde er ein Kunststück bewundern. Ansonsten richtete er seine Aufmerksamkeit ganz auf das geheimnisvolle Bild, das sich ihm jenseits seines unsichtbaren Ozeans darbot.

Als er aus Paris nach New York kam, sagte jemand zu ihm, er müsse sich seinen Lebensunterhalt verdienen. Also ging er zu verschiedenen Buchverlegern und redete in seiner ganz eigenen Art mit ihnen – als wäre ihm eben etwas Verblüffendes widerfahren. Schließlich gab ihm einer einen Auftrag über eine Serie von Zeichnungen, was ihn kein bisschen überraschte. Er nahm es hin, als hätte es zu regnen begonnen.

Einmal besuchte Great Grief ihn in seinem Atelier. Als er zurückkam, meinte er: „Gaunt arbeitet im Schlaf. Jemand sollte ihm mal Feuer unterm Arsch machen."

Daraufhin gingen auch die anderen hinüber, rauchten eine Pfeife und gaben Kommentare zu einer Zeichnung ab. „Hast du sie selbst schon mal richtig angeschaut, Gaunt?", fragte Wrinkles. „Ich glaube, du siehst sie gar nicht wirklich."

„Was?"

„Schau sie doch mal an."

Als Wrinkles das Atelier verließ, folgte ihm der Mann, der für Gaunt Modell stand, auf den Flur und fuchtelte verärgert mit den Armen. „Der Kerl is verrückt. Sie sollten ihn mal sehen, wenn er …" Er führte lang und breit aus, was man sich als Modell alles bieten lassen musste.

Sie waren alle ein bisschen abergläubisch – besonders, wenn es um Gaunt ging. „Er sieht Bilder, die niemand sonst sieht", meinte Wrinkles. Sie warteten auf den großen

Wurf, die Manifestation des Genies. Jeder tastende Versuch, den Gaunt zu Papier brachte, sorgte für Aufsehen in der schäbigen kleinen Bude. Ehrfürchtig warteten sie auf den großen Moment. Bis Gaunt eines Morgens hereinplatzte. Sie hielten den Atem an.

„Ich werde ein Bild malen." Der Nebel in Gaunts Augen war plötzlich von einem fernen Glanz durchdrungen. Er unterstrich seine Worte mit ausholenden Gesten. Grief lag auf dem Bett und paffte seine Pfeife. Wrinkles und Pennoyer erstarrten an ihren Zeichenbrettern. Wäre eine Bronzestatue hereinspaziert und hätte vor ihren Augen zu tanzen begonnen, wären sie nicht verblüffter gewesen.

Gaunt wollte ihnen etwas sagen, doch die Worte blieben ihm im Hals stecken. Dann verschwand er so plötzlich, wie er gekommen war.

Später gingen sie zu Gaunts Atelier hinüber. Vielleicht würde er ihnen verraten, was er jenseits des Ozeans sah.

Er lag tot auf dem Boden. In seinen Augen war ein feiner grauer Nebel.

Als sie an diesem Abend nach Hause kamen, ließen sie sich lange Zeit, bis sie zu Bett gingen. Während sie darauf warteten, dass einer das Licht ausmachte, war es Grief, der mit gedankenschwerer Stimme aussprach, was alle beschäftigte. „Was glaubt ihr ...? Was wollte er malen?"

Wrinkles drehte das Gaslicht ab und sagte in die plötzliche Dunkelheit: „Ich hab keine Ahnung, was er in seinem Nebel gesehen hat. Aber Bilder waren es nicht."

Maggie, ein Mädchen von der Straße

1

Ein sehr kleiner Junge stand auf einem Steinhaufen und kämpfte für die Ehre der Rum Alley. Er warf Steine nach den brüllenden Bengeln aus der Devil's Row, die den Haufen umkreisten und ihn unter Beschuss nahmen.

Sein kindliches Gesicht war blass vor Wut. Sein schmächtiger Körper wand sich, während er feurige Flüche ausstieß.

„Lauf, Jimmie, sonst kriegen sie dich!", rief ihm ein Junge aus der Rum Alley zu. „Lauf!"

„Nee", knurrte Jimmie tapfer, „vor dem Irenpack renn ich nich' davon."

Aus den Kehlen der Devil's Row kam noch lauteres Wutgeheul. Ein paar zerlumpte Knirpse wagten von rechts einen verwegenen Ansturm auf den Steinhaufen. Auf ihren kleinen, verzerrten Gesichtern breitete sich ein mordlustiges Grinsen aus. Im Laufen warfen sie Steine und fluchten in schrillem Chor.

Der kleine Held aus der Rum Alley stolperte auf der anderen Seite hinab. Sein Mantel war im Kampf zerfetzt worden, die Mütze hatte er verloren. Er blutete aus einer Wunde am Kopf und war von blauen Flecken übersät. Mit seinem wutverzerrten blassen Gesicht sah er aus wie ein irrer kleiner Dämon.

Nachdem er seine erhöhte Position aufgegeben hatte, dauerte es nicht lange, bis ihn die Jungen aus der Devil's Row eingekreist hatten. Er hob den angewinkelten linken

Arm, um seinen Kopf zu schützen, und kämpfte verbissen weiter. Die kleinen Kämpfer flitzten hin und her, duckten sich, warfen Steine und bedachten den Gegner mit wüsten Flüchen.

Eine Frau lehnte neugierig aus dem Fenster eines Mietshauses, das zwischen niedrigen, unscheinbaren Stallgebäuden aufragte. Sogar ein paar Arbeiter, die am Fluss einen Lastkahn entluden, hielten für einen Augenblick inne und verfolgten den Kampf. Der Maschinist eines Schleppers lehnte lässig an der Reling und schaute ebenfalls zu. Drüben auf Blackwell's Island schob sich eine Reihe gelber Sträflinge aus dem Schatten eines grauen, bedrohlich wirkenden Gebäudes und kroch wie ein langer Wurm am Ufer entlang.

Ein Stein hatte Jimmy am Mund getroffen. Blut lief ihm übers Kinn und auf sein zerfetztes Hemd. Seine dünnen Beine zitterten und ließen den entkräfteten kleinen Körper schwanken. Von den gellenden Flüchen, mit denen er sich in den Kampf gestürzt hatte, war nur noch ein wütendes, leises Stammeln übrig.

Das Gebrüll der aufgepeitschten Devil's-Row-Meute wurde immer mehr zum Triumphgeheul. Die kleinen Kämpfer grinsten schadenfroh, als sie das Blut im Gesicht des Gegners sahen.

Ein Stück entfernt schlenderte ein sechzehnjähriger Junge die Straße herauf, ein spöttisches Grinsen auf dem Gesicht, wie es seinem Idealbild eines Mannes entsprach. Dazu gehörten auch der Zigarrenstumpen im Mundwinkel und der schräg übers Auge gezogene Hut. Allein vom selbstbewussten Wiegen seiner Schultern ließen sich viele schüchterne Jungen beeindrucken. Als er nahe genug war, schaute er zu dem leer stehenden Grundstück, auf dem die wütende Meute aus der Devil's Row über den vor Schmerz und Wut schreienden Jungen aus der Rum Alley herfiel.

„Na so was", murmelte er neugierig. „Das is ja 'ne handfeste Keilerei."

Mit einer Haltung, die keinen Zweifel daran ließ, dass er von seinen Fäusten Gebrauch zu machen verstand, ging er auf den tobenden Haufen zu. Von hinten trat er zu einem besonders verbissen kämpfenden Jungen aus der Devil's Row.

„Was zum Teufel", sagte er und schlug ihm auf den Hinterkopf. Der Kleine fiel zu Boden und schrie vor Schmerz. Als er sich aufrappelte und sah, wer ihn niedergeschlagen hatte, rannte er los und rief den anderen eine Warnung zu. Die gesamte Devil's-Row-Bande suchte mit ihm das Weite. In sicherer Entfernung blieben sie stehen und warfen dem großen Jungen mit dem unerschütterlichen Grinsen wüste Flüche an den Kopf. Dieser beachtete sie nicht weiter.

„Was zum Henker, Jimmie?", wandte er sich an den kleinen Kämpfer.

Jimmie wischte sich mit dem Ärmel Blut und Tränen aus dem Gesicht.

„Weißt du, Pete, es war so: Ich wollt grade diesen Riley fertigmachen, da sin' sie alle über mich hergefallen."

Ein paar Jungen aus der Rum Alley wagten sich aus der Deckung. Eine Weile standen die beiden Trupps einander gegenüber und tauschten wilde Verwünschungen aus.

Ein paar Steine flogen hin und her, doch die Entfernung war zu groß, um etwas auszurichten. Dann machten sich die Rum-Alley-Knirpse auf den Heimweg und tauschten ihre leicht verzerrten Darstellungen des Kampfes aus. Es wurden gewichtige Gründe für ihren Rückzug gefunden. Schläge, die sie dem Gegner verpasst hatten, wurden als vernichtend beschrieben. Den eigenen Steinwürfen wurde eine unerhörte Präzision zugeschrieben. Der wiedergewonnene Kampfgeist drückte sich in gepfefferten Flüchen aus.

„Beim nächsten Mal geben wir es der verdammten Row aber so richtig", prahlte einer.

Der kleine Jimmie versuchte die Blutung in der Lippe zu stillen und wandte sich dem großmäuligen Kameraden zu. „Un' wo zum Teufel warst du, als ich ganz allein gekämpft hab?", rief er ihm zu. „Ihr seid nix als Angeber."

„Ach, hör doch auf", hielt der andere dagegen.

„Du kannst überhaupt nich' kämpfen, Blue Billie", sagte Jimmie verächtlich. „Dich mach ich mit einer Hand fertig."

„Ach, hör doch auf", erwiderte Billie erneut.

„Pass auf, du!", drohte Jimmie.

„Pass auf, du!", gab der andere im gleichen Ton zurück.

Sie gingen aufeinander los und wälzten sich auf dem Straßenpflaster.

„Gib's ihm, Jimmie!", feuerte Pete ihn an, mit seinem unentwegten Grinsen im Gesicht. „Hau ihm eine rein."

Die kleinen Streithähne schlugen und traten, kratzten und bissen. In ihre Flüche mischten sich erste Schluchzer. Die anderen Jungen scharten sich um die Kämpfenden, ballten die kleinen Fäuste und hüpften aufgeregt auf und ab.

Bis ein kleiner Zuschauer Alarm schlug.

„Hau ab, Jimmie!", rief er aufgeregt. „Schnell, da kommt dein Alter!"

Der Kreis um die Kämpfenden löste sich augenblicklich auf. In sicherer Entfernung blieben die Jungen stehen und warteten gespannt auf das Unvermeidliche. Die zwei Knirpse kämpften so verbissen, dass die Warnung nicht zu ihnen durchdrang.

In einiger Entfernung stapfte ein finster dreinblickender Mann die Straße herauf. Er trug einen Henkelmann in der Hand und rauchte eine Apfelholzpfeife. Als er sich den Kämpfenden näherte, verfolgte er das Geschehen einen Moment lang gleichgültig. Plötzlich brüllte er einen Fluch und trat auf die sich am Boden wälzenden Raufbolde zu.

„Steh auf, Jim! Na warte, ich prügle dich, dass du nich' mehr sitzen kannst, du missratener Bengel!"

Er trat mit dem Fuß in das Knäuel der beiden Kämpfenden. Als Billie von einem schweren Stiefel am Kopf getroffen wurde, versuchte er sich verzweifelt von seinem Gegner zu lösen. Er rappelte sich auf und wankte unter gepressten Flüchen davon.

Jimmie stand langsam auf, sah seinen Vater und bedachte ihn mit einem Fluch. Der Vater verpasste ihm einen Fußtritt. „Ab mit dir nach Hause!", befahl er. „Und halt ja die Klappe, sonst prügle ich dich windelweich."

Sie gingen zusammen weg. Der Mann schlenderte voraus, die Pfeife zwischen den Zähnen. Der Junge folgte mit ein paar Metern Abstand und beschwerte sich lautstark. Er empfand es als Demütigung, dass ein großer Krieger und Mann von Ehre seinem Vater nach Hause folgen musste.

2

Schließlich gelangten sie in eine düstere Gegend, wo die abweisenden Türen eines windschiefen Hauses kleine Kinder auf die Straße und in die Gosse entließen. Der Frühherbstwind wirbelte gelben Staub vom Pflaster auf und wehte ihn gegen hundert Fenster. Von den Feuerleitern flatterten lange Wäschefahnen. In dunklen Winkeln lagen Eimer, Besen, Lappen und Flaschen herum. Kinder spielten oder rauften auf der Straße, manche saßen einfach nur stumpfsinnig den Fahrzeugen im Weg. Furchteinflößende Frauen mit ungekämmten Haaren und zerlumpten Kleidern lehnten an Balkongeländern und schwatzten oder keiften einander an. Runzelige Alte saßen schicksalsergeben in einem Winkel und rauchten ihre Pfeife. Tausend Küchengerüche wehten auf die Straße heraus. Das Haus bebte und knirschte unter dem Gewicht der Menschen, die darin herumtrampelten.

Ein zerlumptes Mädchen zog ein plärrendes rotgesichtiges Kleinkind die belebte Straße herauf. Der Kleine protestierte und stemmte die nackten Beinchen auf den Boden.

„Jetzt komm schon, Tommie", rief das kleine Mädchen unwirsch. „Schau, da sin' Jimmie und Vater. Jetzt lass dich nich' so ziehen."

Ungeduldig riss sie den Kleinen am Arm. Er fiel mit dem Gesicht voraus aufs Pflaster und brüllte laut auf. Mit einem Ruck zog sie ihn hoch und ging mit ihm weiter, ohne dass der Kleine seinen Widerstand aufgab. Heldenhaft bemühte er sich, auf den Füßen zu bleiben, während er seine Schwester ankeifte und zwischendurch an einem Stück Orangenschale kaute.

Als der finster dreinblickende Mann und der blutüberströmte Junge näher kamen, begann sich das Mädchen zu ereifern. „Jimmie", rief sie vorwurfsvoll, „jetzt habt ihr euch schon wieder geprügelt."

Der Junge zog ein verächtliches Gesicht. „Ach, zum Teufel, Maggie."

Das Mädchen ließ nicht locker. „Immer prügelt ihr euch, Jimmie. Du weißt genau, wie Mutter sich ärgert, wenn du halb tot nach Hause kommst. Dann kriegen wir alle Prügel."

Sie fing an zu weinen. Der Kleine an ihrer Hand warf den Kopf zurück und schrie angesichts der trüben Aussichten.

„Was soll denn das!", rief Jimmie. „Halt's Maul, sonst kriegste eine gescheuert, kapiert?"

Als seine Schwester mit ihren Vorwürfen weitermachte, schlug er zu. Das kleine Mädchen taumelte einen Augenblick, fing sich und brach erneut in Tränen aus. Zitternd und fluchend wich sie zurück, während er ihr folgte und sie erneut ohrfeigte. Der Vater hörte es und drehte sich um.

„Hör sofort auf, Jim! Verdammt, lass deine Schwester in Ruhe! Kann ich dir denn nie auch nur 'nen Funken Verstand in dein' sturen Schädel prügeln?"

Der Junge rief seinem Vater eine rüde Bemerkung zu und ließ nicht von seiner Schwester ab. Der Kleine an ihrer Hand heulte und protestierte lautstark, während sie ihn am Arm mit sich zog.

Schließlich verschwand die Gruppe in einer der schauerlichen Türen. Sie stiegen eine dunkle Treppe hinauf und durchquerten den kalten, düsteren Flur. Der Vater drückte eine Tür auf, und sie betraten einen beleuchteten Raum, in dem eine beleibte Frau ihrer Arbeit nachging.

Als sie den Vater mit den Kindern hereinkommen sah, blieb sie auf dem Weg vom Herd zu dem mit Schüsseln bedeckten Tisch wie angewurzelt stehen.

„Ich glaub's nich'! Jetzt hast du dich schon wieder geprügelt!" Sie ging auf den Jungen los. Jimmie wollte sich hinter den anderen in Sicherheit bringen und stieß in dem Gedränge den kleinen Tommie zu Boden. Der heulte auf, zumal er mit seinen zarten Schienbeinen gegen ein Tischbein gekracht war.

Die massigen Schultern der Mutter bebten vor Zorn. Sie packte den Jungen an Hals und Schulter und schüttelte ihn durch. Dann zerrte sie ihn zu dem schmierigen Spülbecken, tauchte einen Lappen ins Wasser und rieb sein zerschundenes Gesicht damit ab. Jimmie schrie vor Schmerz und versuchte, sich aus ihren mächtigen Armen zu befreien.

Der kleine Tommie saß auf dem Boden und verfolgte die Szene, das kleine Gesicht verzerrt wie auf dem Höhepunkt einer Tragödie. Der Vater saß mit einer frisch gestopften Pfeife im Mund auf einem Schemel am Herd. Jimmies Geschrei ging ihm auf die Nerven. Er drehte sich um und blaffte seine Frau an.

„Lass doch den Jungen mal für 'ne Minute in Ruhe, Mary. Immer verhaust du ihn. Wenn ich abends heimkomm, hab ich keine Ruh, weil du immer irgendeins verprügelst. Jetzt lass gut sein, hörst du? Du musst die Kinder nich' ständig verhauen."

Die Frau bearbeitete den Jungen noch energischer, bis sie ihn endlich in eine Ecke warf, wo er weinend und fluchend liegen blieb.

Die Frau stemmte ihre großen Hände in die Hüften und trat wie eine Stammesfürstin auf ihren Gemahl zu.

„Soso", sagte sie mit verächtlichem Schnauben. „Und wer zum Teufel hat dich um deine Meinung gefragt?"

Der kleine Tommie kroch unter den Tisch und lugte vorsichtig hervor. Das zerlumpte Mädchen wich zurück, der Junge in der Ecke zog die Beine an.

Der Mann paffte gemächlich seine Pfeife und legte seine großen dreckigen Stiefel auf den hinteren Teil des Herds.

„Fahr zur Hölle", murmelte er ganz ruhig.

Die Frau kreischte auf und schüttelte drohend die Faust. Ihr gelbliches Gesicht lief purpurrot an.

Er paffte ungerührt weiter, doch dann stand er auf und schaute aus dem Fenster auf das Durcheinander der Hinterhöfe, die in der zunehmenden Dämmerung gerade noch zu sehen waren.

„Du hast wieder mal getrunken, Mary", sagte er. „Du solltest damit aufhören, Alte, sonst wirst du noch dran krepieren."

„Red keinen Unsinn", brüllte sie. „Kein' Tropfen hab ich angerührt."

In dem folgenden Wortwechsel verfluchten sie einander mehrfach.

Tommie stierte unter dem Tisch hervor, sein kleines Gesicht zuckte aufgeregt.

Das zerlumpte Mädchen schlich in die Ecke zu dem Jungen.

„Tut's sehr weh, Jimmie?", flüsterte sie vorsichtig.

„Kein bisschen. Verstehst du?", brummte der Kleine.

„Soll ich dir das Blut abwischen?"

„Nee!"

„Soll ich …"

„Wenn ich diesen Riley erwische, dreh ich ihm den Hals um! Kannst dich drauf verlassen!"

Er drehte sich zur Wand, als wäre er fest entschlossen, auf seine Gelegenheit zu warten.

In dem Streit zwischen den Eheleuten behielt die Frau die Oberhand. Der Mann schnappte sich seinen Hut und suchte das Weite, offenbar entschlossen, sich aus Rache zu betrinken. Sie verfolgte ihn bis zur Tür und brüllte ihm nach, als er die Treppe hinunterstieg.

Dann kam sie zurück, fegte durchs Zimmer, und die Kinder beeilten sich, ihr aus dem Weg zu gehen.

„Weg da, weg da", fauchte sie und scheuchte die Kinder mit angedeuteten Fußtritten ihrer löchrigen Schuhe aus dem Weg. Schnaubend stand sie in einer Dampfwolke am Herd, dann drehte sie sich mit der Bratpfanne voll zischender Kartoffeln um.

„Setzt euch zum Essen!", rief sie gereizt. „Los, sonst mach ich euch Beine!"

Die Kinder eilten herbei und setzten sich mit einigem Gepolter an den Tisch. Der kleine Tommie saß auf einem wackligen Kinderstuhl und begann, sich sein Bäuchlein vollzuschlagen. Jimmie schob sich die fetttriefenden Kartoffelstücke hastig zwischen die wunden Lippen. Maggie aß mit argwöhnischen Seitenblicken wie eine kleine Tigerin, die damit rechnen musste, jeden Moment bei der Mahlzeit gestört zu werden.

Die Mutter saß da und schlang Kartoffeln hinunter, schimpfte mit den Kindern und trank aus einer gelbbraunen Flasche. Nach einer Weile schlug ihre Stimmung um. Schluchzend trug sie den kleinen Tommie in ein Nebenzimmer und legte ihn schlafen, seine Fäustchen in eine alte rot-grüne Decke gehüllt, deren Farben längst verblichen waren.

Dann kam sie zurück, setzte sich an den Herd und wippte auf dem Stuhl vor und zurück, während sie bittere Tränen vergoss und den Kindern von deren „Armer Mutter" vorjammerte und sich über „euren Vater" beklagte, den „vermaledeiten Kerl".

Das kleine Mädchen räumte den Tisch ab und trug Berge von Geschirr zu dem Stuhl, auf dem die Abwaschschüssel stand.

Jimmie saß da und begutachtete seine zahlreichen Wunden. Dazwischen warf er ängstliche Blicke zu seiner Mutter. Seinem geschulten Auge entging nicht, dass sie drauf und dran war, aus ihrer wirren Gefühlsduselei aufzutauchen.

Das Fieber des Rauschs begann in ihr zu wüten. Atemlos saß er da.

Maggie zerbrach einen Teller.

Die Mutter sprang auf wie von der Feder geschnellt.

„Himmelherrgott!", brüllte sie und funkelte ihre Tochter hasserfüllt an. Ihr Gesicht verfärbte sich dunkelrot. Jimmie rannte schreiend auf den Flur hinaus.

Im Dunkeln tappte er zur Treppe und stolperte in seiner Panik ein Stockwerk nach unten. Eine alte Frau öffnete eine Tür. Eine Lampe hinter ihr erhellte das zitternde Gesicht des Jungen.

„Guter Gott, Kind, was gibt's denn diesmal? Schlägt dein Vater deine Mutter, oder schlägt sie ihn?"

3

Jimmie und die alte Frau standen eine ganze Weile auf dem Flur und lauschten. Von oben kamen gedämpfte Stimmen, das Weinen von kleinen Kindern, das Stampfen von Füßen in Korridoren und Zimmern, vermischt mit dem Lärm von der Straße, den heiseren Rufen, dem Rattern von Rädern auf dem Pflaster. Doch alles wurde übertönt vom Schreien des Kindes und dem Brüllen der Mutter, das schließlich zu einem schwachen Stöhnen und Murmeln verebbte.

Die alte Frau war eine knorrige, zähe Person, die jederzeit eine betont tugendhafte Miene aufsetzen konnte. Sie besaß eine kleine Spieldose, die nur ein Lied spielte, und verfügte über ein beachtliches Repertoire an Segenssprüchen in unterschiedlicher Eindringlichkeit. Jeden Tag nahm sie ihren Platz auf dem Pflaster der Fifth Avenue ein, wo sie mit angezogenen Beinen hockte, reglos und abstoßend wie ein Götzenbild. Auf diese Weise kam sie täglich zu einer Handvoll Cent-Münzen, die ihr hauptsächlich Leute spendierten, die nicht in der Gegend zu Hause waren.

Einmal hatte eine Dame ihre Geldbörse auf dem Gehsteig verloren, und die knorrige Alte hatte es mit viel Geschick geschafft, sie unter ihren Mantel zu schmuggeln. Als sie festgenommen wurde, brachte sie die Dame mit ihren wüsten Flüchen an den Rand einer Ohnmacht. Dem hünenhaften Polizisten verpasste sie mit ihren vom Rheuma gekrümmten Beinen ein paar kräftige Tritte, weil sein Benehmen ihr nicht gefiel, was sie mit den Worten „Die Polizei, die kann mich mal" unterstrich.

„Ach, Jimmie, 's is 'ne verfluchte Schande", sagte sie. „Sei ein guter Junge und hol mir 'ne Kanne Bier. Und wenn deine Mutter dich nich' in Ruhe lässt, kannst du hier schlafen."

Jimmie nahm die Kanne und die sieben Cent, die sie ihm gab, und zog los, um den Auftrag auszuführen. Durch eine Seitentür betrat er die Kneipe und ging zur Theke. Er stellte sich auf die Zehen und hob die Kanne und das Geld so hoch, wie es seine kleinen Arme zuließen. Zwei Hände streckten sich herab und nahmen ihm beides ab. Augenblicke später reichten ihm dieselben Hände die gefüllte Kanne.

Vor der düsteren Haustür begegnete ihm eine wankende Gestalt. Es war sein Vater, der auf wackligen Beinen dahertorkelte.

„Her mit der Kanne", sagte er drohend.

„Das geht nich'!", protestierte Jimmie empört. „Die is für die alte Frau, un' es wär gemein, ihr die Kanne zu klauen."

Der Vater entriss ihm die Kanne und hob sie mit beiden Händen an den Mund. Er drückte die Lippen an den unteren Rand und neigte den Kopf zurück. Sein behaarter Hals schwoll fast bis zum Kinn an. Mit einer letzten gewaltigen Schluckbewegung war das Bier dahin.

Der Mann brauchte einen Moment, um zu Atem zu kommen, dann lachte er und knallte seinem Sohn die leere Kanne auf den Kopf. Während sie scheppernd über die Straße rollte, fing Jimmie an zu schreien und trat seinem Vater gegen das Schienbein.

„Das war hundsgemein von dir!", schrie der Kleine außer sich. „Die Alte wird stinksauer sein."

Er wich ein paar Schritte zurück, blieb in der Mitte der Straße stehen, doch sein Vater verfolgte ihn nicht. Er drehte sich um und wankte zur Tür.

„Ich prügle dir die Scheiße aus dem Leib, wenn ich dich erwisch", rief er und verschwand.

Den ganzen Abend hatte er am Tresen gestanden, Whisky getrunken und jedem, der ihm unterkam, sein Leid geklagt. „Bei mir zu Hause, das is die reinste Hölle! Das hältste nich' aus! Die Hölle! Was glaubst du, warum ich hier steh und Whisky trink? Weil's bei mir daheim kein Mensch aushält!"

Jimmie wartete lange draußen auf der Straße, bis er endlich ins Haus schlich, an der Tür der knorrigen Alten vorbei und die Treppe hinauf. Vor der Wohnungstür lauschte er einen Augenblick.

Er hörte die schweren Schritte seiner Mutter, ihre klagende Stimme, von gelegentlichen zornigen Einwürfen seines Vaters unterbrochen, der vermutlich in einer Ecke auf dem Boden hockte.

„Warum zum Henker machst du Jimmie nich' endlich mal klar, dass er sich nich' ständig prügeln soll? Du, ich hau dir gleich eine rein!", bellte sie ihn plötzlich an.

„Ach, wen juckt's?", murmelte der Vater mit der Gleichgültigkeit eines Betrunkenen. „Was is denn schon dabei?"

„Er kommt jedes Mal mit zerfetzten Klamotten heim, du Rindvieh", schleuderte sie ihm entgegen.

Das brachte ihren Mann nun ebenfalls in Rage. „Scher dich zum Teufel!", blaffte er sie an. Dann krachte etwas gegen die Tür und zersplitterte. Jimmie unterdrückte einen Schrei und flitzte die Treppe hinunter. Unten blieb er stehen und lauschte. Er hörte Wutgebrüll und Flüche, Stöhnen und schrille Schreie, dazwischen das Klirren von splitterndem Geschirr und das Krachen von Möbelstücken. Es klang, als würde in der Wohnung eine Schlacht toben. Wie gebannt starrte er nach oben, voller Angst, dass sie ihn hier finden könnten.

Neugierige Gesichter erschienen in den Türen, flüsterten einander Bemerkungen zu. „Bei den Johnsons geht's mal wieder drunter und drüber."

Jimmie wartete, bis der Lärm verebbte und die anderen Hausbewohner gähnend in ihre Wohnungen zurückkehrten. Dann schlich er die Treppe hoch, so vorsichtig, als würde er eine Bärenhöhle betreten. Durch die Ritzen in der Tür hörte er schweres Atmen. Vorsichtig drückte er die Tür auf und trat zitternd ein.

Das Feuer warf einen roten Lichtschein auf den Fußboden, die rissigen, fleckigen Wände und die umgeworfenen Möbelstücke.

Mitten im Zimmer lag seine Mutter auf dem Boden und schlief. In einer Ecke hing der schlaffe Körper seines Vaters auf der Sitzfläche eines Stuhls.

Der Junge machte ein paar leise Schritte, zitternd vor Angst, er könnte seine Eltern wecken. Die mächtige Brust seiner Mutter hob und senkte sich schwer. Jimmy blieb stehen und schaute auf sie hinunter. Ihr Gesicht war gerötet und aufgedunsen vom Trinken. Die Augenlider unter den gelben Brauen waren bläulich verfärbt. Ihr wirres Haar hing in Strähnen in die Stirn. Ihr Mund hatte noch denselben hasserfüllten Ausdruck wie zuvor während des Streits. Ihre nackten roten Arme hatte sie in einer Pose der Erschöpfung über den Kopf geworfen.

Jimmie beugte sich über seine Mutter. Wie gebannt starrte er ihr grimmiges Gesicht an, obwohl es nichts gab, was er mehr fürchtete, als dass sie erwachen könnte.

Plötzlich schlug sie die Augen auf. Der Junge schaute in dieses Gesicht, das die Macht zu besitzen schien, sein Blut erstarren zu lassen. Er stieß einen spitzen Schrei aus und fuhr schaudernd zurück.

Die Frau warf sich hin und her, schlug mit den Armen um sich wie im Kampf, dann begann sie wieder zu schnarchen.

Jimmie zog sich in einen dunklen Winkel zurück und wartete. Kurz nach seinem Aufschrei hatte er ein Geräusch aus dem Nebenzimmer gehört. Vorsichtig schlich er durch das dunkle Zimmer, den Blick auf die Tür geheftet.

Er hörte die Tür knarren, dann eine flüsternde Stimme. „Jimmie. Jimmie. Bist du da?" Der Junge erschrak. Aus der offenen Tür schaute ihn das schmale weiße Gesicht seiner Schwester an. Auf leisen Sohlen kam sie auf ihn zu.

Der Vater hatte sich nicht gerührt, er lag immer noch wie tot auf dem Stuhl. Die Mutter wand sich in unruhigem Schlaf, aus ihrer Brust kam ein Röcheln, als würde sie erwürgt. Draußen vor dem Fenster leuchtete der Mond über den Dächern, in der Ferne schimmerte bleich das Wasser des Flusses.

Die schmächtige Gestalt des zerlumpten Mädchens bebte. Ihr Gesicht war verweint, in ihren Augen flackerte Angst. Mit ihrer zitternden kleinen Hand nahm sie den Jungen am Arm, und sie hockten sich nebeneinander in eine Ecke. Ihre Blicke waren unwillkürlich auf das Gesicht der Frau geheftet, als fürchteten sie, die Hölle könnte losbrechen, wenn sie aufwachte.

So hockten sie, bis der geisterhafte Nebel der Morgendämmerung am Fenster erschien und auf den schweren, keuchenden Körper der Mutter blickte.

4

Der kleine Tommie starb. In einem unscheinbaren weißen Sarg ging er fort, in seiner kleinen wächsernen Hand eine Blume, die das Mädchen, Maggie, einem Italiener gestohlen hatte.

Sie und Jimmie überlebten.

Die Augen des Jungen nahmen früh einen harten Blick auf die Welt an. Er wuchs zu einem jungen Mann heran, der zäh war und immer ein spöttisches Grinsen im Gesicht hatte. Es waren wilde Jahre, in denen er kaum arbeitete, dafür aber umso aufmerksamer die menschliche Natur in der Gosse studierte. Er kam zu dem Schluss, dass sie nicht schlimmer war, als er nach seinen bisherigen Erfahrungen vermutet hatte. Er hatte nie einen Respekt gegenüber der Welt entwickelt, zumal er auch nie irgendein Idol gehabt hatte, das sie ihm hätte zertrümmern können.

Er hüllte seine Seele in einen Panzer und machte seine Beobachtungen. Einmal verschlug es ihn gut gelaunt in eine Missionskirche, wo der Prediger immer nur „ihr" sagte, niemals „wir". Während seine Zuhörer sich am Ofen wärmten, teilte er ihnen mit, wie sie aus seiner Sicht mit dem Herrgott stünden. Viele der anwesenden Sünder lauschten mit wachsender Ungeduld den ausführlichen Darstellungen ihrer Verderbtheit. Sie warteten auf die Verteilung der Essensmarken.

Wer die Sprache der Luftgeister verstand, mochte die Gedanken erfassen, die zwischen dem Mahner und seinen Zuhörern hin und her gingen.

„Ihr seid verdammt", verkündete der Prediger. Und von den zerlumpten Anwesenden kam die unausgesprochene, aber nicht minder deutliche Erwiderung: „Wo bleibt die Suppe?"

Jimmie und ein Kumpel saßen ganz hinten und kommentierten mit der Zwanglosigkeit englischer Gentlemen Dinge, die sie nicht betrafen. Als sie durstig wurden und hinausgingen, wussten sie schon nicht mehr, ob der Mann in der Kirche ein Priester war oder Christus.

Der Gedanke an unerreichbare Höhen, in denen süße Früchte wuchsen, machte Jimmie für einen Augenblick verdrießlich. Sein Kumpel sagte, falls er jemals Gott begegne, würde er ihn um eine Million Dollar und eine Flasche Bier bitten.

Jimmies Hauptbeschäftigung bestand lange darin, an Straßenecken zu stehen und die Welt vorbeiziehen zu lassen. Schöne Frauen regten ihn zu leuchtend roten Träumen an. An diesen Straßenkreuzungen forderte er die Menschheit heraus.

Hier war er mitten im Geschehen und spürte den Pulsschlag des Lebens in sich. Die Welt nahm ihren Lauf, und er war da und beobachtete sie dabei.

Gut gekleidete Männer waren ihm ein Dorn im Auge. In seinen Augen war feine Kleidung ein Zeichen von Schwäche; unter einem teuren Mantel könne kein tapferes Herz schlagen, meinte er. Er fühlte sich diesen feinen Pinkeln weit überlegen, denn sie lebten in ständiger Angst, etwas zu verlieren – ihr Leben, ihre Würde oder sonst was. Am meisten verachtete er allzu offensichtliche Christen und die Schwächlinge mit der Blume der Aristokratie im Knopfloch. Er fürchtete weder den Teufel noch die Reichen und Mächtigen der Gesellschaft.

Hatte er einen Dollar in der Tasche, war seine Zufriedenheit mit dem Leben grenzenlos. Und so sah er sich irgendwann gezwungen, eine Arbeit anzunehmen. Sein Vater starb, und seine Mutter fristete ihr Dasein von Monat zu Monat.

Er wurde Fuhrknecht. Man übertrug ihm die Verantwortung für ein kräftiges Pferdegespann und einen großen, rumpelnden Rollwagen. Er stürzte sich ins Getümmel der Innenstadt, und wenn ihn gelegentlich Polizisten vom Kutschbock zerrten und verprügelten, schleuderte er ihnen trotzige Flüche entgegen.

In bestimmten Vierteln geriet der Verkehr regelmäßig ins Stocken. Wenn er am Ende der Schlange zum Stehen kam, nahm er es gelassen hin, schlug die Beine übereinander und brüllte den einen oder anderen Fußgänger an, der so leichtsinnig war, vor seinen Pferden über die Straße zu hetzen. Ansonsten rauchte er in aller Ruhe seine Pfeife in dem Wissen, dass er auch fürs Warten bezahlt wurde.

Wenn er jedoch an vorderster Front des Durcheinanders stand, mischte er sich lautstark in den erbitterten Streit zwischen den Fuhrleuten auf ihren Kutschböcken ein. Wenn es allzu hitzig wurde, schritt bisweilen die Polizei ein und nahm ihn fest.

Er ging nur noch mit einem spöttischen Grinsen durchs Leben, wurde immer abgebrühter und glaubte an nichts mehr. Die Polizei war für ihn grundsätzlich bösartig, und auch sonst trieben sich auf der Welt hauptsächlich Schurken herum, die ihn übers Ohr hauen wollten und mit denen er deshalb regelmäßig aneinandergeriet. Er selbst nahm zwar eine niedere Stellung ein, in der er sich jedoch eine gewisse Größe bewahrte, da er sich nicht darum kümmerte, was die anderen sagten.

Der größte Schwachsinn war in seinen Augen vorne auf den Plattformen der Pferdebahnen zu Hause, in Gestalt der Fahrer. Anfangs ließ er sich noch auf Wortgefechte mit ihnen ein, doch mit der Zeit prallte ihr Stumpfsinn an ihm ab. Wie eine Kuh ließ er sich von nichts mehr aus der Ruhe bringen. Er war von einer geradezu majestätischen Verachtung für alle Trambahnen erfüllt, die ihn verfolgten wie lästige Insekten.

Wenn er zu einer längeren Fahrt aufbrach, richtete er seinen Blick auf einen hohen, fernen Punkt, trieb seine Pferde kurz an und versenkte sich dann in einen Zustand, in dem er alles um sich herum wie in Trance wahrnahm. Die Kutscher hinter ihm mochten brüllen, wie sie wollten, Fahrgäste mochten ihn mit Schmährufen überhäufen – er tauchte erst wieder aus seinem Dämmerzustand auf, wenn irgendein blau uniformierter Polizist rot anlief, ihm in die Zügel griff und den Pferden auf die weichen Nüstern schlug.

Wenn er manchmal darüber nachdachte, wie die Polizei sich ihm gegenüber verhielt, kam er zu dem Schluss, dass er und seine Kollegen die Einzigen in der Stadt waren, die keinerlei Rechte besaßen. Es hatte den Anschein, als würde die Polizei ihn für alles, was auf den Straßen passierte, zur

Verantwortung ziehen, als hätten alle Uniformträger dieser Stadt ihn zu ihrem Hauptfeind erklärt. Seine Rache bestand darin, niemals vor irgendetwas auszuweichen, es sei denn, gewichtige Umstände oder ein Mann von deutlich größerer Statur zwangen ihn dazu.

Fußgänger waren für ihn nur lästige Fliegen, die so verrückt waren, ihm in die Quere zu kommen. Nie würde er verstehen, was sie dazu antrieb, die Straße an den gefährlichsten Stellen zu überqueren. Diese Anfälle von Lebensmüdigkeit waren ihm ein Rätsel. Immer wieder sah er sich gezwungen, sie von seinem Thron zurechtzuweisen, sie für ihre tollkühnen Sprünge, Hechtrollen und Sturzflüge zu schelten.

Wenn sie gegen die Nasen seiner kauenden Pferde stießen und sie aus ihrer träumerischen Ruhe aufschreckten, sodass die Tiere den Kopf schüttelten und mit den Hufen stampften, dann wetterte er über diese Idioten. Nach seiner Überzeugung hatte die Vorsehung ihm und seinem Gespann das Recht verliehen, sich allem und jedem in den Weg zu stellen und selbst den Sonnenwagen zum Anhalten zu zwingen.

Und wenn der göttliche Lenker vom Kutschbock gestiegen wäre und zornig die flammenden Fäuste geschwungen hätte, um seine Vorfahrt zu behaupten, so hätte er es wahrscheinlich mit einem finster dreinblickenden Sterblichen mit harten Fäusten zu tun bekommen.

Vielleicht hätte es den jungen Mann nicht einmal eingeschüchtert, wenn ihm in einer engen Gasse ein fliegendes Fährschiff entgegengekommen wäre. Nur vor den Feuerspritzen hatte er gehörigen Respekt. Wenn ihm ein Löschfahrzeug entgegenkam, wich er augenblicklich auf den Gehsteig aus und brachte die Fußgänger in Gefahr. Wenn ein Löschwagen sich einem Haufen blockierter Fuhrwerke näherte und sie auseinandertrieb, wie man mit einem kräftigen Schlag eine Eisscholle zertrümmert, so konnte man sicher sein, dass Jimmies Gespann längst sicher und mit heilen Rädern auf dem Gehsteig stand. Ein herannahender Löschwagen vermochte jedes Gewirr von schweren Fahrzeugen aufzulösen, gegen das die Polizei eine halbe Stunde vergeblich angekämpft hatte.

Die Feuerspritze war für Jimmie so ungefähr das Furchterregendste und Mächtigste auf der Welt; etwas, das er nicht bloß fürchtete, sondern zugleich mit geradezu hündischer Ergebenheit liebte. Es war schon vorgekommen, dass ein solches Fahrzeug einen Straßenbahnwagen umgeworfen hatte. Allein die feurigen Pferde, die mit ihren Hufen Funken auf dem Pflaster sprühen ließen, konnte man nur bewundern. Und das Läuten der Glocke durchfuhr ihn wie wildes Kriegsgetöse.

Schon als kleiner Junge war Jimmie zum ersten Mal festgenommen worden, und mit den Jahren häufte er ein ansehnliches Register an. Allzu oft stieg er vom Kutschbock und ließ sich auf Auseinandersetzungen mit anderen Fahrern ein. Außer den Scharmützeln auf der Straße war er nicht selten auch in Kneipenschlägereien verwickelt, die von der Polizei beendet werden mussten. Einmal war er festgenommen worden, weil er einen Chinesen angegriffen hatte. Außerdem machten ihm zwei Frauen aus verschiedenen Stadtteilen Ärger, die nichts voneinander wussten, ihn aber beide mit lautstarken Forderungen bedrängten, in denen es um Heirat, Unterhalt und Kinder ging.

Trotz alledem schaute er eines Abends zum Sternenhimmel und meinte staunend und ehrerbietig: „Guck dir diesen Mond an. Is der nich' kolossal?"

5

Das Mädchen, Maggie, blühte in einer Schlammpfütze. Sie war eine Erscheinung, wie sie in einer Siedlung von Mietskasernen höchst selten vorkam: eine hübsche junge Frau.

Sie schien nichts von dem Dreck der Rum Alley in ihren Adern zu haben. Die Philosophen in der Nachbarschaft rätselten, wie so etwas möglich war.

Als Kind hatte sie mit den Straßenjungen im Dreck gespielt, gestritten und gerauft. In ihren schmutzigen Lumpen hatte kaum jemand sie beachtet.

Es kam jedoch eine Zeit, in der man so manchen jungen Mann in der Nachbarschaft sagen hörte: „Gar nich' so übel, dieses Johnson-Mädel." In dieser Zeit redete ihr Bruder ein ernstes Wort mit ihr: „Mag, du musst dich entscheiden. Entweder du gehst zum Teufel oder zur Arbeit!" Sie entschied sich für die Arbeit, weil die andere Möglichkeit ihrem weiblichen Instinkt zuwiderlief.

Durch Zufall fand sie eine Stelle in einer Fabrik, in der Kragen und Manschetten hergestellt wurden. In einem

Raum mit zwanzig bleichen, missmutig dreinblickenden Mädchen bekam sie einen Schemel und eine Nähmaschine. Den ganzen Tag saß sie auf dem Hocker, hielt die Maschine mit dem Fußpedal am Laufen und nähte Kragen, deren Markenname kein bisschen an Kragen erinnerte. Abends kam sie nach Hause zu ihrer Mutter.

Jimmie war nun groß genug, um in gewisser Weise die Rolle des Familienoberhaupts einzunehmen. In dieser Funktion torkelte er spätnachts die Treppe hoch, wie sein Vater vor ihm. Er wankte durchs Zimmer, schnauzte die anderen an oder legte sich auf dem Fußboden schlafen.

Die Mutter hatte es zu einem gewissen Ruhm gebracht; sie unterhielt sich ganz zwanglos mit ihren Bekannten unter den Polizeirichtern. Die Gerichtsbeamten sprachen sie mit ihrem Vornamen an. Wenn sie wieder einmal erschien, grinsten sie und riefen: „Hallo, Mary, auch wieder mal da?" Oft sah man sie im Gerichtssaal ihren grauen Kopf schütteln und mit Nachdruck auf den Richter einreden, mit allerhand Ausflüchten, Erklärungen, Entschuldigungen und Gebeten. Ihr glutrotes Gesicht und ihre rollenden Augen waren längst ein vertrauter Anblick auf Blackwell's Island. Sie maß die Zeit nur noch nach ihren Sauftouren und war dementsprechend aufgedunsen und zerzaust.

Eines Tages erschien Pete auf der Bildfläche, jener junge Mann, der seinem Freund Jimmie einst aus der Patsche geholfen hatte, als dessen Gegner aus der Devil's Row ihn eingekreist hatten. Eines Tages traf er Jimmie auf der Straße, schlug vor, ihn zu einem Boxkampf in Williamsburg mitzunehmen, und holte ihn am Abend ab.

47

Maggie betrachtete Pete.

Er saß auf einem Tisch in der Wohnung der Johnsons und ließ lässig seine Beine in der karierten Hose baumeln. Die Haare fielen ihm in gewellten Fransen in die Stirn. Seine stumpfe Nase schien vor der Berührung mit dem stachligen Schnurrbart zurückzuschrecken. Sein blauer zweireihiger Rock, mit schwarzer Litze eingefasst, war bis knapp unter die rote Krawatte zugeknöpft, und seine Lackschuhe sahen aus, als könnte man damit einen Mord begehen.

Pete hatte das Auftreten eines Mannes, der sich seiner Überlegenheit bewusst war. Sein Blick drückte Mut und Weltverachtung aus. Er gestikulierte wie ein Mann von Welt und fasste Religion und Philosophie grundsätzlich mit zwei Worten zusammen: „Alles Quatsch." Er hatte wahrscheinlich schon alles gesehen und fand es, nach seinem abschätzigen Gesichtsausdruck zu schließen, nicht gerade berauschend. Maggie hielt ihn für einen sehr eleganten und gewandten Barkeeper.

Pete erzählte Jimmie allerhand Geschichten.

Maggie beobachtete ihn verstohlen aus halb geschlossenen Augen, in denen sich vages Interesse abzeichnete.

„Heiliger Strohsack, ich hab diese Typen so satt", sagte er. „Fast jeden Tag kommt irgend so 'ne Pfeife daher und will mir sagen, wo's langgeht. Verstehst du? Aber solche Knilche fliegen gleich wieder raus! Die setz ich schneller an die Luft, als sie bis drei zählen können. Verstehst du?"

„Klar", sagte Jimmie.

„Da kommt doch neulich so 'n Holzkopf und führt sich auf, als gehörte ihm der Laden! Das muss man sich mal vorstellen. Ich seh gleich, der Kerl hat einen in der Krone, und sag mir, der hat genug, dem gibst du nix mehr. ,Geh nach Hause und mach kein' Ärger', sag ich zu ihm. Verstehst du? ,Geh nach Hause und mach kein' Ärger.' Klipp und klar, verstehst du?"

Jimmie nickte verständnisvoll. Man sah ihm an, dass er gern von ähnlichen Erlebnissen erzählt hätte, in denen er selbst seine Tapferkeit in einer kritischen Situation unter Beweis gestellt hatte, doch Pete ließ ihn nicht zu Wort kommen.

„Da sagt der Kerl: ,Ich bin nich' hier, um mich zu streiten', sagt er, ,ich bin 'n ehrbarer Bürger und will was zu trinken, aber 'n bisschen plötzlich.' Verstehst du? ,Das kannste vergessen', sag ich zu ihm, ,und jetzt mach kein' Ärger und schieb ab.' Da stellt der sich doch glatt in Position und sagt, seine Fäuste wär'n zart wie Seide oder so was, und er will 'n Drink, aber dalli. Hat er wirklich gesagt, verstehst du?"

„Klar", versicherte Jimmie.

„Aber nich' mit mir", fuhr Pete fort. „Zack, zack bin ich übern Tresen und hab ihm eine gelangt, dass die Wände wackeln. Mitten in die Fresse, verstehst du? Und was macht er? Er schmeißt 'nen Spucknapf durchs Fenster. Mich hätt's fast umgehauen. Aber dann kommt der Boss rein und sagt: ,Pete, das haste gut gemacht. Du sorgst hier für Ordnung, so isses recht.' Verstehst du? ,So isses recht', hat er gesagt."

Die beiden tauschten noch ein paar fachmännische Details zum Thema aus.

„Der Kerl war so 'n Dandy", sagte Pete abschließend, „Aber er hätt kein' Ärger machen soll'n. Das sag ich allen: ‚Wer Ärger machen will, bleibt besser draußen', sag ich immer. ‚Weil Ärger kann ich hier kein' gebrauchen.' Verstehst du?"

Jimmie und sein Freund tauschten noch einige Geschichten von ihren Heldentaten aus, während Maggie sich im Hintergrund hielt. Ihre Augen ruhten mit einem staunenden, verträumten Ausdruck auf Petes Gesicht. In seiner Anwesenheit nahm sie die schäbigen Möbel, die verrußten Wände und die heillose Unordnung umso stärker wahr, die bei ihnen herrschte. Irgendwie hatte sie das Gefühl, Petes edle Erscheinung könnte in dieser Umgebung beschmutzt werden. Sie musterte ihn aufmerksam, suchte nach Anzeichen von Verachtung bei ihm. Doch Pete schien ganz in seine Erinnerungen versunken.

„Diese Knalltüten machen mir keine Angst", sagte er. „Wenn's sein muss, nehm ich's mit drei von dieser Sorte auf, das wissen die genau."

Er stockte einen Augenblick. „Ach, zum Teufel", sagte er schließlich in einem Ton, der seine ganze Verachtung für das Unvermeidliche ausdrückte, für alles, was das Schicksal ihm noch aufbürden mochte.

In Maggies Augen entsprach er dem Idealbild eines Mannes. Ihre träumerischen Gedanken wagten sich oft in ferne Länder, wo der Gesang der Hügel den neuen Morgen begrüßte. Und unter den Bäumen ihrer Traumgärten wandelte immer ein liebender Held.

6

Pete wurde auf Maggie aufmerksam.

„Mag, deine Figur ... also wirklich, alle Achtung", sagte er mit seinem umgänglichen Grinsen.

Als ihm bewusst wurde, dass sie ihm aufmerksam zuhörte, legte er sich bei seinen Schilderungen verschiedener Vorfälle aus seinem Arbeitsalltag noch mehr ins Zeug. Bei Schlägereien schien er unbesiegbar zu sein.

„Das hättste sehn sollen", sagte er, als er von einer Meinungsverschiedenheit mit einem Gast erzählte. „Der Trottel hat gekämpft wie 'n Spaghettifresser, sag ich dir. Das war 'n Kinderspiel. Kommt sich vor wie 'n Boxer. Dem hab ich's vielleicht gegeben."

Er ging in der kleinen Stube auf und ab, die dabei noch kleiner zu werden schien, ein erbärmlicher Rahmen für die würdevolle Erscheinung eines so herausragenden Kriegers. Seine wiegenden Schultern, mit denen er schon als junger Bursche die meisten eingeschüchtert hatte, waren heute, da er älter und erfahrener war, noch um vieles imposanter. Seine Statur und sein unerschütterliches Grinsen verrieten jedem, der Augen im Kopf hatte, dass es im ganzen Universum nichts gab, was ihm hätte Angst machen können. Maggie bewunderte ihn und fragte sich, aus welcher Höhe er auf sie herabschauen musste.

„Neulich treff ich in der Stadt so 'n Trottel", erzählte er weiter. „Ich war aufm Weg zu 'nem Freund von mir. Ich geh über die Straße, da rennt der Schwachkopf doch glatt in mich rein. Dann dreht er sich um und sagt: ‚Du unverschämter Flegel!', so was in der Art. ‚Himmelherrgott, verzieh dich, aber schnell', sag ich. Da wird der Kerl wild. Sagt, ich wär 'n gemeiner Schuft, so ähnlich, und zu ewiger Verdammnis verurteilt und so Zeug. ‚Was du nich' sagst', sag ich zu ihm. ‚Ich glaub, du willst mich verkohlen.' Und dann hab ich ihm eine reingehauen, verstehst du?"

Zusammen mit Jimmie verließ Pete die Wohnung der Johnsons wie ein strahlender Held. Maggie lehnte sich aus dem Fenster und schaute ihm nach, wie er die Straße hinunterschritt.

Noch nie hatte sie einen Mann wie ihn gesehen, der einer gewalttätigen Welt unbeeindruckt die Stirn bot, der sogar der geballten Macht der Uniformierten mit Verachtung entgegentrat und dessen Fäuste der Härte des Gesetzes trotzten. Er war ein Ritter.

Die beiden Männer traten aus dem Licht einer Straßenlaterne und tauchten ins Dunkel ein.

Maggie betrachtete die fleckigen Wände und schäbigen Möbel ihres Zuhauses. Die Uhr in dem zersplitterten länglichen Gehäuse aus lackiertem Holz erschien ihr plötzlich unsagbar hässlich. Und dieses schnarrende Ticken! Auch die verblassten Blumen im Teppichmuster fand sie nur noch grauenhaft. Und ihr Bemühen, einem schäbigen Vorhang mit ein paar blauen Bändern ein bisschen Glanz zu verleihen, kam ihr nun ebenfalls erbärmlich vor.

Sie fragte sich, was Pete wohl zu Abend aß.

Ihre Gedanken schweiften zu der Kragen- und Manschettenfabrik. Sie erschien ihr nun als ein trostloser Ort ewiger Schinderei. Pete lernte in seinem interessanten Beruf bestimmt Leute mit Geld und guten Manieren kennen. Wahrscheinlich kannte er auch viele hübsche Mädchen. Sie war überzeugt, dass er immer genug Geld hatte, das er nach Belieben ausgeben konnte.

Für sie gab es auf dieser Erde nur Müh und Plage und ständige Kränkungen. Umso mehr bewunderte sie diesen Mann, der sich durch nichts erschüttern ließ. Selbst wenn der Todesengel zu ihm käme, würde Pete wahrscheinlich nur mit den Schultern zucken und sagen: „Was soll's, alles geht mal vorbei."

Sie rechnete damit, dass er bald wiederkommen würde. Für einen Teil ihres Wochenlohns kaufte sie geblümten Cretonne-Baumwollstoff für einen Lambrequin-Behang, den sie mit großer Sorgfalt nähte und an dem schiefen Sims über dem Küchenherd befestigte. Besorgt betrachtete sie den Lambrequin von verschiedenen Seiten, um sich zu vergewissern, dass er gut aussah, wenn am Sonntagabend vielleicht Jimmies Freund wiederkam. Doch sie wartete vergeblich.

Nun schämte sie sich wegen ihres lächerlichen Versuchs, die Küche mit einem neuen Behang zu verschönern. Pete hatte bestimmt Wichtigeres zu tun, als Lambrequins zu bewundern.

Als Pete ein paar Tage später erschien, hatte sein Äußeres sich auf faszinierende Weise verändert. Maggie hatte ihn nun zweimal gesehen, und er hatte jedes Mal einen anderen Anzug getragen. Bestimmt hatte er eine riesige Garderobe zur Auswahl.

„Hör mal, Mag", sagte er, „zieh doch am Freitagabend

deine besten Klamotten an, dann gehn wir zusammen in die Show. Verstehst du?"

Er blieb noch eine Weile, stellte seine Kleidung zur Schau und verschwand dann, ohne den neuen Lambrequin auch nur bemerkt zu haben.

Während Maggie in der Fabrik ihre ewigen Kragen und Manschetten nähte, versuchte sie sich Pete in seiner täglichen Umgebung vorzustellen. Bestimmt waren ein halbes Dutzend Frauen in ihn verliebt, und vielleicht fühlte er sich zu einer von ihnen besonders hingezogen, der es zwar nicht an äußeren Reizen fehlte, die aber von abscheulichem Charakter war. Sie vermutete, dass sein Leben ein einziges großes Vergnügen war. Gewiss hatte er Freunde, doch es gab bestimmt nicht wenige, die ihn fürchteten.

Sie stellte sich die Show vor, die sie mit Pete besuchen würde. Ein großartiges Spektakel voller Farben und Melodien, bei dem sie selbst, so fürchtete sie, klein und unscheinbar wirken würde.

Ihre Mutter trank den ganzen Freitagvormittag Whisky. Am Nachmittag tobte sie sie mit rotglänzendem Gesicht und wirrem Haar durch die Wohnung und zertrümmerte Geschirr und Mobiliar. Als Maggie um halb sieben nach Hause kam, lag ihre Mutter zwischen den Trümmern und schlief. Auch Maggies neuer Lambrequin hatte ihren Zorn zu spüren bekommen. Schmutzig und zerrissen lag er in einer Ecke.

„Ha!", schnaubte sie und setzte sich auf. „Wo warst du so lange? Hast dich wieder rumgetrieben, was? Aus dir wird noch 'n richtiger Teufel!"

54

Als Pete kam, erwartete Maggie ihn in einem abgetragenen schwarzen Kleid mitten in den auf dem Fußboden verstreuten Trümmern. Der Fenstervorhang war von schwerer Hand heruntergerissen worden; er hing nur noch an einem einzigen Nagel und baumelte im Luftzug der Risse im Fensterrahmen. Die blauen Schleifen sahen aus wie zertrampelte Blumen. Das Feuer im Herd war erloschen. Hinter der offenen Herdtür türmten sich graue Aschehaufen. In einem Winkel lagen die ekelerregenden Überreste einer Mahlzeit. Maggies rotgesichtige Mutter lag auf dem Boden, fluchte und schickte ihrer Tochter ein unflätiges Schimpfwort hinterher.

7

Eine Kapelle mit Frauen in gelber Seide und kahlköpfigen Männern spielte einen beliebten Walzer auf einer erhöhten Bühne in der Mitte eines Saales, der in dezentem Grün gehalten war. In dem vollbesetzten Saal saßen die Gäste in Gruppen an kleinen Tischen. Dazwischen bewegte sich ein Bataillon von Kellnern, die Tabletts mit Biergläsern trugen und aus den unerschöpflichen Tiefen ihrer Hosentaschen Wechselgeld herausgaben. Kleine Jungen, als französische Küchenchefs verkleidet, liefen unermüdlich zwischen den Tischen auf und ab und boten den Gästen Kuchen an. Man hörte gedämpftes Plaudern und Gläserklirren. Tabakqualm umwehte in grauen Wolken die matt schimmernden Kronleuchter.

Die meisten schienen direkt von der Arbeit zu kommen. Männer mit schwieligen Händen in Kleidung, der man die Spuren eines hart verdienten Lebensunterhalts ansah, rauchten zufrieden ihre Pfeife und gaben fünf, zehn oder fünfzehn Cent für Bier aus. Da und dort sah man auch Männer mit Glacéhandschuhen und Zigarren, die sie nicht hier gekauft hatten. Die überwiegende Mehrzahl der Gäste waren jedoch Leute, die tagtäglich schwer schufteten. Schweigsame Deutsche, manche mit ihren Frauen und zwei oder drei Kindern, lauschten der Musik mit einem Ausdruck, der an zufriedene Kühe erinnerte. Auch die eine oder andere Schar rotwangiger Matrosen von einem Kriegsschiff verbrachte den frühen Abend an einem der kleinen runden Tische. Nur ganz vereinzelt sah man Betrunkene, die, vom Bier und der eigenen Wichtigkeit berauscht, in ernstem, vertraulichem Ton auf ihre Gesprächspartner einredeten. Auf der Empore und hier und dort auch unten im Saal verfolgten Frauen das Geschehen mit teilnahmslosen Gesichtern. Die Nationalitäten der Bowery strahlten von allen Seiten auf die Bühne.

Pete schritt energisch einen Seitengang entlang und führte Maggie an einen Tisch unter der Empore.

„Zwei Bier!"

Zurückgelehnt verfolgte er mit überlegenem Blick das Geschehen. Seine Haltung beeindruckte Maggie ungemein. Ein Mann, der ein solches Spektakel so gelassen auf sich wirken ließ, musste großartige Dinge erlebt haben.

Bestimmt hatte er dieses Lokal schon oft besucht, alles schien ihm bestens bekannt zu sein. Umso kleiner fühlte sich Maggie neben ihm, da ihr alles hier so neu und fremd war.

Pete war sehr nett und zuvorkommend, benahm sich wie ein vollendeter Gentleman, der weiß, was sich gehört.

„Was soll denn das? Bring der Dame gefälligst 'n großes Glas! Was soll sie denn mit dem Fingerhut?"

„Werd mal nich' frech", erwiderte der Kellner hitzig, ehe er ging.

„Schieb ab, Mann", rief Pete ihm nach.

Maggie entging nicht, dass Pete für sie seine ganze Eleganz und sein Wissen um feines Benehmen zur Schau stellte. Ihr wurde warm ums Herz, wenn sie seine gönnerhafte Art beobachtete.

Die gelbseidenen Frauen und kahlköpfigen Männer der Kapelle spielten ein paar flotte Takte, worauf ein Mädchen in kurzem rosa Kleid auf die Bühne tänzelte. Sie lächelte in die Menge, als hätte man ihr einen warmen Empfang bereitet, schritt mit ausladenden Gesten auf und ab und sang in hellem Sopran ein Lied, dessen Text unverständlich blieb. Als sie den beschwingten Refrain anstimmte, fielen ein paar angeheiterte Männer nahe der Bühne in den flotten Kehrreim ein und schlugen im Takt ihre Gläser auf den Tisch. Einige beugten sich vor, um sie besser sehen zu können und zu verstehen, was sie sang. Als sie die Bühne verließ, gab es begeisterten Applaus.

Als die Musiker ein paar Takte spielten, kam die Sängerin unter dem Jubel der Beschwipsten zurück und ließ zur Tanzmusik der Kapelle ihre Spitzen flattern. Sie trug etwa ein halbes Dutzend Röcke, obwohl zum Zwecke der

Bekleidung einer allein genügt hätte. Gelegentlich beugte sich ein Zuschauer vor, der besonderes Interesse für ihre rosa Strümpfe zeigte. Maggie betrachtete staunend das bezaubernde Kostüm und fragte sich, was die Seide und die Spitzen gekostet haben mochten.

Das beharrlich strahlende Lächeln der Tänzerin war ganze zehn Minuten auf die Gesichter der Zuschauer gerichtet. Im Finale zeigte sie einige der grotesken Verrenkungen, wie sie zurzeit bei den Tänzerinnen in den Theatern der besseren Viertel in Mode waren. So kam das Publikum der Bowery zu ermäßigten Preisen in den Genuss eines Spektakels, wie es sonst nur das gehobene Theaterpublikum zu sehen bekam.

„Ach, Pete", seufzte Maggie und beugte sich über den Tisch, „das is einfach großartig."

„Klar", sagte Pete mit angemessener Selbstzufriedenheit.

Auf die Tänzerin folgte ein Bauchredner. Auf seinen Knien hielt er zwei fantastische Puppen, die er traurige Lieder singen ließ, gefolgt von witzigen Bemerkungen über Geografie und Irland.

„Reden die zwei Männchen wirklich?", fragte Maggie.

„Nee", sagte Pete, „sieht bloß so aus, verstehst du?"

Zwei Mädchen, die als Schwestern angekündigt wurden, traten auf und sangen ein Duett, das gelegentlich bei Konzerten zu hören war, die die Kirche veranstaltete. Auf das flotte Tänzchen, das sie dazu hinlegten, würde man bei einer Kirchenveranstaltung allerdings vergeblich warten.

Nachdem die beiden abgetreten waren, sang eine Frau unbestimmten Alters eine „Schwarze Melodie". Der Refrain wurde mit groteskem Gewatschel dargeboten, das einen schwarzen Plantagenarbeiter darstellen sollte, der wahrscheinlich trunken war von Musik und dem Zauber des Mondes. Das Publikum war immerhin so angetan davon, dass die Künstlerin noch einmal auf die Bühne kam und eine traurige Ballade zum Besten gab, in der es um die Liebe einer Mutter ging, um einen jungen Mann, der auf tragische Weise auf hoher See verschollen war, und seine Liebste, die auf ihn wartete. Der selbstgefällige Ausdruck auf so manchem Gesicht verschwand und wich ehrlicher Ergriffenheit. Als die letzten traurigen Töne verklangen, brandete ein Beifall auf, der aus tiefstem Herzen zu kommen schien.

Die Sängerin beendete ihren Auftritt mit einem Lied, das eine Vision beschrieb: Britannien wurde von Amerika vernichtet, und Irland errang seine lang ersehnte Freiheit. Den Höhepunkt in der letzten Zeile unterstrich die Sängerin, indem sie die Hände in die Höhe warf und rief: „Das Sternenbanner!" Das Publikum war begeistert. Stiefel stampften mit ohrenbetäubendem Gepolter auf den Boden, in den Augen leuchtete ein ungeahntes Feuer, und schwielige Hände wurden enthusiastisch geschwenkt.

Nach einer kurzen Pause schmetterte die Kapelle ein paar Takte, zu denen ein kleiner, dicker Mann auf die Bühne stürmte. Er begann grölend zu singen und stapfte mit einem anzüglichen Grinsen im Rampenlicht auf und ab, während er unablässig seinen Zylinder schwenkte. Bisweilen verzog er das Gesicht zu grotesken Grimassen, sodass er aussah wie ein Teufel auf einem japanischen Papierdrachen. Die Menge brach in schallendes Gelächter aus. Nie kamen seine kurzen, dicken Beine zur Ruhe. Er brüllte und wippte mit seinem roten Perückenkopf, bis das Publikum begeistert applaudierte.

Pete schenkte dem Geschehen auf der Bühne keine große Aufmerksamkeit. Er trank sein Bier und beobachtete Maggie.

Ihre Wangen waren vor Erregung gerötet, ihre Augen leuchteten. Sie atmete in tiefen Zügen, sog das Spektakel in sich auf. Nicht ein Mal dachte sie an die bedrückende Atmosphäre in der Kragen- und Manschettenfabrik.

Als die Schlussakkorde der Kapelle verklungen waren, schoben sich Pete und Maggie in der Menge auf den Gehsteig hinaus. Er nahm ihren Arm und bahnte ihr einen Weg, drohte sogar dem einen oder anderen Prügel an.

Es war schon spät, als sie bei Maggies Mietskaserne ankamen. Einige Augenblicke standen sie vor der abweisenden Haustür.

„Was meinst du, Mag?", sagte Pete. „Krieg ich 'n Kuss dafür, dass ich dich in die Show mitgenommen hab?"

Maggie lachte erschrocken und wich einen Schritt zurück.

„Nee, Pete", sagte sie, „das haben wir nich' ausgemacht."

„Warum denn nich'?", drängte Pete.

Das Mädchen zog sich unsicher zurück.

„Was is denn?", setzte er nach.

Maggie eilte in den Hausflur und die Treppe hinauf. Sie drehte sich noch einmal um, lächelte, und verschwand.

Pete ging langsam die Straße hinunter, einen erstaunten

Ausdruck im Gesicht. Unter einer Laterne blieb er stehen und seufzte verwundert.

„Na so was", murmelte er. „Bin ich jetzt der Dumme oder was?"

8

Wenn Maggie an Pete dachte, wurde ihr schmerzlich bewusst, wie schäbig ihre Kleider waren. „Verdammt, was is bloß los mit dir?", fuhr ihre Mutter sie an. „Was soll dieses Getue?"

Ihr besonderes Interesse galt den feinen, gut gekleideten Damen, die sie auf den Boulevards sah. Maggie beneidete sie um ihre Eleganz und ihre weichen Hände. Sie erkannte nun, dass das Äußere für eine Frau von größter Bedeutung war.

Viele der Frauen und Mädchen, die sie auf der Straße sah, hatten ein zuversichtliches Lächeln im Gesicht, als wären die Menschen, die sie liebten, immer für sie da.

In der Kragen- und Manschettenfabrik hatte sie oft ein Gefühl, als würde sie ersticken. Mit der Zeit würde sie in dem heißen, muffigen Raum verkümmern. Die schmutzigen Fenster klirrten, wenn die Hochbahn vorbeifuhr. Die Halle war von einem wirren Durcheinander aus Geräuschen und Gerüchen erfüllt.

Es machte sie nachdenklich, wenn sie einige der älteren Frauen beobachtete, die wie Maschinen die immer gleichen Handgriffe ausführten und dabei allerhand Geschichten herunterrasselten, von wirklichem oder eingebildetem Mädchenglück, von Säufern, die sie gekannt hatten, von den Kindern zu Hause oder von Lohnrückständen. Sie fragte sich, wie lange ihre eigene Jugend andauern würde. Ihre zarten, frischen Wangen erschienen ihr plötzlich als etwas Kostbares.

Manchmal stellte sie sich selbst in einer grauen Zukunft vor, abgehärmt, knochig und missmutig. Zudem hatte sie den Eindruck, dass Pete sehr wählerisch war, was die äußere Erscheinung einer Frau betraf.

Wenn bloß einmal jemand gekommen wäre und den dicken Ausländer, dem die Fabrik gehörte, an seinem schmierigen Bart gerissen hätte. Der Kerl weckte nichts als Abscheu in ihr, wenn sie ihn in seinen weißen Socken und seinen Halbschuhen nur sah.

Den ganzen Tag saß er in seinem Polstersessel und gab dumme Sprüche von sich. Seine dicke Brieftasche hinderte die Arbeiterinnen daran, ihm zu widersprechen.

„Was glaubt ihr eigentlich, wofür ich euch fünf Dollar die Woche zahl? Für nichts? Nee, verdammt, so isses nich'!"

Maggie wünschte sich eine Freundin, mit der sie über Pete hätte reden können. Gerne hätte sie einer zuverlässigen Gefährtin von seinem bewundernswerten Auftreten erzählt. Ihre Mutter zu Hause war allzu oft betrunken und ständig am Keifen.

Es war, als hätte die Welt dieser Frau übel mitgespielt, und jetzt rächte sie sich dafür an allem, was ihr in die Finger kam. Sie zertrümmerte Möbelstücke, als hätte sie jedes Recht dazu. Wenn sie irgendwelche Gegenstände ins

Pfandhaus trug, blies sie sich auf vor gerechter Empörung über die Wucherzinsen.

Jimmie ließ sich nur blicken, wenn Umstände, die er nicht in der Hand hatte, ihn dazu zwangen. In manchen Nächten, die er gern anderswo verbracht hätte, trugen ihn seine wankenden Beine zuverlässig nach Hause ins Bett.

Der großspurige Pete war für Maggie wie eine leuchtende Sonne am Himmel. Er führte sie in ein Kuriositätenmuseum und bestaunte mit ihr die deformierten Körper, die dort zu sehen waren. Mit ihren Missbildungen, die Maggie voller Ehrfurcht betrachtete, erschienen diese Menschen ihr wie ein auserwähltes Volk.

Pete ließ sich immer neue Dinge einfallen, mit denen er Maggie beeindrucken konnte, und entdeckte die Menagerie im Central Park und das Kunstmuseum. Solche Plätze suchten sie gern am Sonntagnachmittag auf, obwohl Pete meist nicht sehr interessiert wirkte. Meist stand er nur gelangweilt herum, während Maggie sich köstlich amüsierte.

In der Menagerie stand er einmal fasziniert vor einem Käfig, in dem ein kleiner Affe es mit all seinen Zellengenossen aufnehmen wollte, weil einer der Mitbewohner ihn am Schwanz gezogen und er sich nicht schnell genug umgedreht hatte, um zu sehen, wer es war. Pete merkte sich den kleinen Draufgänger und forderte ihn manchmal mit einem Augenzwinkern auf, es den Großen zu zeigen.

Im Museum meinte Maggie: „Das is einfach wunderbar!"

„Ach was", sagte Pete. „Wart's ab, nächsten Sommer machen wir 'n Picknick."

Während das Mädchen durch die hohen Säle wandelte,

erwiderte Pete die bohrenden Blicke der Männer, die die Schätze bewachten, mit der gleichen Härte. Manchmal bemerkte er so laut, dass der Betreffende es hören konnte: „Ich glaub, der Trottel hat Glasaugen." Wenn ihn auch dieser Zeitvertreib langweilte, ging er zu den Mumien und ließ sich zu moralischen Überlegungen inspirieren.

Meist ließ er das Geschehen mit stiller Würde über sich ergehen, manchmal jedoch konnte er sich eine Bemerkung nicht verkneifen.

„Was zum Teufel!", rief er einmal aus. „Jetzt schau dir mal die vielen Krüge an. Hundert Krüge in einer Reihe! Zehn Reihen in einer Vitrine, un' ungefähr tausend Vitrinen! Wer braucht denn so was?"

Wochentags besuchte er mit ihr manchmal die Abendvorstellung im Theater. In diesen Stücken wurde die bezaubernde Heldin am Ende immer aus dem luxuriösen Haus ihres betrügerischen Vormunds befreit, der es auf ihr Vermögen abgesehen hatte. Ihr Retter war meist in Schneestürmen unterwegs, um, mit einem Revolver bewaffnet, ältere Fremde vor irgendwelchen Schurken zu beschützen.

Maggies Mitgefühl galt stets den Wanderern, die im Schneesturm vor einem hell erleuchteten Kirchenfenster ohnmächtig zusammenbrachen, während drinnen ein Chor Joy to the World sang. Für Maggie und die anderen Zuschauer wurde hier die Wirklichkeit auf wunderbare Weise überhöht, sodass darin eine tiefere Wahrheit sichtbar wurde. Immer war drinnen freudiger Gesang, während sie sich, so wie der Schauspieler, draußen fühlte. Die Zuschauer waren ergriffen und zutiefst überzeugt, dass ihnen hier ihr eigenes – eingebildetes oder reales – Schicksal vor Augen geführt wurde.

Maggie fand, dass in dem Stück die Arroganz und Hartherzigkeit des Schurken sehr treffend dargestellt wurde. Sie stimmte in die Verwünschungen ein, mit denen die Zuschauer auf der Galerie diesen Menschen bedachten, wenn seine Rolle ihn zwang, seine Selbstsucht und Gier zu zeigen.

Selbst einige zwielichtige Zuschauer ereiferten sich über das im Stück zur Schau gestellte Unrecht. Unermüdlich buhten sie das Böse aus und applaudierten der Tugend. Leute, die im wirklichen Leben keine Skrupel kannten, bewunderten die Selbstlosigkeit, mit der dem Guten zum Sieg verholfen wurde.

Auf der Galerie wurde lautstarke Sympathie für die Mühseligen und Beladenen zum Ausdruck gebracht. Die Leute feuerten den Helden an und buhten den Schurken aus, verhöhnten ihn und machten sich über seinen Backenbart lustig. Wenn auf der Bühne einer im Schneesturm starb, verfiel die Galerie in Trauer. Das dargestellte Unglück empfanden die Zuschauer, als wäre es ihr eigenes.

Sie unterstützten den Helden auf seinem steinigen Weg von der Armut im ersten Akt zu Reichtum und Triumph im letzten. Zuletzt verzieh er seinen Feinden und erntete den wohlverdienten Beifall der Zuschauer für seine Großmut und seine edle Gesinnung. Seine Widersacher hingegen wurden mit belanglosen, aber umso schärferen Einwürfen bedacht. Die Schauspieler, die die schwere Aufgabe hatten, die Schurken darzustellen, mussten ständig gegen den Widerstand und den Hass des Publikums anspielen. Sobald einer von ihnen zwielichtige Betrachtungen über Recht und Unrecht anstellte, ahnten die Zuschauer sofort, dass er Böses im Schilde führte, und überhäuften ihn mit Schmähungen.

Im letzten Akt triumphierte der Held, ein armer Sohn des Volkes, über den reichen Schuft, der rücksichtslos seine finsteren Absichten verfolgte.

Maggie verließ das Theater stets in gehobener Stimmung. Sie freute sich darüber, dass der arme Held am Ende über den reichen Bösewicht siegte. Die Stücke machten sie aber auch nachdenklich. Sie fragte sich, ob die Bildung und die feine Lebensart, wie die Heldin sie vielleicht etwas überzeichnet auf der Bühne darstellte, auch einem Mädchen offenstanden, das in einer Mietskaserne hauste und in einer Hemdenfabrik arbeitete.

9

Eine Gruppe Straßenjungen beobachtete gespannt den Seiteneingang einer Kneipe. Ihre Augen glänzten erwartungsvoll, die Finger zuckten aufgeregt.

„Da kommt sie", rief einer.

Augenblicklich schwärmten sie aus und verteilten sich in weitem Halbkreis um den Mittelpunkt ihres Interesses. Krachend flog die Kneipentür auf, und eine Frau trat heraus. Das graue Haar fiel ihr in verfilzten Strähnen auf die Schultern. Ihr Gesicht war knallrot und schweißnass, ihre Augen funkelten wütend.

„Von mir kriegst du keinen lumpigen Cent mehr, das schwör ich dir. Drei Jahre hab ich mein Geld hier ausgegeben, un' jetzt willste mir plötzlich kein' Schnaps mehr verkaufen! Scher dich zum Teufel, Johnnie Murckre! ‚Ruhestörung' – so 'n Quatsch! Von wegen ‚Ruhestörung'! Scher dich doch zum Teufel, Johnnie …"

Von innen trat jemand gegen die Tür, und die Frau wankte auf den Gehsteig.

Die Gassenjungen fingen an zu johlen und um die Frau herumzutanzen, ein höhnisches Grinsen im Gesicht.

Wütend stürzte sich die Frau auf ein paar besonders freche Jungen. Die lachten nur und brachten sich mit ein paar flinken Schritten in Sicherheit, während sie kurz zurückschauten und die Frau mit Schmährufen reizten. Die Frau blieb schwankend auf dem Bordstein stehen und fluchte ihnen hinterher. „Ihr Satansbraten!", wetterte sie und schüttelte ihre geröteten Fäuste. Die Knirpse johlten vergnügt. Als die Frau die Straße hinunterging, marschierten sie aufreizend hinter ihr her. Dann und wann fuhr sie herum, als wolle sie sich auf sie stürzen, doch die Bengel entwischten ihr ohne Mühe und verspotteten sie weiter.

Vor einem düsteren Hauseingang blieb sie kurz stehen und verfluchte die Plagegeister. Mit ihren wirren Haaren und dem hochroten Gesicht sah sie aus wie eine Irre. So stand sie noch einen Augenblick da und fuchtelte mit ihren großen, zitternden Fäusten.

Die kleinen Kerle johlten, bis die Frau sich schließlich umdrehte und im Haus verschwand. Dann zogen sie in aller Ruhe ab, wie sie gekommen waren.

Die Frau wankte durch den Hausflur der Mietskaserne und stolperte die Treppe hinauf. Auf dem Flur im ersten Stock wurde eine Tür geöffnet, mehrere Köpfe spähten neugierig heraus. Wutschnaubend strebte die Frau auf die Tür zu – die wurde hastig zugeschlagen und der Schlüssel umgedreht.

Minutenlang stand sie davor und schleuderte wüste Flüche gegen die Tür. „Komm raus, Helen Murphy, wenn du Streit haben willst! Komm raus, du alter Terrier!"

Mit ihren großen Füßen trat sie gegen die Tür und forderte die ganze Welt heraus, sich zum Kampf zu stellen. Ihr Geschrei lockte Köpfe aus allen Türen hervor, nur nicht aus der, die sie attackierte. Ihre Augen funkelten in alle Richtungen, ihre Fäuste fuchtelten wie wild.

„Kommt raus, ihr verdammte Bande", blaffte sie den Schaulustigen entgegen und erntete dafür vereinzelte Flüche, spöttische Zurufe und Ratschläge. Wurfgeschosse landeten klappernd vor ihren Füßen.

„Was zum Teufel is denn los mit dir?", rief eine Stimme in der Dunkelheit, und Jimmie trat auf sie zu. In der Hand trug er ein blechernes Essgefäß, unter dem Arm einen zusammengerollten braunen Fuhrmannskittel. „Was 'n hier los, verdammt?"

„Kommt raus, alle miteinander", brüllte seine Mutter. „Kommt her, dann tret ich euch das verdammte Hirn aus dem Schädel."

„Halt die Klappe und komm nach Hause, altes Schaf", fuhr Jimmie sie an.

Sie wankte auf ihn zu und fuchtelte mit den Fingern vor

seinem Gesicht herum. Ihre Augen funkelten in blinder Wut. „Scher dich zum Teufel! Wer bist du schon?", blaffte sie ihn an, kehrte ihm verächtlich den breiten Rücken zu und stieg die Treppe ins nächste Stockwerk hinauf.

Fluchend folgte Jimmie ihr die Stiege hoch. Oben fasste er seine Mutter am Arm und zog sie zur Wohnungstür.

„Komm endlich", knurrte er mit zusammengebissenen Zähnen.

„Pfoten weg!", kreischte sie.

Sie holte aus und schwang ihre mächtige Faust nach seinem Gesicht. Jimmie wich aus, der Hieb traf ihn im Nacken. „Verfluchtes Weib", knurrte er und packte sie am Arm. Mutter und Sohn begannen zu ringen wie zwei Gladiatoren.

„Jawoll! Weiter so!", johlte es durch die Rum-Alley-Mietskaserne. Immer mehr Schaulustige drängten sich auf dem Flur.

„Bravo, alte Dame, das hat gesessen!"

„Drei zu eins für die Rote!"

„Hört auf, euch zu prügeln!"

Die Tür zur Wohnung der Johnsons flog auf, und Maggie schaute heraus. Mit einem geharnischten Fluch schleuderte Jimmie seine Mutter hinein. Rasch folgte er ihr und schloss die Tür. Die Rum-Alley-Mietskaserne zog sich enttäuscht in die Wohnungen zurück.

Die Mutter rappelte sich vom Boden auf und funkelte ihre Kinder wütend an.

„Jetzt reicht's aber", stellte Jimmie klar. „Setz dich hin und mach kein' Ärger."

Er packte sie am Arm, verdrehte ihn und zwang sie in einen knarrenden Stuhl.

„Nimm deine Finger weg", brüllte sie.

„Du verdammter Drachen", schleuderte Jimmie wütend zurück. Maggie lief schreiend ins Zimmer nebenan. Sie hörte gedämpftes Krachen und Fluchen, dann einen dumpfen Knall und Jimmies Stimme: „So, verdammt noch mal, jetzt gib endlich Ruhe." Vorsichtig öffnete Maggie die Tür. „Ach, Jimmie."

Er lehnte an der Wand und fluchte vor sich hin. Seine Unterarme waren mit Kratzern und Schrammen übersät, die Mutter lag kreischend auf dem Boden. Tränen liefen ihr über das zerfurchte Gesicht.

Maggie stand mitten im Zimmer und schaute sich um. Wie üblich lagen umgeworfene Stühle und Scherben herum. Der Herd war verrutscht und neigte sich bedenklich zur Seite. Aus einem umgekippten Eimer war Wasser in alle Richtungen ausgelaufen.

Plötzlich ging die Tür auf, und Pete trat ein. Er zuckte mit den Schultern. „O Gott", murmelte er.

Er ging direkt auf Maggie zu. „Was soll's, Mag", flüsterte er ihr ins Ohr. „Komm, machen wir uns 'n schönen Abend."

Die Mutter in der Ecke hob den Kopf und schüttelte ihre wirre graue Mähne.

„Zum Teufel mit euch beiden", zischte sie und funkelte ihre Tochter in dem düsteren Zimmer an. Ihre Augen glühten vor Hass. „Geh nur vor die Hunde, Maggie Johnson. Du bist 'ne Schande für die ganze Familie. Hau nur ab mit deinem Angeber. Wer braucht dich schon. Von mir aus fahr zur Hölle und schau, ob's dir da gefällt."

Maggie starrte ihre Mutter lange an.

„Fahr zur Hölle und schau, ob's dir gefällt. Verschwinde! So was wie dich will ich in meinem Haus nich' haben. Verschwinde und lass dich nie wieder blicken!"

Das Mädchen begann zu zittern.

In diesem Augenblick trat Pete zu ihr. „Lass sie reden", flüsterte er ihr ins Ohr. „Morgen is alles vergessen. Die kriegt sich schon wieder ein. Komm, gehen wir. Machen wir uns 'nen schönen Abend."

Die Frau auf dem Boden fluchte. Jimmie begutachtete seine zerschrammten Unterarme. Das Mädchen schaute auf die verstreuten Trümmer und auf ihre sich am Boden windende Mutter.

„Scher dich zum Teufel und lass dich nie wieder blicken!"

Maggie ging.

10

Jimmie hatte das unbestimmte Gefühl, dass es nicht die feine Art war, einen Freund zu Hause zu besuchen und die Gelegenheit zu nutzen, um die Schwester zu verführen. Aber er wusste nicht, wie weit Pete mit den Regeln der Höflichkeit vertraut war.

Am nächsten Abend kam er erst zu später Stunde von der Arbeit nach Hause. Auf dem Flur begegnete er der knorrigen alten Frau mit der Spieldose. Sie grinste im trüben Licht, das durch die dreckverschmierten Fensterscheiben sickerte. Mit schmutzigem Zeigefinger winkte sie ihn zu sich.

„Ach, Jimmie, weißt du, was gestern passiert is? So was Komisches is mir schon lang nich' mehr untergekommen." Als sie näher kam, sah er ihr an, wie versessen sie darauf war, ihre Geschichte loszuwerden. „Gestern Abend war's, schon reichlich spät. Deine Schwester is mit diesem Geck nach Hause gekommen. Die Arme hat geflennt, als würd ihr 's Herz brechen. Und dann fragt sie ihn hier vor meiner Tür, ob er sie wirklich lieb hat. Die Augen hat sie sich ausgeheult, das arme Ding. Und er sagt: ‚Aber ja, klar doch.' Es klang aber so, als hätt sie ihn schon oft gefragt. ‚Klar doch', sagt er, ‚ja, zum Teufel.'"

Dunkle Wolken legten sich auf Jimmies Gesicht, doch er wandte sich von der knorrigen Alten ab und stapfte die Treppe hinauf.

„Ja, zum Teufel", rief sie ihm nach, und ihr krächzendes Lachen hatte etwas Unheilvolles. „‚Ja, zum Teufel', sagt er zu ihr."

Es war niemand zu Hause. Man sah, dass jemand sich bemüht hatte, die Wohnung aufzuräumen. Der Schaden vom Vortag war zumindest notdürftig repariert worden. Ein, zwei Stühle und der Tisch standen wieder aufrecht, wenn auch etwas wacklig. Der Fußboden war frisch gefegt. Sogar die blauen Bänder waren wieder an den Vorhängen befestigt, und der Lambrequin mit seinen großen gelben Weizengarben hing in Fetzen an seinem Platz am Sims.

Maggies Hut und Jacke hingen nicht am Nagel hinter der Tür.

Jimmie trat ans Fenster und schaute durch die verschmierte Scheibe. Einen Moment lang fragte er sich, ob einige der Frauen, die er kannte, wohl Brüder hatten.

Plötzlich fing er an zu fluchen. „Verdammt, er war mein Freund! Ohne mich wär er nie hier gewesen. So sieht's aus!"

Während er im Zimmer auf und ab ging, wurde sein Zorn mit jeder Sekunde größer.

„Den Kerl bring ich um! Ganz genau! Ich bring ihn um!"

Er schnappte sich seinen Hut und hetzte zur Tür. In diesem Augenblick ging sie auf, und die massige Gestalt seiner Mutter versperrte ihm den Weg.

„Verdammt, was 'n los mit dir?", rief sie, als sie eintrat.

Jimmie stieß einen Fluch aus und lachte bitter. „Maggie geht vor die Hunde! Das is los! Verstehst du?"

„Hä?" Seine Mutter sah ihn verständnislos an.

„Maggie geht vor die Hunde! Bist du taub?", brüllte Jimmie ungeduldig.

„Ach, nee", murmelte seine Mutter verdutzt.

Jimmie brummte etwas und schaute aus dem Fenster. Seine Mutter setzte sich auf einen Stuhl, sprang aber gleich wieder auf und stieß wüste Flüche aus. Ihr Sohn drehte sich um und sah sie im Zimmer umherwanken, das Gesicht wutverzerrt, die fleckigen Arme in die Höhe gereckt.

„Dieses dreimal verfluchte Biest!", kreischte sie. „Dreck und Steine soll sie fressen un' in der Gosse schlafen. Nie wieder soll sie die Sonne scheinen sehn, dieses …"

73

„Jetzt lass mal gut sein", fiel ihr Sohn ihr ins Wort. „Kümmer du dich um dein' eignen Mist."

Verbittert richtete die Mutter den Blick zur Zimmerdecke. „Sie is 'n Kind des Teufels, Jimmie", flüsterte sie. „Wer hätt gedacht, dass so 'n verkommenes Mädel in unsrer Familie aufwächst, Jimmie, mein Junge. Wie oft hab ich ihr ins Gewissen geredet, hab ihr gesagt, ich werd sie verfluchen, wenn sie je auf die Straße geht. Ich hab mich so bemüht, un' jetzt landet sie erst recht in der Gosse. Wahrscheinlich wollte sie's nich' anders."

Ihre Hände zitterten, Tränen liefen ihr übers zerfurchte Gesicht. „Ich weiß noch, wie damals die Sadie MacMallister von nebenan vor die Hunde gegangen is, wegen diesem Kerl aus der Seifenfabrik. Da hab ich zu unsrer Mag gesagt: Mag, hab ich gesagt, wenn du je …"

„Das is doch ganz was anderes", fiel Jimmie ihr ins Wort. „Klar, die Sadie war nett und alles … aber, verstehst du, es ist nich' dasselbe wie … nee, Maggie is anders, verstehst du … anders."

Er versuchte einen Gedanken in Worte zu fassen, der für ihn immer eine unbestrittene Tatsache gewesen war: dass alle Schwestern zugrunde gerichtet werden konnten, nur nicht seine eigene.

Plötzlich brach es aus ihm heraus: „Den Dreckskerl, der ihr das angetan hat, den schlag ich zu Brei. Den bring ich um! Der hält sich für so stark, aber wenn ich ihn mir vorknöpfe, wird er kapieren, dass er sich geschnitten hat, der Schwachkopf. Die Straße werd ich aufwischen mit ihm!"

Zornbebend eilte er davon. Als er draußen war, hob seine

Mutter beschwörend die Hände. „Für immer soll sie verflucht sein!", rief sie ihm hinterher.

Auf dem dunklen Flur sah Jimmie ein paar Frauen beisammen stehen und schwatzen. Als er vorbeiging, beachteten sie ihn gar nicht.

„Ein freches Luder war sie schon immer", ereiferte sich eine. „Die hat doch mit jedem angebändelt, der hier im Haus aufgetaucht is. Meine Annie sagt, das schamlose Ding hat sogar versucht, ihr den Freund auszuspannen – ihren eignen Freund, dem sein' Vater wir noch gekannt ham."

„Das hätt ich euch schon vor zwei Jahren sagen können", meinte eine andere triumphierend. „Über zwei Jahre is es her, dass ich zu meinem Alten gesagt hab: ‚Die kleine Johnson hat's faustdick hinter den Ohren.' Er wollt's nich' glauben. ‚Ach was', sagt er. ‚Wart's ab', sag ich zu ihm, ‚du wirst schon sehn, was aus der noch wird. Du wirst schon sehn.'"

„Jeder mit Augen im Kopf hat gesehn, was mit der los is. Wie die sich aufgeführt hat."

Auf der Straße traf Jimmie einen Freund. „Was 'n los mit dir?", fragte der.

Jimmie erklärte es ihm. „Ich werd ihn verprügeln, dass er nich' mehr stehn kann."

„Ach, lass gut sein", meinte der andere. „Am Ende landest du noch im Knast un' kriegst zehn Dollar aufgebrummt!"

Doch Jimmie war fest entschlossen. „Der hält sich für 'n tollen Boxer, aber der wird sich wundern."

„Ach", erwiderte der Freund, „was zum Teufel?"

11

An einer Straßenecke warf ein Haus mit Glasfassade gelbes Licht auf den Gehsteig. Das offene Maul einer Kneipe forderte die Vorbeigehenden auf, einzutreten und ihren Kummer zu ertränken oder sich in Rage zu trinken.

Das Innere der Kneipe war mit olivgrünem und bronzefarbenem Kunstleder ausgestattet. An der Seitenwand erstreckte sich eine Theke, die gediegen wirken sollte, dahinter reichte ein Buffet aus falschem Mahagoni bis zur Decke. Auf den Regalen türmten sich Pyramiden von schimmernden Gläsern, die so aussahen, als würden sie nie auch nur einen Millimeter verrückt. Mehrere Spiegel vervielfachten sie noch. Zwischen den Gläsern waren mit mathematischer Präzision Zitronen, Orangen und Papierservietten angeordnet. Auf den unteren Regalbrettern standen in regelmäßigen Abständen verschiedenfarbige Likörkaraffen. Den Platz in der Mitte nahm eine vernickelte Registrierkasse ein. Das Ganze vermittelte einen Eindruck von Überfluss und geometrischer Präzision. Gegenüber der Theke war auf einem kleineren Tresen eine Reihe von Tellern angeordnet, auf denen zerkrümelte Cracker, Schinkenscheiben, ein paar verstreute Käsebrocken und in Essig eingelegte Gurken dargeboten wurden. Es roch penetrant nach ständig zugreifenden, schmutzigen Händen und kauenden Mündern.

Pete stand in weißem Jackett hinter der Theke und beugte sich fragend zu einem schweigsamen Fremden. „Ein Bier", sagte der Mann. Pete zapfte ein schaumgekröntes Glas Bier und stellte es tropfend auf den Tresen.

In diesem Augenblick schwangen die Bambustüren auf und schlugen gegen die Wandverkleidung. Jimmie und ein anderer junger Mann traten ein. Schwankend, aber kämpferisch stapften sie zur Theke und musterten Pete mit trüben, blinzelnden Augen.

„Gin", sagte Jimmie.

„Gin", sagte sein Begleiter.

Pete schob eine Flasche und zwei Gläser über den Tresen. Den Kopf zur Seite geneigt, polierte er mit einer Serviette eifrig das schimmernde Holz. Er machte einen wachsamen Eindruck.

Jimmie und sein Freund fixierten den Barkeeper und unterhielten sich laut in verächtlichem Ton.

„Er is doch 'n armseliger Weiberheld, was?", meinte Jimmie.

„Kann man wohl sagen", bestätigte der andere. „Schau dir bloß diese Visage an. Kannst du Albträume von kriegen."

Der schweigsame Fremde rückte mit seinem Glas etwas weiter weg, sein Ausdruck blieb jedoch teilnahmslos.

„Mann, isser nich' 'n Mordskerl?"

„Richtiger Muskelprotz!"

„Hey", rief Jimmie im Befehlston. Pete kam langsam herbei, die Unterlippe mürrisch vorgeschoben.

„Habt ihr 'n Problem?"

„Nee. Gin", sagte Jimmie.

„Gin", fügte sein Kumpel hinzu.

Als Pete ihnen die Flasche und die Gläser erneut hinschob, lachten sie ihm ins Gesicht. Sichtlich erheitert deutete Jimmies Begleiter mit schmutzigem Zeigefinger auf Pete.

„Sag, Jimmie, was zum Teufel is das da hinterm Tresen?"

„Ich hab kein' blassen Schimmer", sagte Jimmie, und sie lachten laut. Pete stellte eine Flasche mit lautem Knall ab und fixierte die beiden drohend. Er fletschte die Zähne und ließ die Schultern rollen.

„Ihr könnt mich nich' veräppeln", knurrte er. „Trinkt aus un' verschwindet. Macht bloß kein' Ärger."

Augenblicklich verschwand das Lachen aus den Gesichtern der beiden Männer und wich einem beleidigten Ausdruck. „Wer zum Teufel redet denn mit dir?", blafften sie wie aus einem Mund.

Der schweigsame Fremde blickte abschätzend zur Tür.

„Ach, lasst den Blödsinn", sagte Pete. „Mich verkauft ihr nicht für dumm. Trinkt euren Schnaps und verschwindet. Ich will hier kein' Ärger haben."

„Was zum Teufel", schleuderte ihm Jimmie abschätzig entgegen.

„Was zum Teufel", bekräftigte sein Kumpel.

„Wir gehn, wenn wir fertig sin'! Kapiert?", stellte Jimmie klar.

„Macht ja kein' Ärger", erwiderte Pete drohend.

Plötzlich beugte sich Jimmie vor und legte den Kopf schief. „Un' wenn doch?", knurrte er wie ein wildes Tier. „Was is dann?"

Petes Gesicht lief dunkelrot an, er fixierte Jimmie drohend. „Dann werden wir ja sehn, wer mehr aufm Kasten hat – du oder ich."

Der schweigsame Fremde ging unauffällig zur Tür.

Jimmie baute sich vor der Theke auf. „Hältst du mich vielleicht für 'n Anfänger? Wer sich mit mir anlegt, sollte sich verdammt in Acht nehm'. Ich hab Zunder in den Fäusten. Stimmt's, Billie?"

„Un' wie, Jimmie", bestätigte sein Kumpel voller Überzeugung.

„Ach, zum Teufel", sagte Pete abschätzig. „Haut bloß ab."

Die beiden lachten nur.

„Was redet der denn daher?", rief Jimmies Begleiter.

„Würd mich auch interessieren", sagte Jimmie voller Verachtung.

Pete gestikulierte wütend. „Schert euch raus un' macht bloß kein' Ärger. Wenn ihr auf Prügel aus seid, kann's gut sein, dass ihr welche kriegt, wenn ihr noch länger hier 's Maul aufreißt. Ich kenn euch. Ich hab schon bessere Leute fertiggemacht, als ihr je gesehn habt. Versteht ihr? Wenn ihr mir blöd kommt, sitzt ihr auf der Straße, bevor ihr bis drei zählen könnt. Wenn ich hinterm Tresen vorkomm, fliegt ihr raus, verstanden?"

„Ach, hör doch auf!", riefen beide verächtlich.

Pete fixierte sie mit einem Blick wie ein Panther. „Ich hab euch gewarnt."

Er kam hinter der Theke hervor, als wollte er sich auf die beiden Männer stürzen. Sie traten ihm entgegen und bauten sich vor ihm auf.

Wie drei Hähne plusterten sie sich drohend auf. Kampflustig reckten sie die Köpfe vor und strafften die

Schultern. Alle drei hatten ein nervöses Zucken im Gesicht, während sie sich zu einem spöttischen Grinsen zwangen.

„Und was zum Teufel willste jetzt tun?", presste Jimmie zwischen den Zähnen hervor.

Pete wich einen Schritt zurück und fuchtelte mit den Fäusten, um die beiden auf Distanz zu halten.

„Was zum Teufel willste jetzt tun?", setzte Jimmies Verbündeter hinzu. Höhnisch grinsend traten sie noch näher heran, um Pete zum ersten Schlag zu provozieren.

„Kommt mir bloß nich' zu nah", knurrte Pete drohend.

„Ach, zum Teufel!", schossen sie geringschätzig zurück.

Wie Kriegsschiffe vor einer Seeschlacht gingen sie in Position.

„Du willst uns rausschmeißen? Na los, versuch's doch", riefen Jimmie und sein Verbündeter mit provokantem Grinsen.

Wie Kampfhunde belauerten sie einander und schwangen ihre Fäuste wie Waffen.

Die zwei Verbündeten rempelten Pete von beiden Seiten an, fixierten ihn mit glühenden Augen und drängten ihn an die Wand.

Plötzlich stieß Pete einen wüsten Fluch aus, holte aus und zielte mit einem wuchtigen Fausthieb auf Jimmies Gesicht. Der duckte sich blitzschnell, wie er es in der Bowery gelernt hatte, und schlug sofort zurück. Pete duckte sich seinerseits, während die Hiebe seiner beiden Gegner auf ihn einprasselten.

Der schweigsame Fremde verschwand.

Wie Dreschflegel wirbelten die Arme der Kämpfenden

durch die Luft. Ihre Gesichter, eben noch zornglühend, wurden immer bleicher, je mehr sie sich in den Kampf verbissen. Ihre Gesichter erstarrten zu teuflisch grinsenden Masken. Zwischen zusammengebissenen Zähnen wurden heisere Flüche hervorgepresst. Mörderisches Feuer funkelte in ihren Augen.

Die Köpfe eingezogen, sausten ihre Arme pfeilschnell durch die Luft. Füße scharrten knirschend auf dem sandbestreuten Boden, Fäuste hinterließen rote Flecken auf blasser Haut. Bald verebbten die Flüche, und nur noch der keuchende Atem der Kämpfenden war zu hören, deren Brust sich vor Anstrengung hob und senkte. Manchmal presste Pete ein wütendes Zischen heraus; es klang nach einem Mann, der bereit war, zu töten. Jimmies Verbündeter stammelte wirre Worte, nur Jimmie schwieg und kämpfte mit dem ernsten Gesicht eines Opferpriesters. Mit einer Mischung aus Wut und Angst in den Augen schwangen die drei ihre blutverschmierten Fäuste.

In einem Augenblick der Unachtsamkeit wurde Jimmies Kumpel von einem wuchtigen Schlag getroffen und sackte zu Boden. Sofort rappelte er sich wieder auf, schnappte sich das Bierglas des schweigsamen Fremden von der Theke und schleuderte es nach Petes Kopf.

Das Glas schlug wie eine Bombe in die Wand ein, Splitter flogen in alle Richtungen. Nun suchten sich auch die anderen Wurfgeschosse, und bald flogen von allen Seiten Gläser und Flaschen durch die Luft. Aus nächster Nähe wurden sie nach Köpfen geschleudert, die sich blitzschnell duckten. Die unberührte Pyramide aus Gläsern wurde von schweren Flaschen zum Einsturz gebracht, die Spiegel zersplitterten in tausend Scherben.

Die drei wutschnaubenden Kämpfer verbissen sich in einen erbarmungslosen Nahkampf. Auf Wurfgeschosse und Fäuste folgten wirre, unbewusste Worte, wie Stoßgebete um Tod und Zerstörung.

Der schweigsame Fremde hatte sich indessen mit Bedacht auf den Gehsteig gelegt. Fußgänger lachten, als sie den Mann vor der Kneipe liegen sahen.

„Die haben einen rausgeschmissen!"

Nun hörten die Leute splitterndes Glas und Kampfgetümmel aus dem Inneren und kamen aus allen Richtungen gelaufen. Einige bückten sich und spähten unter den Bambustüren hindurch, sahen Glassplitter fliegen und drei Beinpaare umeinander kreisen.

Auf dem Gehsteig kam ein Polizist gerannt und stürmte durch die Kneipentür. Die Schaulustigen versuchten zu erkennen, was drinnen vor sich ging.

Jimmie erkannte als Erster die Gefahr. Zu Fuß hatte er vor einem Polizisten den gleichen Respekt wie auf dem Kutschbock vor einem Löschfahrzeug. Mit einem Aufschrei hetzte er zur Seitentür.

Der Gesetzeshüter eilte mit dem Gummiknüppel in der Hand auf die Kämpfenden zu. Sein erster Hieb schleuderte Jimmies Kumpel zu Boden und ließ Pete in die Ecke zurückweichen. Mit der freien Hand versuchte der Polizist, Jimmies Rockschöße zu erwischen. Er griff ins Leere und brauchte einen Moment, um das Gleichgewicht wiederzufinden.

„Ihr seid mir vielleicht ein paar Helden. Was soll das, verdammt?"

Jimmie entkam mit blutüberströmtem Gesicht in eine Seitenstraße. Ein paar gesetzestreue Männer aus der Menge verfolgten ihn ein Stück weit, gaben dann aber auf.

Später beobachtete er aus einem dunklen Winkel, wie der Polizist mit Pete und dem Verbündeten aus der Kneipe kam. Pete schloss die Tür ab und folgte dem von Schaulustigen umringten Polizisten und dem Festgenommenen die Straße entlang.

Mit pochendem Herzen und der Hitze des Kampfes in den Adern wollte Jimmie im ersten Impuls seinem Freund zu Hilfe eilen, doch dann hielt er inne.

„Ach, zum Teufel", sagte er sich.

12

In einem verwinkelten Lokal saßen Pete und Maggie bei einem Bier. Ein kleines, von einem bebrillten Mann mit wirrem Haar dirigierte Orchester folgte beflissen den jähen Bewegungen seines Kopfes und seines Taktstocks. Eine Sängerin in scharlachrotem Kleid intonierte mit blecherner Stimme eine Ballade. Als sie abtrat, klatschten die Männer an den vorderen Tischen laut Beifall und klopften mit ihren Biergläsern auf das polierte Holz. Etwas spärlicher bekleidet kam sie wieder und sang ein weiteres Lied. Der Beifall fiel noch stürmischer aus. Als sie ein drittes Mal auf die Bühne kam, hatte sie noch weniger an und gab eine

Tanzeinlage zum Besten. Mit ohrenbetäubendem Applaus und Gläsergetrommel wollten die Zuschauer sie zu einer weiteren Zugabe bewegen, doch diesmal warteten sie vergeblich.

Maggie war sehr blass. In ihren Augen war kein bisschen Selbstvertrauen mehr zu erkennen. Fast unterwürfig neigte sie sich zu ihrem Begleiter. Es war, als fürchte sie, von ihm zurückgewiesen zu werden, als flehe sie um ein bisschen Zärtlichkeit.

Umso selbstgefälliger und gönnerhafter wirkte Pete. Er benahm sich ihr gegenüber wie ein huldvoller König, und sie nahm seine herablassende Zuwendung als unendliche Gnade entgegen.

Selbst wenn er saß, schien er zu stolzieren, und wenn er ausspuckte, tat er es mit herrschaftlichem Gehabe.

Während Maggie ihn anhimmelte, gefiel er sich darin, die Kellner herumzukommandieren, die davon jedoch unbeeindruckt blieben und sich taub stellten.

„He, du, steh hier nich' rum wie 'ne Statue – bring uns lieber noch zwei Bier, verstanden?"

Er lehnte sich zurück und betrachtete mit kritischem Blick ein Mädchen mit strohblonder Perücke, das auf der Bühne etwas unbeholfen eine bekannte Tänzerin zu imitieren versuchte.

Zwischendurch erzählte Maggie ihm vertrauliche Geschichten aus ihrem früheren Leben im Elternhaus, von den Eskapaden der anderen Familienmitglieder und den Schwierigkeiten, die sie hatte überwinden müssen, um einigermaßen erträglich leben zu können. Er zeigte sich verständnisvoll und drückte ihr in einer aufmunternden und besitzergreifenden Geste den Arm.

„Das sin' verdammte Schwachköpfe", urteilte er über ihre Mutter und ihren Bruder.

Die Klänge der Musik, die der Kapellmeister mit der wirren Mähne seinen Musikern entlockte und die durch die rauchgeschwängerte Luft an ihr Ohr drangen, versetzten Maggie in eine träumerische Stimmung. Ihre Gedanken schweiften zurück zu ihrem Leben in der Rum Alley, dann wandte sie sich wieder Pete zu und betrachtete seine starken, beschützenden Hände. Sie dachte an die Kragen- und Manschettenfabrik und das ewige Nörgeln des Inhabers. „Was glaubt ihr eigentlich, wofür ich euch fünf Dollar die Woche zahl? Für nichts? Nee, verdammt, so isses nich'!" Sie bewunderte Petes Augen mit diesem unbezwingbaren Blick. Seine Kleidung zeugte von einem Leben in Wohlstand. Sie stellte sich eine rosige Zukunft vor, die absolut nichts mit ihrem früheren Leben gemeinsam hatte.

Was die Gegenwart betraf, so konnte sie sich nicht beklagen. Ihr Leben gehörte Pete, und in ihren Augen war er dessen würdig. Sie brauchte sich keine Sorgen zu machen, solange Pete sie anbetete, wie er es ihr immer wieder versicherte. Sie glaubte nicht, etwas Falsches oder Verwerfliches getan zu haben, und hielt sich für nicht schlechter als irgendeine Frau, die sie kannte.

Gelegentlich warfen Männer von anderen Tischen ihr flüchtige Blicke zu. Pete bemerkte es und nickte ihr grinsend zu. Er war stolz.

„Mag, du siehst verdammt gut aus", meinte er, während

er durch den Dunstschleier ihr Gesicht betrachtete. Die Männer machten Maggie Angst, doch Petes Bemerkung ließ sie erröten, weil sie ihr zeigte, dass sie sein Augapfel war.

Durch die Rauchwolken schauten grauhaarige Männer zu ihr herüber, deren liederlicher Lebenswandel etwas Jämmerliches hatte. Junge Kerle mit steinerner Miene und lüsternem Mund, die bei Weitem nicht so jämmerlich wirkten wie die Älteren, versuchten ihren Blick auf sich zu ziehen. Maggie sah sich selbst nicht als das, wofür diese jungen Männer sie anscheinend hielten. Sie widmete ihre Aufmerksamkeit nur Pete und dem Geschehen auf der Bühne.

Die Kapelle spielte schwarze Musik, zu der der Trommler seinen Instrumenten allerhand hämmernde, klappernde, rasselnde und kratzende Geräusche entlockte.

Die Blicke, die manche Männer ihr aus halb geschlossenen Lidern zuwarfen, ließen Maggie zittern. Sie war überzeugt, dass keiner von ihnen auch nur annähernd so gut war wie Pete.

„Komm, gehen wir", sagte sie schließlich.

Als sie das Lokal verließen, bemerkte Maggie zwei Frauen an einem Tisch mit mehreren Männern. Sie waren geschminkt, ihre Wangen ausgezehrt. Im Vorbeigehen erschauderte sie und raffte ihre Röcke zusammen.

13

Nach der Auseinandersetzung mit Pete kam Jimmie ein paar Tage nicht nach Hause. Als er es endlich wagte, trat er vorsichtig ein.

Seine Mutter war außer sich vor Wut. Maggie war nicht mehr nach Hause zurückgekehrt. Nun fragte die Mutter sich unablässig, wie es mit dem Mädchen nur so weit hatte kommen können. Sie hatte Maggie zwar nie für eine makellose Perle gehalten, die vom Himmel in die Rum Alley gefallen war, aber dass sie solche Schande über die Familie bringen würde, hätte sie nicht für möglich gehalten. Mit harschen Worten zog sie über die Verkommenheit des Mädchens her.

Es ärgerte sie maßlos, dass die Nachbarinnen über ihre Tochter tuschelten. Wenn eine sie besuchte, fragte sie im Laufe der Unterhaltung ganz beiläufig: „Was macht denn Maggie so?" Doch die Mutter schüttelte nur ihren zerzausten Kopf und beendete das Gespräch mit wüsten Flüchen. Auch durch vertrauliche Anspielungen ließ sie sich nicht aus der Reserve locken.

„Wie kann sie so was tun? So is sie doch nich' erzogen worden", beklagte sie sich gegenüber ihrem Sohn. „Immer hab ich mit ihr geredet, hab ihr gesagt, auf was sie aufpassen muss. Wenn ein Mädel so großgezogen wird, wie ich Maggie großgezogen hab, wie kann sie dann so vor die Hunde gehn?"

Jimmie war es ebenfalls ein Rätsel. Er konnte nicht begreifen, wie seine Schwester so tief hatte sinken können.

Seine Mutter nahm einen Schluck aus der Flasche, die sie vor sich auf dem Tisch stehen hatte, und setzte ihre Klage fort. „Sie war halt durch und durch verdorben, Jimmie. Wir haben's bloß nich' bemerkt."

Jimmie nickte zustimmend.

„Wir haben unter demselben Dach gewohnt, ich hab sie großgezogen, und wir haben nich' mitgekriegt, wie verdorben sie war."

Wieder nickte Jimmie.

„Obwohl sie 'n solches Zuhause und 'ne Mutter wie mich hatte, is sie auf die schiefe Bahn geraten", rief sie verzweifelt und hob den Blick zur Decke.

Eines Tages kam Jimmie nach Hause, setzte sich auf einen Stuhl und rutschte unruhig hin und her. „Hör mal", begann er sichtlich beschämt. „Die Leute reden über uns, verstehst du? Vielleicht wär's besser, ich such sie un' … bring sie nach Hause, dann …"

Die Mutter sprang vom Stuhl auf und ließ ihrer Entrüstung freien Lauf. „Was? Sie soll zurückkommen un' unterm selben Dach wie ihre Mutter schlafen? Schäm dich, Jimmie Johnson! Deiner eignen Mutter so was ins Gesicht zu sagen! Ich weiß noch, wie du ganz klein warst und vor meinen Füßen gespielt hast – da hätt ich mir nie gedacht, dass du mal so was zu mir sagen wirst … zu deiner eignen Mutter. Nie hätt ich das …"

Ihr Klagen erstickte in lautem Schluchzen.

„Deswegen brauchst du nich' so 'n Theater machen", sagte Jimmie. „Ich mein nur, 's wär besser, wenn's nich' alle mitkriegen. Die reden über uns, verstehst du?"

Seine Mutter lachte so laut, dass es durch die ganze Stadt zu schallen schien. „Klar versteh ich das! Aber sicher doch!"

„Du hältst mich wohl für 'n Narren, was?", ereiferte sich Jimmie, weil seine Mutter sich über ihn lustig machte. „Ich sag ja nich', dass wir 'n Engel oder was aus ihr machen sollen. Aber so wie's jetzt is, spotten die Leute über uns. Verstehst du das denn nich'?"

„Ich glaub, sie wird sowieso bald genug von diesem Leben ham, das sie führt. Dann wird's ihr leidtun und sie wird wieder heimwollen. Und ich soll sie dann wieder reinlassen, was?"

„Ich sag ja nich', dass du sie aufnehmen sollst wie 'ne verlorene Tochter oder so", erklärte Jimmie.

„Das war 'n verlorener Sohn, du Dussel", erwiderte die Mutter. „Keine verlorene Tochter."

„Weiß ich doch."

Eine ganze Weile saßen sie schweigend da. Die Mutter fantasierte von einer Szene, die sie deutlich vor sich sah. Ein grimmiges Lächeln umspielte ihre Lippen.

„Was wird sie nich' flennen un' mir vorjammern, Pete oder 'n andrer würd sie schlagen, un' sie wird sagen, wie leid es ihr tut un' dass sie so unglücklich is un' wieder nach Hause will."

Mit bitterer Genugtuung äffte sie das Jammern ihrer Tochter nach.

„Un' ich soll sie wieder aufnehmen, das Miststück. Soll sie sich ruhig die Augen ausweinen, bevor ich sie reinlass un' mir von ihr die Wohnung besudeln lass. Dass sie ihre eigne Mutter so schäbig behandelt! Nee, die hat's nich' besser verdient, hat sie nich'."

Jimmie glaubte, von weiblichen Schwächen einiges zu verstehen, doch er konnte einfach nicht begreifen, wie eine Frau aus seiner Familie zum Opfer werden konnte.

„Verfluchtes Miststück", zischte er.

Wieder fragte er sich, ob manche der Frauen, die er kannte, wohl Brüder hatten. Trotzdem kam er keine Sekunde auf den Gedanken, sich selbst mit diesen Brüdern zu vergleichen, oder seine Schwester mit deren Schwestern.

Nachdem die Mutter bisher alle Anspielungen der Nachbarinnen zurückgewiesen hatte, suchte sie sie jetzt auf und klagte ihnen ihr Leid. „Soll Gott dem Mädel verzeihen", jammerte sie und erzählte allen, die es hören wollten, die ganze traurige Geschichte.

„Ich hab sie großgezogen, wie 'ne Tochter großgezogen werden soll, un' das is der Dank! Bei der erstbesten Gelegenheit macht sie uns Schande! Soll Gott ihr verzeihen."

Wenn sie wegen Trunkenheit festgenommen wurde, kramte sie jedes Mal die Geschichte vom Fall ihrer Tochter hervor und erzielte damit eine gewisse Wirkung bei den Richtern. Irgendwann guckte einer über seine Brillengläser auf sie herab und sagte: „Mary, laut den Protokollen müssten Sie die Mutter von zweiundvierzig Töchtern sein, die auf die schiefe Bahn geraten sind. In der ganzen Geschichte dieses Gerichts steht Ihr Fall ziemlich einzigartig da, und darum ist das Gericht der Überzeugung ..."

Die Mutter ging mit dicken Tränen des Kummers durchs Leben. Ihr gerötetes Gesicht war ein Bild des Jammers.

Vor anderen verurteilte Jimmie seine Schwester, um sich selbst auf eine höhere gesellschaftliche Stufe zu stellen. Doch als er einmal in sich ging, kam er beinahe zu dem Schluss, seine Schwester hätte einen besseren Weg eingeschlagen, wenn sie nur gewusst hätte, wie. Dann beschlich ihn jedoch das Gefühl, dass er so nicht denken durfte, und blieb bei dem, was alle anderen über seine Schwester dachten.

14

In dem Animierlokal gab es achtundzwanzig Tische mit achtundzwanzig Frauen und jeder Menge rauchender Männer. Auf der Bühne war eine Kapelle in voller Lautstärke zugange; die Musiker sahen aus, als wären sie zufällig hereingeschneit. Schmuddelige Kellner eilten hin und her, stürzten sich wie Habichte auf nichtsahnende Gäste, klapperten mit vollen Tabletts die Gänge entlang, stolperten über Damenröcke und berechneten für alle Getränke ausgenommen Bier den doppelten Preis – und das alles so flink, dass einem die Kokospalmen und die anderen Scheußlichkeiten, mit denen die Wände bemalt waren, vor den Augen verschwammen. Ein schwer beschäftigter Rausschmeißer flitzte in der Menge umher und zerrte zurückhaltende Fremde zu freien Plätzen, kommandierte Kellner herum und geriet in lautstarke Auseinandersetzungen mit Männern, die es sich in den Kopf setzten, mit der Kapelle zu singen. Die unvermeidliche Rauchwolke war so dicht, dass Köpfe und Arme darin verschwunden schienen. Statt des üblichen Geplappers war der Raum von Gebrüll und Getöse erfüllt. Da und dort wurden gepfefferte Flüche ausgestoßen. Man hörte das schrille Gelächter angeheiterter Frauen. Das Orchester spielte alles in rasendem Tempo, eine lächelnde Frau sang dazu auf der Bühne, ohne dass jemand sie beachtete. Klavier, Kornett und Violinen gaben einen Rhythmus vor, der die Menge so richtig in Fahrt brachte. Biergläser wurden auf einen Zug geleert, die Unterhaltung steigerte sich zu lautem, hastigem Geschnatter. Der Rauch wirbelte wie ein schattenhafter Fluss, der auf einen unsichtbaren Wasserfall zustrebt. Pete und Maggie betraten den Saal und setzten sich an einen Tisch nahe der Tür. Die Frau, die am Tisch saß, versuchte zunächst, Petes Aufmerksamkeit auf sich zu ziehen, gab es dann aber auf und ging.

Drei Wochen waren vergangen, seit Maggie ihr Zuhause verlassen hatte. Der Eindruck der hündischen Anhänglichkeit hatte sich noch verstärkt – mit der Konsequenz, dass Pete ihr keine besondere Aufmerksamkeit mehr schenkte.

Maggie folgte seinem Blick und bat mit einem Lächeln um eine zärtliche Geste.

Eine schöne, forsche Frau betrat das Lokal in Begleitung eines jungen Mannes und setzte sich an einen Tisch in der Nähe.

Augenblicklich sprang Pete auf und strahlte freudig überrascht. „Himmel, das is ja Nellie!"

Er ging zu ihrem Tisch und streckte lächelnd die Hand aus.

„Hallo, Pete, mein Junge, wie geht's?", sagte sie und hielt ihm ihre Finger hin.

Maggie musterte die Frau und sah auf einen Blick, dass das schwarze Kleid ihr ausgezeichnet stand. Der Leinenkragen und die Manschetten waren makellos. Hellbraune Handschuhe umhüllten ihre wohlgeformten Hände. Ihr schwarzes Haar schmückte ein Hut nach der neuesten Mode. Sie trug keinen Schmuck und war sehr dezent geschminkt. Durch die gaffenden Blicke der Männer schaute sie einfach hindurch, als würde sie sie gar nicht bemerken.

„Setz dich mit deiner Freundin zu uns", forderte sie Pete herzlich auf. Er winkte Maggie herüber, und sie setzte sich zwischen Pete und den jungen Mann.

„Ich dachte, du wärst für immer fortgegangen", sagte Pete. „Seit wann bist du zurück? Wie isses in Buffalo gelaufen?"

Die Frau zuckte mit den Schultern. „Er hatte dann doch nich' so viel Kies, wie er behauptet hat, da hab ich ihm den Laufpass gegeben. Mehr gibt's dazu nicht zu sagen."

„Freut mich jedenfalls, dass du wieder da bist", sagte er galant, wenn auch ein wenig linkisch.

Die beiden unterhielten sich angeregt und tauschten Erinnerungen an gemeinsame Zeiten aus. Maggie saß stumm da und hörte zu. Ihr war schmerzlich bewusst, dass sie nicht einen vernünftigen Satz zur Unterhaltung beizutragen vermochte.

Sie sah, wie Petes Augen leuchteten, wenn er die schöne Fremde ansah. Lächelnd lauschte er jedem Wort von ihr. Sie schien mit seinen Angelegenheiten bestens vertraut zu sein, fragte ihn nach gemeinsamen Freunden. Sogar die Höhe seines Gehalts war ihr bekannt.

Sie würdigte Maggie kaum eines Blickes. Nur ein-, zweimal schaute sie zu ihr, schien aber nur die Wand dahinter zu sehen.

Der junge Mann machte ein verdrießliches Gesicht, obwohl er den Zuwachs zunächst freudig begrüßt hatte. „Trinken wir einen zusammen!", hatte er ausgerufen. „Was nimmst du, Nell? Und Sie, Miss ... und Mr ... na, trinken wir erst mal was."

Er hatte das Gespräch sofort an sich gerissen und ausführlich von seiner Familie erzählt, ehe er sich über andere Themen ausließ. Pete gegenüber benahm er sich gönnerhaft, während er die schweigsame Maggie gar nicht beachtete. Er wollte offenbar den Eindruck erwecken, dass er die schöne Frau an seiner Seite mit kostbaren Geschenken überhäufte.

„Jetzt sei doch mal still, Freddie", bremste ihn die Frau. „Du schnatterst ja wie ein Äffchen, mein Lieber." Dann wandte sie sich von ihm ab und widmete ihre Aufmerksamkeit Pete.

„Jetzt können wir uns wieder öfter zusammen amüsieren, was?"

„Klar, Nell", stimmte Pete begeistert zu.

Sie beugte sich zu ihm. „Hör mal", flüsterte sie, „was hältst du davon, wenn wir zu Billie's rübergehen und einen draufmachen?"

„Na ja, es is so ...", sagte Pete. „Ich bin mit dieser Lady hier, verstehst du?"

„Ach, zum Teufel mit ihr."

Pete wirkte etwas verdattert.

„Na schön", sagte sie schließlich. „Freut mich für dich. Wenn du mich das nächste Mal fragst, ob ich mit dir ausgehe, wirst du schon sehn."

Pete wand sich einen Augenblick. „Hör zu", bat er, „komm mal kurz mit raus, dann erklär ich dir alles."

Die Frau winkte ab. „Schon gut, du musst mir nichts erklären. Du willst eben nicht. Mehr gibt's dazu nicht zu sagen."

Sichtlich bekümmert sah Pete, wie sie sich wieder dem jungen Mann an ihrer Seite zuwandte, dessen stille Wut augenblicklich verflog. Er hatte schon mit sich gerungen, ob es nicht seine Pflicht als Mann wäre, sich auf einen Streit mit Pete einzulassen oder ihm gleich das Bierglas über den Schädel zu ziehen. Doch als die Frau ihm ihr Lächeln schenkte, blühte er sofort wieder auf und strahlte sie leicht beschwipst, aber umso zärtlicher an.

„Kannst du den Trottel aus der Bowery nicht loswerden?", bat er in lautem Flüsterton.

„Freddie, du bist so drollig", meinte sie.

Pete legte der Frau die Hand auf den Arm. „Komm doch auf 'ne Minute mit raus, dann erklär ich dir, warum ich nich' mitkommen kann. Das kannste mir nich' ausschlagen, Nell. Nur 'ne Minute, ja?", fügte er gekränkt hinzu.

„Ich wüsst nicht, warum mich deine Erklärung interessieren sollte", wies ihn die Frau eiskalt zurück.

Pete schien am Boden zerstört und schaute sie flehend an. „Nur 'ne Minute, dann wirst du's verstehn."

Die Frau nickte Maggie und ihrem Begleiter kurz zu. „Entschuldigt."

Das verliebte Lächeln des jungen Kerls erlosch augenblicklich, und er funkelte Pete wütend an. Sein jungenhaftes Gesicht lief rot an, und er wandte sich in weinerlichem Ton an die Frau. „Das is nich' in Ordnung, Nell, das weißt du genau. Du wirst mich doch nich' hier sitzen lassen und mit diesem Trottel weggehn, oder? Ich hätt gedacht ..."

„Was redest du da, mein Lieber! Natürlich nicht!", versicherte ihm die Frau, beugte sich zu ihm und flüsterte ihm etwas ins Ohr. Mit einem Lächeln lehnte er sich zurück, offenbar entschlossen, geduldig zu warten.

Während die Frau zwischen den Tischreihen hindurchging, folgte ihr Pete und redete sehr ernst auf sie ein. Die Frau wedelte gleichgültig mit den Händen. Die Tür schwang hinter ihnen zu, und Maggie blieb mit dem Jungen allein am Tisch zurück.

Maggie war völlig perplex. Ihr war undeutlich bewusst, dass etwas Ungeheuerliches geschehen war. Sie fragte sich, warum Pete es für nötig hielt, sich gegenüber der Frau zu rechtfertigen und sie mit seinen Augen geradezu um Vergebung anzuflehen. Er, der sonst immer wie ein Löwe auftrat, wirkte plötzlich unterwürfig. Sie konnte es nicht glauben.

Der junge Mann vertrieb sich die Zeit mit Cocktails und einer Zigarre. Eine halbe Stunde schwieg er vor sich hin, dann gab er sich einen Ruck.

„Na ja", seufzte er. „Das hab ich mir fast gedacht." Dann verstummte er erneut für eine Weile.

„Sie hat mir was vorgemacht. So sieht's aus", sagte er

plötzlich. „Es is 'ne verdammte Schande, wie dieses Mädchen sich aufführt. Mehr als zwei Dollar hab ich heut Abend schon ausgegeben. Und jetzt rennt sie mit diesem potthässlichen Kerl davon, der aussieht, als hätt ihm einer 'nen Münzstempel in die Visage gedrückt. Wie kann die 'n Kerl wie mich so behandeln? Ober, bringen Sie mir 'n Cocktail, aber 'n starken."

Maggie sagte kein Wort. Sie ließ die Tür nicht aus den Augen. „Eine Gemeinheit is das", zeterte der junge Mann und erklärte ihr noch einmal, wie unerhört es sei, ihn so zu behandeln. „Aber das zahl ich ihr heim, darauf könn' Sie sich verlassen. Der werd ich die Meinung sagen", fügte er augenzwinkernd hinzu. „Bestimmt kommt sie mir dann wieder mit ihrem ‚Ach, Freddie Liebling' – aber das zieht bei mir nich' mehr. Sie glaubt, ich heiß Freddie, aber das stimmt natürlich nich'. Solchen Leuten sag ich nie meinen richtigen Namen, denen kann man nich' trauen, verstehen Sie? Nein, auf so was fall ich nich' rein."

Maggie hörte gar nicht zu, ihre Aufmerksamkeit galt allein der Tür. Der Mann verfiel wieder in düsteres Schweigen und kippte noch ein paar Cocktails hinunter, als würde er damit dem Schicksal trotzen. Zwischendurch brummte er abfällige Bemerkungen vor sich hin.

Das Mädchen starrte unentwegt auf die Tür. Nach einer Weile bekam der junge Mann glasige Augen. Er riss sich zusammen, gab sich als Gentleman und bestand darauf, sie auf eine Charlotte russe und ein Glas Bier einzuladen.

„Die sin' weg", meinte er. „Weg sin' sie." Durch die Rauchschwaden hindurch betrachtete er Maggie einen Augenblick. „Hör mal, Kleine, wir sollten 's Beste draus machen, oder? Siehst ja gar nich' so übel aus, weißte. Gar nich' übel. Okay, mit Nell kannste natürlich nich' mithalten – die is 'ne Nummer für sich. Ganz große Klasse. Neben der biste 'n Mauerblümchen, obwohl du eigentlich … alles in allem … gar nich' übel bis'. Man muss halt sehn, wo man bleibt. Nell is weg. Du bis' da. Un' gar nich' übel."

Maggie stand auf.

„Ich geh nach Hause", sagte sie.

Der junge Mann sah sie verdutzt an. „Was? Nach Hause?", rief er verständnislos. „'tschuldigung, hab ich richtig gehört … nach Hause?"

„Ich geh nach Hause", sagte sie noch einmal.

„Herrgott, was'n heute los?"

Schwer betrunken geleitete der Junge sie zu einer Trambahn, bezahlte ihr großspurig das Fahrgeld, grinste sie durchs hintere Fenster an und fiel vom Trittbrett.

15

Eine verzweifelte Frau ging eine hell erleuchtete Straße hinunter. Es wimmelte von Leuten, die wichtige Dinge zu erledigen hatten. Eine unüberschaubare Menschenmenge strömte die Treppe zur Hochbahn hinauf, und in den Pferdebahnen drängten sich die Fahrgäste mit ihrem Gepäck.

Die verzweifelte Frau ging langsam, schien jemanden zu suchen. Wenn sie zu einer Kneipe kam, blieb sie stehen und beobachtete die herauskommenden Männer. Dann wieder hielt sie im Strom der Fußgänger Ausschau nach einem bestimmten Gesicht. Passanten stießen gegen ihre Ellbogen, ohne sie zu beachten, nur darauf bedacht, ein Boot oder einen Zug zu erreichen, in Gedanken bereits beim Abendessen, das zu Hause wartete.

Die verzweifelte Frau hatte einen eigenartigen Gesichtsausdruck. Ihr Lächeln war wie eine Maske, ein bitteres Grinsen, als hätte ihr eine grausame Hand unauslöschliche Linien um den Mund gezeichnet.

Jimmie kam die Straße heraufgeschlendert. Die Frau eilte ihm mit gekränktem Ausdruck entgegen.

„Ach, Jimmie, ich hab dich überall gesucht …", setzte sie an.

Jimmie winkte ungeduldig ab und ging weiter. „Herrgott, lass mich bloß in Ruhe!", sagte er mit der Gereiztheit eines Mannes, dem man ständig auf die Pelle rückte.

Wie eine Bittstellerin folgte ihm die Frau auf dem Gehsteig. „Aber Jimmie, du hast doch gesagt, du willst …"

Jimmie fuhr sie an, als sei er fest entschlossen, sich ein für alle Mal seinen Frieden zu erkämpfen.

„Herrgott, Hattie, jetzt renn mir nich' von einem Ende der Stadt bis zum andern nach. Was denkst du dir eigentlich dabei? Soll'n die Leute mich für 'n Verbrecher halten? Himmelherrgott, lass mich endlich in Ruhe!"

Die Frau trat einen Schritt näher und legte ihm die Hand auf den Arm. „Aber sieh mal …"

„Geh doch zum Teufel", knurrte Jimmie.

Er eilte durch die Tür einer Kneipe und verließ sie Augenblicke später durch eine Seitentür. Aus der dunklen Gasse sah er die unglückliche Frau auf der hell erleuchteten Straße umherirren. Er lachte erleichtert und ging weiter.

Als er nach Hause kam, war seine Mutter in Rage. Maggie war zurückgekehrt und ließ den Ausbruch mütterlicher Entrüstung über sich ergehen.

„Ich glaub's nich'", sagte Jimmie zur Begrüßung.

Seine Mutter wankte durchs Zimmer und deutete mit zitterndem Zeigefinger auf Maggie.

„Schau sie dir an, Jimmie. Das is deine Schwester, Junge. Deine Schwester. Schau sie dir nur an!", rief sie und lachte höhnisch.

Maggie stand in der Mitte der Stube und trat unsicher hin und her, als gäbe es auf dem Fußboden keine Stelle, auf der sie stehen bleiben konnte.

„Ha, ha, ha!", bellte die Mutter. „Da steht sie nun! Isse nich' hübsch? Sieh sie dir an. Ha!"

Sie wankte ein paar Schritte vor und legte ihre roten, rissigen Hände auf das Gesicht der Tochter. Dann bückte sie sich und schaute dem Mädchen scharf in die Augen.

„Doch, sie isses. Genau dieselbe wie früher, nich' wahr? Der Liebling ihrer Mutter, stimmt's? Himmelherrgott, Jimmie, komm und sieh sie dir an!"

Das spöttische Geschrei der Mutter lockte einige Bewohnerinnen der Mietskaserne auf den Flur heraus. Kinder flitzten zwischen ihnen umher.

„Was gibt's? Mal wieder Zoff bei den Johnsons?"

„Nee! Maggie is nach Hause gekommen!"

„Is nich' wahr!"

Durch die offene Tür gafften neugierige Augen zu Maggie herein. Kinder wagten sich in die Stube und beäugten das Mädchen, als säßen sie in der ersten Reihe im Theater. Draußen steckten Frauen die Köpfe zusammen, tuschelten aufgeregt und nickten, als wäre ihnen eine tiefe Einsicht zuteilgeworden. Ein besonders neugieriges Kind griff vorsichtig nach dem Kleid des Mädchens, als würde es einen heißen Ofen erkunden. Die Stimme seiner Mutter klang wie ein warnendes Trompetensignal. Sie stürmte in die Stube, packte ihr Kind und bedachte das Mädchen mit einem entrüsteten Blick.

Maggies Mutter lief hin und her und sprach zu der Tür voll gaffender Augen, wie eine wortgewandte Museumsführerin zu ihrem Publikum. Ihre Stimme dröhnte durchs ganze Haus.

„Da steht sie!", rief sie und deutete theatralisch auf Maggie. „Seht sie euch an! Isse nich' 'n hübsches Püppchen? Un' sie war so nett, nach Hause zu ihrer Mutter zu kommen. Isse nich' bildhübsch? Himmel noch mal!"

Ihr höhnisches Geschrei ging in schrilles Gelächter über.

Das Mädchen schien aus seiner Erstarrung zu erwachen. „Jimmie ..."

Er wich hastig von ihr zurück. „Verdammt, was haste dir dabei gedacht?", sagte er geringschätzig. Mit tugendhafter Miene hob er abwehrend die Hände, als hätte er Angst, sich zu beschmutzen, wenn er ihr zu nahe käme.

Maggie drehte sich um und ging.

Die Schaulustigen wichen hastig zurück. Ein kleines Kind fiel vor der Tür hin; seine Mutter schrie auf wie ein verwundetes Tier. Eine andere Frau sprang hilfsbereit hinzu und hob das Kind auf, als gelte es, ein Menschenleben vor einem heranbrausenden Schnellzug zu retten.

Als das Mädchen die Treppe hinunterlief, kam sie an offenen Türen vorbei, aus denen bohrende Blicke und grelles Licht sie auf ihrem dunklen Weg verfolgten. Im ersten Stock begegnete ihr die Alte mit der Spieldose.

„Soso", sagte die Frau, „biste also wieder da? Und jetzt haben sie dich rausgeschmissen? Na, dann komm mal rein und bleib heut Nacht bei mir. Ich hab kein' Ruf zu verlieren."

Von oben kam erregtes Geplapper, übertönt nur vom spöttischen Gelächter der Mutter.

16

Pete kam nicht auf den Gedanken, dass er Maggie zugrunde gerichtet haben könnte. Wäre ihm klar geworden, dass ihre Seele nie wieder lächeln konnte, so hätte er die Schuld ihrer Mutter und ihrem Bruder gegeben, die aus der Sache ein solches Drama machten.

Außerdem war es in seiner Welt nicht vorgesehen, dass Seelen lächeln konnten. „Verdammt, was soll's", sagte er sich.

Unangenehm war ihm nur, dass er sich in etwas hineingeritten hatte. Gewisse Vorfälle konnten ihm den Zorn des Kneipenbesitzers eintragen, der großen Wert darauf legte, dass es in seinem Lokal ehrbar und gesittet zuging.

„Warum machen die bloß so 'n Theater deswegen?" Es widerte ihn an, wie diese Familie sich aufführte. Er konnte nicht begreifen, warum diese Leute die Nerven verloren, nur weil die Schwester und Tochter eine Zeit lang nicht nach Hause gekommen war.

Er überlegte hin und her, worum es diesen Leuten gehen mochte, und kam zu dem Schluss, dass Maggie nichts Böses im Schilde führte, die beiden anderen ihm jedoch ans Leder wollten. Er fühlte sich verfolgt.

Die schöne, forsche Frau, die ihm im Animierlokal begegnet war, machte sich einen Spaß daraus, ihn zu verspotten.

„Dieses kleine blasse Ding hat überhaupt kein Feuer", meinte sie. „In ihren Augen seh ich bloß Kürbiskuchen und Tugend. Ist dir aufgefallen, dass ihr linker Mundwinkel immer zuckt? Meine Güte, was ist bloß aus meinem unbeugsamen Pete geworden?"

Pete beteuerte, nie sonderlich an dem Mädchen interessiert gewesen zu sein. Die Frau unterbrach ihn lachend.

„Weißt du, das ist mir völlig gleichgültig. Du bist mir keine Erklärung schuldig. Was geht's mich an, was du so treibst?"

Pete sah sich jedoch genötigt, sich zu rechtfertigen. Wenn er wegen seines Geschmacks in Sachen Frauen verspottet wurde, musste er doch klarmachen, dass es nur eine vorübergehende, unbedeutende Sache gewesen sei.

An dem Morgen, nachdem Maggie ihr Zuhause erneut verlassen hatte, stand Pete wieder hinter der Theke. Mit seiner weißen Jacke und der Schürze war er wie immer tadellos gekleidet, die Haare waren mit größter Sorgfalt über die Stirn drapiert. Es waren noch keine Gäste da. Pete polierte ein Bierglas mit einer Serviette, pfiff leise vor sich hin und hielt den Gegenstand seiner Aufmerksamkeit ins gedämpfte Sonnenlicht, das durch die dichten Fliegengitter in den schummrigen Raum gelangte.

Während der Barkeeper seine Gedanken zu der schönen, forschen Frau schweifen ließ, hob er den Kopf und schaute durch die unregelmäßigen Ritzen der Bambusschwingtür. Plötzlich verstummte sein Pfeifen. Er sah Maggie langsam vorbeigehen. Ein jäher Schreck durchfuhr ihn in seiner Sorge um den guten Ruf des Lokals.

Von schlechtem Gewissen geplagt, schaute er sich um. Es war noch niemand da.

Rasch ging er zur Seitentür, öffnete sie und warf einen Blick nach draußen. Maggie stand unschlüssig an der Ecke und schaute sich um.

Als sie in seine Richtung schaute, winkte Pete ihr zu, nahm sich aber vor, gleich wieder an seinen Platz hinter der Theke zurückzukehren, um die Ehrbarkeit zu wahren, auf die der Besitzer so großen Wert legte.

Maggie kam zu ihm, ihr besorgter Ausdruck wich einem erleichterten Lächeln.

„Ach, Pete …", begann sie strahlend.

Der Barkeeper gestikulierte ungeduldig. „Himmelherrgott", fuhr er sie an, „was machst du denn hier? Willst du mich in Schwierigkeiten bringen?"

Das Mädchen schaute ihn verständnislos an. „Aber Pete! Du hast doch gesagt …"

Pete war sichtlich verärgert. Sein Gesicht lief rot an in dem gerechten Zorn eines Mannes, dessen guter Ruf in Gefahr war.

„So geht das nich', verstehst du? Warum zum Teufel lässt du mich nich' in Ruhe? Wegen dir krieg ich noch Ärger mit dem Alten! Wenn der 'ne Frau hier rumlungern sieht, rastet er aus, und ich verlier meinen Job! Was denkst du dir bloß dabei? Dein Bruder war auch schon hier, hat richtig Stunk gemacht un' die halbe Einrichtung kaputtgeschlagen. Der Alte war stinksauer. Das kostet ihn 'ne schöne Stange Geld. Ich hab endgültig die Nase voll, verstehst du? Jetzt is Schluss!"

Das Mädchen starrte ihn ungläubig an. „Aber Pete, weißt du nich' mehr …"

„Ach, zum Teufel!", fiel Pete ihr ins Wort, weil er ahnte, worauf sie hinauswollte.

Das Mädchen schien mit sich zu ringen, fand nicht die richtigen Worte für das, was in ihr vorging. „Wo soll ich jetzt hin?", fragte sie leise.

Die Frage traf Pete wie ein Schlag ins Gesicht. Sie wollte ihm die Verantwortung für etwas zuschieben, was ihn nichts anging. In die Enge getrieben, beantwortete er ihre Frage auf die einzig mögliche Weise. „Geh doch zum Teufel!" Wütend schlug er die Tür zu und kehrte erleichtert an seinen ehrbaren Platz zurück.

Maggie ging.

Ziellos wanderte sie mehrere Häuserblocks. Einmal blieb sie stehen und fragte laut: „Wer?"

Ein Mann, der an ihr vorbeiging, war sichtlich amüsiert

und tat so, als gelte die Frage ihm. „Was? Wer? Niemand! Ich hab nichts gesagt." Lachend ging er weiter.

Irgendwann bemerkte sie, dass manche Männer sie prüfend musterten, weil sie so ziellos durch die Straßen irrte. Beängstigt ging sie etwas schneller und versuchte, entschlossen auszusehen, so als wäre sie zu einem bestimmten Ziel unterwegs.

Nach einer Weile ließ sie die lauten Geschäftsstraßen hinter sich und wanderte zwischen Häusern dahin, deren Fassaden etwas Strenges, Dumpfes ausstrahlten. Sie ließ den Kopf hängen, weil die Häuser sie anklagend anzustarren schienen.

Plötzlich begegnete ihr ein beleibter Herr mit Zylinder und schlichtem schwarzem Rock, dessen Knopfreihe vom Kinn bis zu den Knien reichte. Das Mädchen erinnerte sich an die Gnade Gottes, von der sie gehört hatte, und beschloss, den Mann anzusprechen.

Sein freundliches rundes Gesicht strahlte Güte und Wohlwollen aus. Als das Mädchen ihn zögernd ansprach, zuckte er zusammen und machte sofort einen Schritt von ihr weg, um seine Ehre nicht zu gefährden. Er war nicht bereit, ein Risiko einzugehen, um eine Seele zu retten. Und wie sollte er auch wissen, dass er eine Seele vor sich hatte, die der Hilfe bedurfte?

17

An einem verregneten Abend, einige Monate später, ratterten zwei endlose Reihen Tramwagen, von strauchelnden Pferden gezogen, durch eine belebte Nebenstraße. Droschken mit tief vermummten Kutschern rumpelten hin und her. Mit leisem Summen tauchten elektrische Lampen die Straße in ein trübes Licht. Ein Blumenhändler, dessen Nase ebenso wie seine Ware von Regentropfen glitzerte, stand hinter seinen Rosen und Chrysanthemen und trat ungeduldig von einem Fuß auf den andern. Aus zwei Theatern strömten Menschen in kleinen Gruppen auf die regennassen Gehsteige. Männer zogen sich den Hut tief über die Augenbrauen und schlugen den Kragen hoch. Frauen zuckten ungeduldig mit den Schultern in ihren warmen Mänteln und blieben stehen, um die Röcke zu raffen, bevor sie in den Regen hinaustraten. Leute, die zwei Stunden mehr oder weniger still gesessen hatten, plauderten munter drauflos, noch ganz im Banne des mitreißenden Geschehens auf der Bühne.

Die Gehsteige verwandelten sich in ein Meer aus Regenschirmen. Männer traten vor, um Droschken oder Pferdebahnen anzuhalten, manche mit höflichen Gesten, andere ungestüm und gebieterisch. Eine endlose Prozession bewegte sich zu den Stationen der Hochbahn. Über der Menschenmenge lag eine Atmosphäre von Wohlstand und Vergnügen, was nicht nur an den schönen Kleidern lag, sondern auch an der Tatsache, dass sie aus einer Stätte kamen, in der sie den Alltag hatten vergessen können.

Im Halbdunkel eines angrenzenden Parks waren die Bänke von durchnässten Gestalten besetzt, die einen niedergeschlagenen, trübsinnigen Eindruck vermittelten.

Ein Mädchen von der auffällig geschminkten Sorte ging die Straße entlang. Die Blicke, die sie entgegenkommenden Männern zuwarf, waren unterschiedlich. Männer, die vom Land zu kommen schienen oder schlicht und ungebildet wirkten, bedachte sie mit einem einladenden Lächeln, während sie jene von großstädtischem Äußeren gelassen zu übersehen schien.

Sie überquerte glitzernde Boulevards und tauchte in die Menge ein, die aus den Orten des Vergessens auf den Gehsteig strömte. Zielstrebig schlängelte sie sich durchs Gewühl, als hätte sie es eilig, nach Hause zu gelangen. Anmutig beugte sie sich in ihrem hübschen Mantel vor, raffte ihre Röcke und achtete darauf, mit ihren gut beschuhten Füßen nicht in eine Pfütze zu treten.

Hinter Kneipentüren, die rastlos auf- und zugingen, sah man angeheiterte Männer an den Theken stehen und Barkeeper, die von einem Gast zum andern eilten. Aus einem Varieté tönte schnelle, mechanische Musik, wie von einer geisterhaften Kapelle dargeboten.

Ein hochgewachsener junger Mann schlenderte mit überlegener Miene auf das Mädchen zu. Er trug Abendkleidung, einen Schnurrbart und eine Chrysantheme und hatte einen gelangweilten Ausdruck im Gesicht. Als das Mädchen an ihm vorüberging, als ob er gar nicht existierte, drehte er sich nach ihr um und schaute ihr einen Augenblick wie gebannt nach. Doch dann gab er sich einen

Ruck, als ihm klar wurde, dass sie weder unerfahren, noch aus Paris oder vom Theater war. Hastig drehte er sich um und ging weiter, den stieren Blick in die Luft gerichtet wie ein Matrose einen Suchscheinwerfer.

Ein stämmiger Gentleman mit prächtigem Backenbart und wohltätiger Erscheinung schritt gleichmütig vorbei und kehrte dem Mädchen verächtlich den breiten Rücken zu.

Ein Mann in Geschäftskleidung, der zu einer Pferdebahn eilte, stieß gegen ihre Schulter. „Oh, hallo, Maggie, entschuldige! Mach's gut, altes Mädchen!" Er fasste sie einen Augenblick am Arm, um sie zu stützen, dann hastete er mitten auf der Straße weiter.

Das Mädchen ließ die Welt der Restaurants und Kneipen hinter sich, kam an glitzernden Boulevards vorbei und gelangte in dunklere Häuserblocks, fernab vom bunten Treiben der Stadt.

Ein junger Mann in leichtem Mantel und Melone bemerkte, dass ihr scharfer Blick auf ihn fiel. Er blieb stehen, vergrub die Hände in den Taschen und lächelte spöttisch. „Aber, aber, Gnädigste", sagte er, „du hältst mich doch wohl nicht für 'nen grünen Jungen, oder?"

Ein Arbeiter mit Paketen unterm Arm kam ihr entgegen. Als sie ihn ansprach, erwiderte er: „Schöner Abend heute, was?"

Sie lächelte einem blond gelockten Jungen zu, der mit den Händen in den Manteltaschen vorübereilte. Er erwiderte ihr Lächeln und winkte ab. „Nich' heut Abend, ein andermal."

Ein Betrunkener wankte ihr in den Weg. „Ich hab kein Geld, verdammt", blaffte er sie an und taumelte weiter. „Kein Geld, verdammtes Pech. Kein' Cent."

Das Mädchen erreichte die düsteren Viertel am Fluss, wo die Straße von hohen schwarzen Fabriken gesäumt war, zwischen denen nur hier und dort ein Lichtschein aus einer Kneipe auf den Gehsteig fiel. Vor einem Lokal, aus dem beschwingte Geigenklänge, Fußgetrappel und lautes Gelächter drangen, stand ein Mann mit aufgedunsenem Gesicht.

„Hallo, Süßer", sagte das Mädchen.

„Hab 'ne Verabredung", erwiderte der Mann.

Ein paar Häuser weiter kam ihr ein zerlumpter Kerl mit blutunterlaufenen Augen und schmutzigen Händen entgegen. „Na, hör mal! Hältst du mich für 'n Millionär?"

Sie tauchte in die Schwärze des letzten Häuserblocks ein. Die Fensterläden der hohen Gebäude waren geschlossen wie grimmige Lippen. Die Häuser schienen Augen zu haben, die über sie hinweg zu weit entfernten Dingen schauten. Die Lichter der Boulevards glitzerten in unerreichbarer Ferne. Das fröhliche Bimmeln der Straßenbahnnen tönte herüber.

Kurz vor dem Fluss sah das Mädchen eine wuchtige Gestalt. Im Weitergehen erkannte sie einen dicken Mann in zerschlissener Kleidung. Wirre graue Haare hingen ihm in die Stirn. Die trüben kleinen Augen in seinem feisten Gesicht wanderten gierig über das nach oben gewandte Gesicht des Mädchens. Er lachte und entblößte braun schimmernde Zähne unter dem von Bier triefenden

Schnurrbart. Sein Körper zitterte wie eine tote Qualle. Kichernd folgte er dem Mädchen aus dem Heer der grell geschminkten Damen.

Vor ihnen erstreckte sich, schwarz wie der Tod, der Fluss. Für einen Augenblick erhellte der Lichtschein einer Fabrik das Wasser, das ölig glänzend gegen die Holzplanken schlug. Die vielfältigen Geräusche des Lebens klangen fröhlich, aber unerreichbar weit entfernt, ehe sie ganz verstummten.

18

Im Séparée eines Lokals saß ein Mann, von einem halben Dutzend lachenden Frauen umgeben. Er befand sich in dem fortgeschrittenen Stadium der Trunkenheit, in dem man die ganze Welt umarmen möchte.

„Mädels, ich bin 'n guter Kerl", sagte er voller Überzeugung, „Un' wenn einer nett zu mir is, bin ich der netteste Kerl der Welt. Stimmt's nich'?"

Die Mädchen nickten zustimmend. „Aber klar!", riefen sie begeistert. „Du bist einfach klasse, Pete! Was bestellst du diesmal, Liebling?"

„Alles, was ihr wollt!", rief der Mann, berauscht von der eigenen Großzügigkeit. In seiner missionarischen Stimmung hätte er sich auch mit einem Hottentotten verbrüdert, wäre ihm einer begegnet. In besonderer Zärtlichkeit war er seinen hübschen Freundinnen zugeneigt.

„Alles, was ihr wollt", verkündete er großmütig. „Ich bin

'n guter Kerl, un' wenn einer nett zu mir is, dann … he!", rief er einem Kellner durch die offene Tür zu, „bring den Mädels was zu trinken. Was wollt ihr, Mädels? Ihr könnt alles haben, alles!"

Das Gesicht des Kellners verriet, wie sehr es ihn anwiderte, Leute zu bedienen, die schon mehr als genug intus hatten. Er nahm ihre Bestellungen mit einem kurzen Nicken entgegen und zog wieder ab.

„Verdammt", sagte der Mann, „heut amüsier'n wir uns mal wieder prächtig. Ich mag euch, Mädels! Hand aufs Herz! Ihr seid die Besten, versteht ihr?"

Überschwänglich pries er die Vorzüge seiner versammelten Freundinnen.

„Ihr führt ein' nich' an der Nase rum, sondern amüsiert euch einfach nur! So isses recht! Ihr wollt mich nich' bloß ausnehm', sonst tät ich kein' Tropfen bestell'n. Nee, ihr seid richtig, ihr wisst, wie man 'n Kerl anständig behandelt. Drum bleib ich bei euch bis zum letzten Cent! Jawoll! Bin 'n guter Kerl un' weiß, wenn einer nett is."

Während der Kellner kam und ging, ließ sich der Mann lang und breit über den Respekt aus, den er für alle und jeden hegte. Mit Tränen in den Augen und zitternder Stimme betonte er die freundschaftlichen Gefühle, die er allen liebenswerten Menschen dieser Welt entgegenbrachte.

Als der Kellner wieder einmal mit einem leeren Tablett weggehen wollte, zog der Mann eine Münze aus der Tasche und hielt sie ihm hin.

„Hier", sagte er mit großer Geste, „'n Vierteldollar für dich."

Der Kellner machte keine Anstalten, die Münze zu nehmen. „Ich will Ihr Geld nich'."

Mit weinerlicher Beharrlichkeit hielt der Mann ihm die Münze hin. „Jetzt nimm schon! Bis' 'n guter Kerl, has' es verdient!"

„Lassen Sie's gut sein", sagte der Kellner mit der mürrischen Miene eines Mannes, der sich gezwungen sieht, einen Rat zu erteilen. „Stecken Sie Ihr Geld wieder ein! Sie haben einen in der Krone und machen sich nur lächerlich."

Als der Kellner hinausging, wandte sich der Mann mit kläglicher Miene an seine Begleiterinnen.

„Der weiß gar nich', was für 'n guter Kerl ich bin", jammerte er.

„Lass gut sein, Pete, Liebling", sagte die schöne, forsche Frau und legte ihm zärtlich die Hand auf den Arm. „Lass gut sein, alter Junge! Wir bleiben bei dir, Liebling!"

„So isses recht!" Sein Gesicht hellte sich sofort wieder auf. „Ich bin 'n verdammt guter Kerl, un' wenn einer nett zu mir is, bin ich der nett'ste Kerl der Welt! Stimmt's nich'?"

„Na klar!", riefen die Frauen. „Wir lassen dich nich' im Stich, alter Junge!"

Der Mann schaute die schöne, forsche Frau flehend an, als würde er auf der Stelle sterben, wenn sie ihm auch nur die kleinste Gemeinheit vorwerfen könnte.

„Sag, Nell, hab ich dich nich' immer anstän'ig behandelt? Hab ich doch, oder?"

„Aber sicher, Pete", beruhigte sie ihn und wandte sich an die anderen Frauen. „Pete is ein anständiger Mann, das könnt ihr mir glauben. Ein prächtiger Kerl, drum lassen wir ihn nich' im Stich, nich' wahr, Mädels?"

„Klar!", kam es vielstimmig zurück. Mit liebevollen Blicken erhoben sie ihre Gläser und tranken auf sein Wohl.

„Mädls", lallte der Mann eindringlich, „war doch immer nett zu euch, oder? Bin 'n guter Kerl, stimm's?"

„Klar!", riefen sie im Chor.

„Na, dann woll'n wir noch ein' trink'n, was?"

„Das gefällt mir", rief eine Frau begeistert. „Du bist nich' so 'n Lahmarsch! Du weißt, wie man sein Geld ausgibt. So isses recht!"

Der Mann schlug mit zitternden Fäusten auf den Tisch. „Jawoll!", rief er mit großem Nachdruck, als gelte es, jemanden zu überzeugen. „Ich bin 'n guter Kerl, un' wenn einer nett zu mir is, dann bin ich … trink'n wir noch ein'."

Er trommelte mit seinem Glas auf den Tisch. „He!", brüllte er ungeduldig. Dass der Kellner ihn warten ließ, machte ihn zornig.

„He!", brüllte er noch einmal.

Endlich erschien der Kellner in der Tür.

„Was su trink'n!", lallte der Mann.

Der Kellner nahm ihre Bestellung auf und zog wieder ab.

„Der Kerl is 'n verdammter Narr", rief der Mann. „Der hat mich belei'ig'. Lass ich nich' auf mir sitz'n …! Scheuer ich eine, wenn er wiederkomm'."

„Nein, nein", versuchten die Frauen ihn zu besänftigen. „Er hat's nich' so gemeint. Lass gut sein! Er is 'n guter Kerl!"

„Hat mich nich' belei'ig'?", fragte der Mann eindringlich.

114

„Nein", bekräftigten sie. „Natürlich nich'. Der is in Ordnung!"

„Ihr seid sicher, dasser mich nich' ...?"

„Wir kennen ihn! Er is 'n guter Kerl. Er hat's nich' so gemeint."

„Na dann", sagte der Mann entschlossen, „dann wer' ich mich en'schul'jen."

Als der Kellner kam, wankte der Mann auf ihn zu.

„Die Mädels sag'n, du has' mich belei'ig'. Quatsch, sag ich. 'schul'je mich."

„Schon gut", sagte der Kellner.

Der Mann setzte sich wieder hin. Die Augen drohten ihm zuzufallen, doch es war ihm ein Bedürfnis, mit der Welt und ihren Bewohnern ins Reine zu kommen.

„Nell, ich hab dich immer anstän'ig behan'el', nich'? Du mags' mich doch, Nell? Bin ich 'n guter Kerl?"

„Klar", sagte die schöne, forsche Frau.

„Du weiß', ich bin'n dich verknall'. Das weiß' du doch, Nell?"

„Klar", sagte sie leichthin.

Von trunkener Zuneigung überwältigt, zog er zwei, drei Geldscheine aus der Tasche und legte sie mit zitternden Händen vor ihr auf den Tisch wie eine Opfergabe.

„Verdamm', du kanns' alles von mir haben ... bin'n dich verknall', Nell ... bestell was su trink'n ... wir amüsier'n uns wun'erbar ... un' wenn einer nett su mir is, bin ich ... verdamm', wir amüsier'n uns so ..."

Augenblicke später schlief er ein, das aufgedunsene Gesicht auf die Brust gesunken.

Die Frauen tranken und lachten, ohne den schlafenden Mann in der Ecke zu beachten. Schließlich kippte er vornüber und fiel stöhnend zu Boden.

Die Frauen kreischten angewidert und rafften ihre Röcke.

„Kommt", rief eine und sprang auf, „gehen wir."

Die schöne, forsche Frau blieb noch einen Augenblick, nahm die Geldscheine vom Tisch und schob sie in eine tiefe, ausgebeulte Tasche. Als der Schlafende laut zu schnarchen anfing, schaute sie auf ihn hinunter.

„So ein Narr", sagte sie lachend und ging.

In dem kleinen Séparée senkte sich der Rauch aus den Lampen herab und verdunkelte den Ausgang. Ein durchdringender Geruch von Öl erfüllte die Luft. Aus einem umgekippten Glas tropfte Wein auf den geröteten Hals des Mannes.

19

In einer Stube saß eine Frau am Tisch und aß wie ein fetter Mönch auf einem Gemälde.

Ein schmuddeliger, unrasierter Mann stieß die Tür auf und trat ein. „Jetzt isses passiert", sagte er. „Mag is tot."

„Was?", sagte die Frau, den Mund voller Brot.

„Mag is tot", wiederholte der Mann.

„Den Teufel isse", murmelte die Frau und aß weiter. Als sie ihren Kaffee ausgetrunken hatte, fing sie an zu weinen.

„Ich weiß noch, wie ihre Füße nich' größer waren als dein Daumen un' sie Wollschühchen anhatte."

„Na und?", sagte der Mann.

„Ich weiß noch, wie sie Wollschühchen anhatte", jammerte sie.

Die Nachbarinnen kamen aus ihren Wohnungen und versammelten sich im Flur. Sie schauten zur weinenden Frau herein, als sähen sie die letzten Zuckungen eines verendenden Hundes. Ein Dutzend Frauen traten ein und klagten mit ihr. Unter ihren geschäftigen Händen verbreitete sich in den Zimmern jener unheimliche Anschein von Sauberkeit und Ordnung, mit dem man den Tod begrüßt.

Plötzlich flog die Tür auf, und eine Frau in schwarzem Kleid kam mit ausgestreckten Armen hereingeeilt. „Arme Mary!", klagte sie und schloss die Trauernde in die Arme.

„Dass der Himmel dich so furchtbar straft!", fuhr sie fort, wie sie es in ihrer Missionskirche gelernt hatte. „Meine arme Mary, ich fühle mit dir! Ein ungehorsames Kind, das is 'ne schwere Strafe."

Ihr gütiges, mütterliches Gesicht war tränenüberströmt. Sie zitterte vor Eifer, ihr Mitgefühl zu zeigen. Die Trauernde saß mit gebeugtem Kopf, wiegte den Körper schwerfällig vor und zurück und jammerte mit hoher, gepresster Stimme; es klang wie ein Klagelied auf einem Dudelsack.

„Ich weiß noch, wie sie Wollschühchen anhatte un' ihre Füße nich' größer waren als 'n Daumen, Miss Smith. Wollschühchen hatte sie an", wiederholte sie unter Tränen.

„Ach, meine arme Mary", schluchzte die Frau in Schwarz, sank neben der Trauernden auf die Knie und nahm sie in die Arme. Die anderen Frauen seufzten in allen möglichen Stimmlagen.

„Dein armes, verirrtes Kind is jetzt von uns gegangen, Mary, und wir wollen hoffen, dass es für sie besser so is. Du wirst ihr doch vergeben, nich' wahr, Mary, dass sie so ungehorsam war? Dass sie so undankbar zu ihrer Mutter war und so lasterhaft? Sie is dorthin gegangen, wo ihre furchtbaren Sünden gerichtet werden."

Die Frau in Schwarz hob das Gesicht und verstummte. Durch die Fenster flutete Sonnenlicht herein und verlieh den verblichenen Farben der Stube eine gespenstische Heiterkeit. Zwei, drei Frauen schluchzten auf, eine weinte hemmungslos. Die Trauernde erhob sich und wankte ins Nebenzimmer. Augenblicke später kam sie mit einem Paar ausgeblichener Kinderschuhe wieder, die sie in der hohlen Hand hielt.

„Ich weiß noch, wie sie die anhatte", rief sie, und die Frauen brachen aufs Neue in lautes Klagen aus. Die Trauernde wandte sich an den schmuddeligen, unrasierten Mann.

„Jimmie, mein Junge, geh und hol deine Schwester! Hol sie her, dann ziehn wir ihr die Schuhchen an!"

„Die passen ihr doch nich' mehr, alte Närrin", versetzte der Mann.

„Du sollst deine Schwester nach Hause holen, Jimmie!", kreischte die Frau und trat drohend auf ihn zu.

Der Mann fluchte verdrießlich, zog widerwillig seinen Mantel an, nahm seinen Hut und ging.

Die Frau in Schwarz trat zu der Trauernden und begann erneut auf sie einzureden.

„Du musst ihr verzeihen, Mary! Du musst deinem bösen

Kind verzeihen! Ihr Leben war ein Fluch, ihre Tage waren voll Finsternis, aber du wirst dem bösen Mädchen doch vergeben? Sie ist dorthin gegangen, wo ihre Sünden gerichtet werden."

„Sie ist dorthin gegangen, wo ihre Sünden gerichtet werden", riefen die Frauen wie ein Trauerchor.

„Der Herr hat's gegeben, der Herr hat's genommen", verkündete die Frau in Schwarz, den Blick zu den Sonnenstrahlen erhoben.

„Der Herr hat's gegeben, der Herr hat's genommen", gaben die anderen zurück.

„Du wirst ihr doch verzeihen, Mary?", drängte die Frau in Schwarz. Die Trauernde öffnete den Mund, doch die Stimme versagte ihr. Ihre massigen Schultern bebten in ihrem tiefen Schmerz. Heiße Tränen versengten ihr zitterndes Gesicht. Endlich fand sie ihre Stimme wieder, und es brach aus ihr heraus wie ein Schmerzensschrei.

„Ja, ich verzeih ihr! Ich verzeih ihr!"

Eine Straßenszene in New York

Ein Mann und ein Junge trotteten langsam eine Straße in der East Side entlang. Es war kurz vor sechs Uhr abends. Die Straße, auf der man zu einer der Fähren über den East River gelangte, war dicht bevölkert von Arbeitern, Verkäuferinnen und Verkäufern auf dem Weg nach Hause, mit den Gedanken schon beim Abendessen. Die Schaufenster waren hell erleuchtet.

Der Mann und der Junge unterhielten sich auf Italienisch, tauschten wohlklingende Worte aus und unterstrichen sie mit kleinen, nachdrücklichen Gesten. Plötzlich starrte der Mann vor sich hin und schwankte, als hätte ihn grelles Licht geblendet. Er taumelte wie ein Betrunkener, seine Knie gaben unter ihm nach. Der Junge packte ihn reflexartig am Arm, um ihn zu stützen, und der Mann sank langsam auf den Gehsteig, wie eine Leiche, die dem Meer übergeben wurde. Der Junge schrie verzweifelt auf.

Aus allen Richtungen drehten sich Leute um und schauten zu der reglos daliegenden Gestalt. Binnen Sekunden hatte sich eine drängelnde, schiebende, gaffende Menge um den Mann gebildet. Von allen Seiten kamen aufgeregte Fragen, Antworten, Spekulationen.

„Was is da los? Was hat 'n der?"

„Ich glaub, der is hackedicht!"

„Nee, der hat 'n Schlaganfall!"

„Was 'n hier los?"

Aus entgegengesetzten Richtungen strömten Fußgänger herbei und vergrößerten die neugierige Menge.

Von der anderen Straßenseite kamen weitere hinzu.

Irgendwo mittendrin, kaum zu sehen in der dichten Menschentraube, lag ein Mann so gut verborgen, dass kaum ein Lichtstrahl zu ihm durchdrang. Die Nächststehenden beugten sich hinunter, um besser sehen zu können. Andere drängten nach vorne wie Hungernde, die versuchten, ein Stück Brot zu ergattern. Immer wieder hörte man die eine Frage: „Was is da los?" Die, die am nächsten bei dem Mann und dem Jungen standen, liefen Gefahr, umgestoßen zu werden und auf den am Boden Liegenden zu fallen. „He, hört auf zu drängeln!", protestierten sie energisch. „Was soll denn das? Haltet gefälligst 'n bisschen Abstand!"

Ein anderer weiter hinten rief: „He, Freundchen, drück nich' an mir rum, ich bin kein Pfirsich!"

„Schon gut, Mann ...", rief eine andere Stimme zurück.

Der Junge hockte hilflos bei dem reglos daliegenden Italiener und hielt seine Hand. Immer wieder schaute er sich verzweifelt um, als hoffte er auf plötzliche Hilfe aus den Wolken. Ein paar Umstehende stießen gegen ihn, sodass er sich mit der Hand auf die Brust des Liegenden stützen musste, um nicht das Gleichgewicht zu verlieren. Die Nächststehenden sahen, wie der Mann auf dem Boden sich plötzlich krümmte, als hätte eine unsichtbare Hand ihn an den Haaren gepackt und nach hinten gezogen. Ein Zucken ging durch ihn hindurch, seine steifen Arme schwangen nach oben. In seinen halb geschlossenen Augen war ein stahlgraues Funkeln, beängstigend wie der Blick eines Mörders. Als würde ein Toter die Lebenden drohend anstarren, die drauf und dran waren, ihn zu zertrampeln.

Einige versuchten zurückzuweichen, als fürchteten sie, der Mann könnte aufspringen und sich auf sie stürzen. Dennoch verfolgten sie mit atemloser Faszination das Schauspiel, die Tiefen, in die dieses Menschenleben gestürzt war, das Mysterium von Leben und Tod, das sich vor ihren Augen abspielte. Manche drängten mit aller Macht nach vorne, um sich den schaurigen Anblick nicht entgehen zu lassen. Die Besonneneren wiesen die Rücksichtslosen schimpfend zurecht, die sie anrempelten oder ihnen auf die Zehen traten.

Eine Straßenbahn nach der anderen bimmelte vorüber. Weiter vorne rumpelte die Hochbahn vorbei. Über den Köpfen der Menschentraube hing ein Stoffschild mit der Aufschrift: „Dinner zwanzig Cent."

Der Mann auf dem Gehsteig war wie ein Stück Treibgut in diesem Menschenmeer.

Nachdem die erste Neugier abgeflaut war, besannen sich einige und überlegten, wie man helfen könnte. „Massiert ihm die Handgelenke", rief einer. Der Junge und ein Mann auf der anderen Seite des Bewusstlosen griffen den Rat auf, massierten ihm die Handgelenke und tätschelten seine Handflächen.

Ein hochgewachsener Deutscher kämpfte sich entschlossen nach vorne. „Macht mal Platz da", sagte er mit einer Autorität, die einen gewissen Eindruck machte. Die Leute ließen ihn durch. Er kniete sich zusammen mit einem anderen zu dem Bewusstlosen und öffnete ihm den Hemdkragen. In der Dunkelheit zündeten sie ein Streichholz an und hielten es vor sein Gesicht. Für einen Augenblick leuchtete das blasse Gesicht im gelben Lichtschein der Flamme auf und ließ die Umstehenden schaudern. Erschrockene Ausrufe waren zu hören. Einige verursachten fast einen Aufruhr, so versessen waren sie darauf, das Spektakel zu sehen.

Andere hatten inzwischen begonnen, den Jungen zu befragen. „Wie heißt er? Wo wohnt er?"

Dann erschien ein Polizist am Schauplatz. Der erste Akt des Dramas hatte sich ohne ihn zugetragen, doch nun kam er und strebte entschlossen auf die Menschenmenge zu. Mit dem Helm über dem undurchdringlichen Gesicht überragte er alle Umstehenden. Wie ein ganzes Kavallerieregiment stürmte er auf die Menge zu, und die Leute wichen sofort zur Seite. „Platz da", rief er, wenn einer sich nicht schnell genug bewegte. „Na los, wird's bald?" Es war ihm anzusehen, dass er sich sein Leben lang mit unbelehrbaren Zeitgenossen hatte herumplagen müssen, die partout darauf bestanden, auf der Straße herumzulaufen. Er glich einer Kuh, die sich der lästigen Fliegen erwehren musste. „Was soll denn das!", polterte er, als er den Mittelpunkt des Geschehens erreichte. Dann sah er die Gestalt auf dem Boden liegen. „Los, aufstehen, aber plötzlich", herrschte er den reglosen Mann an.

Sofort erhoben sich eifrige Stimmen aus der Menge, um dem Beamten das Geschehen zu schildern.

„Der hatte 'n Schlaganfall, sehn Sie das nich'?"

„Ja, 'n Anfall!"

„Lassen Sie den Mann in Ruhe!"

Der Polizist schaute drohend in die Menge, aus deren

Mitte die aufmüpfigen Stimmen gekommen waren. Nun erschien auch ein Arzt und ging neben dem Bewusstlosen in die Hocke. Immer wieder wandte der Polizist sich den Umstehenden zu, um Platz zu schaffen. Die Leute wichen vor seinem scharfen Ton und den riesigen Wildlederhandschuhen zurück, mit denen er drohend fuchtelte.

Schließlich sahen ein paar aufmerksame Beobachter, wie der Mann auf dem Gehsteig schwer atmete, als wäre er aus tiefem Wasser aufgetaucht. Er stieß einen gequälten Laut aus, wie das Heulen eines kleinen Kindes oder das Jammern eines Kätzchens, das in ein Unwetter geraten war. Als die Leute den langgezogenen Schrei hörten, fing das Drängeln und Rempeln aufs Neue an, bis der Arzt sich gezwungen sah, die Leute wiederholt mit lauten Zurufen zur Vernunft zu bringen. Der Polizist war losgeeilt, um einen Rettungswagen zu rufen.

Neben dem Verletzten zündete jemand ein Streichholz an, und der Arzt begann in dem schwachen Licht, den Kopf des Gestürzten nach einer eventuellen Wunde abzutasten. Wieder drängte die Menge nach vorne in der Erwartung, im Licht des Streichholzes Blut zu sehen. Der Polizist kam zurück und scheuchte die Leute weg, während auch der Arzt immer wieder aufsah und mehr Platz forderte.

Endlich war vom Ende der Straße ein helles Glockensignal zu hören. Ein riesiger Wagen, bis obenhin mit Fässern beladen, wich mit erstaunlicher Beweglichkeit zur Seite aus, ehe der schwarze Wagen mit der goldenen Aufschrift und der lauten Warnglocke in Sicht kam, von einem galoppierenden Pferd gezogen. Auf dem Rücksitz saß ein junger Mann so gelassen, als wäre er unterwegs zu einem Picknick. Als sie den schlaffen Körper hochhoben, von dem ein leises Stöhnen kam, wurde die Menge beinah zum tobenden Mob. Der Krankenwagen rumpelte davon, und die Leute starrten ihm nach, bis er nicht mehr zu sehen war. Manche gingen erleichtert ihres Weges. Andere standen immer noch da, obwohl der Rettungswagen längst verschwunden war, als hätte man sie um den Höhepunkt des Dramas betrogen. Der Vorhang war niedergegangen, ohne sie am letzten Akt der Tragödie teilhaben zu lassen.

Der kleine braune Hund

Ein kleiner Junge stand an einer Straßenecke. Er lehnte mit der Schulter an einem hohen Bretterzaun, die andere Schulter schwang er vor und zurück, während er achtlos nach Kieselsteinen trat.

Die Sonne knallte auf das Pflaster herab, ein leiser Sommerwind wirbelte gelben Staub auf und wehte ihn in kleinen Wolken über die Straße, auf der Pferdewagen dahinratterten. Der Junge sah ihnen versonnen nach.

Nach einer Weile trottete ein kleiner dunkelbrauner Hund auf dem Gehsteig daher. An seinem Hals hing eine kurze Leine. Manchmal trat er auf deren Ende und stolperte.

Er näherte sich dem Jungen und blieb ein Stück entfernt stehen. Die beiden schauten einander einen Augenblick an. Der Hund zögerte, dann wedelte er mit dem Schwanz. Der kleine Junge streckte die Hand aus und rief ihn zu sich. Fast schuldbewusst kam das Tier näher, und die beiden begrüßten einander mit freundschaftlichem Tätscheln und Schwanzwedeln. Mit jeder Sekunde wurde der Hund lebhafter, bis er den Jungen mit seinen ausgelassenen Sprüngen umzuwerfen drohte. Schließlich hob der Kleine die Hand und schlug dem Tier auf den Kopf.

Der Hund schien aus allen Wolken zu fallen. Tief getroffen legte er sich zu Füßen des Jungen auf den Boden. Als er noch einen Schlag bekam, gefolgt von einer Ermahnung in kindlichen Worten, drehte sich der Hund auf den Rücken und streckte in einer drolligen Geste die Pfoten hoch. Er schaute zu dem Jungen auf, als schicke er ein kleines Gebet zu ihm.

Den Jungen schien es zu amüsieren, wie der Hund in dieser komischen Pose verharrte, und er gab ihm kleine Klapse, damit das Tier sich nicht von der Stelle rührte. Der kleine braune Hund empfand es jedoch als Bestrafung und schien zu denken, dass er etwas Schlimmes angestellt habe. Er wand sich zerknirscht und zeigte seine Reue auf jede ihm nur mögliche Weise. Flehend schaute er zu dem Jungen auf und schickte noch ein paar Gebete hinterher.

Irgendwann hatte der Kleine genug davon und schickte sich an, nach Hause zu gehen. Der Hund lag immer noch betend auf dem Rücken und schaute der sich entfernenden Gestalt nach.

Dann sprang er auf und folgte dem Jungen, der auf dem Nachhauseweg immer wieder innehielt, um interessante Fundstücke zu begutachten. Während einer seiner Pausen bemerkte er den kleinen braunen Hund, der ihm verstohlen folgte.

Der Knirps schlug seinen Verfolger mit einem dünnen Stock, den er unterwegs gefunden hatte. Sofort legte sich der Hund wieder hin und betete, bis der Kleine von ihm abließ und weiterging. Dann richtete sich das Tier auf und tapste ihm hinterher.

Auf dem Nachhauseweg blieb der Junge mehrmals stehen, schlug das Hündchen und gab ihm mit kindlichen Gesten zu verstehen, dass er es verachte und für ein nutzloses Vieh halte. Dafür entschuldigte sich der kleine Hund und zeigte seine Reue, so gut er konnte. Das alles hinderte ihn nicht daran, dem Jungen zu folgen, wenn auch so schuldbewusst wie ein Mörder.

Als der Kleine seine Haustür erreichte, hopste das Hündchen verschämt hin und her, vergaß seine Leine, stolperte darüber und landete bäuchlings auf dem Gehsteig.

Der Junge setzte sich auf die Stufe, und die beiden ließen sich erneut auf ein Zwiegespräch ein. Der Hund bemühte sich nach Kräften, dem Jungen zu gefallen. Er vollführte ein paar Kunststücke, bis der Knirps ihn plötzlich als wertvoll erachtete. Schnell sprang er von der Stufe auf und packte die Leine.

Er zog seinen Gefangenen in den Hausflur und über dunkle Treppen nach oben. Der Hund folgte bereitwillig, hoppelte jedoch mit seinen kurzen Beinen nicht sehr geschickt die Stufen hoch. Der Junge wurde immer schneller und der kleine Hund bekam es mit der Angst zu tun. Er wusste nicht, wohin er gebracht wurde, und drückte seine Verzweiflung aus, indem er heftig den Kopf schüttelte und die Beinchen auf den Boden stemmte.

Der Junge zog noch kräftiger an der Leine und sie kämpften eine Weile auf der Treppe. Der Junge setzte sich durch, weil er fest entschlossen und der kleine Hund nicht stark genug war. Er zerrte das frisch angeeignete Tier zur Wohnungstür und schließlich triumphierend über die Schwelle.

Niemand war zu Hause. Der Junge setzte sich auf den Fußboden und wandte sich mit freundschaftlichen Gesten an den Hund. Der nahm das Angebot bereitwillig an und strahlte seinen neuen Freund an. Bald waren sie eingeschworene Kameraden.

Als die Familie des Jungen nach Hause kam, gab es Ärger. Der Hund wurde begutachtet und mit Schimpfworten überhäuft. Unter all den verächtlichen Blicken ließ er das Köpfchen hängen wie eine ausgetrocknete Pflanze. Doch der Knirps trat standhaft in die Mitte der Stube und verteidigte den Hund. Die Ärmchen um den Hals des Tieres geschlungen, protestierte er lautstark, bis sein Vater von der Arbeit nach Hause kam.

Der wollte wissen, was zum Henker los sei, dass der Kleine so furchtbar brüllte. Die anderen erklärten ihm, dass der Teufelsjunge sich in den Kopf gesetzt habe, einen verlausten Straßenköter aufzunehmen.

Ein Familienrat wurde abgehalten. Der Hund bekam nicht mit, dass sein Schicksal davon abhing; in seiner Verzweiflung hatte er sich in die Kleidung des Jungen verbissen.

Die Sache war schnell entschieden. Der Vater war an diesem Abend schlecht gelaunt, und als er erkannte, dass alle außer dem Kleinen verärgert wären, wenn der Hund bliebe, entschied er sich genau deshalb dafür. Leise weinend zog sich der Junge mit dem Hund in einen Winkel zurück, um mit ihm zu spielen, während der Vater die wütenden Proteste seiner Frau zurückwies. So kam es, dass der Hund ein Teil der Familie wurde.

Er und der Junge waren immer zusammen, außer wenn sie schliefen. Der Knirps war sein Freund und Beschützer. Wenn die Größeren den Hund mit Fußtritten traktierten oder mit Gegenständen bewarfen, trat der Kleine energisch für ihn ein. Einmal eilte er seinem Freund weinend und protestierend zu Hilfe, nachdem sein Vater dem Hund die Bratpfanne auf den Kopf gedonnert hatte, angeblich verärgert über das schlechte Benehmen des Tiers. Mit der Zeit lernte der Hund, den Wurfgeschossen und Tritten auszuweichen. In der kleinen Stube, die mit Herd, Tisch, Schrank und ein paar Stühlen eingerichtet war, entwickelte er großes strategisches Geschick darin, Angriffe im Voraus zu erahnen und sich hinter das nächstbeste Möbelstück zu flüchten. Selbst drei oder vier Leute, mit Besen, Stöcken und Kohlen bewaffnet, hatten Mühe, ihn zu erwischen, geschweige denn, ihm einen schmerzhaften Schlag zu versetzen.

Wenn der Kleine zugegen war, kamen solche Szenen jedoch nicht mehr vor. Alle wussten, dass er zu toben anfing und sich nicht mehr beruhigte, wenn seinem Hund wehgetan wurde, sodass dieser zumindest zeitweilig in Sicherheit war.

Der Junge konnte jedoch nicht immer bei ihm sein. Nachts stimmte sein dunkelbraun bepelzter Freund in seinem Winkel ein schauriges Geheul an, um seiner Einsamkeit und Verzweiflung Luft zu machen. Das Weinen des Hundes war noch in den Nachbarhäusern zu hören, was schlaflose Hausbewohner fluchen ließ. In solchen Augenblicken wurde der Unruhestifter oft durch die Küche gejagt und mit allem geschlagen, was zur Hand war.

Manchmal war es der Junge selbst, der ihn schlug, auch wenn er so gut wie nie einen triftigen Grund dafür hatte. Der Hund ließ die Prügel über sich ergehen, als wäre er sich seiner Schuld bewusst. Er war zu sehr Hund, um sich als Märtyrer zu sehen oder auf Rache zu sinnen. Demütig nahm er die Schläge entgegen und verzieh seinem Freund schon in dem Moment, als dieser von ihm abließ. Hinterher leckte er dem Knirps schon wieder zärtlich die Hand mit seiner kleinen roten Zunge.

Wenn der Junge Kummer hatte und nicht weiterwusste, kroch er oft unter den Tisch und legte seinen kleinen geplagten Kopf auf den Rücken des Hundes. Der war immer bereit, ihn zu trösten. Nie schien er in solchen Augenblicken an die ungerechten Prügel zu denken, die sein Freund ihm bisweilen verpasste.

Von den anderen Familienmitgliedern hielt sich der Hund nach Möglichkeit fern. Er traute ihnen nicht, wich ihnen ängstlich aus, wenn sie sich ihm näherten, womit er sie noch mehr gegen sich aufbrachte. Oft bestraften sie ihn, indem sie ihn nicht fütterten, doch bald war der Junge groß genug, um selbst darauf zu achten, dass sein Freund genug zu fressen bekam. Und wenn er es einmal vergaß, gelang es dem Hund oft, sich selbst zu bedienen.

So konnte der Hund seinen Platz im Haus behaupten. Sein Bellen wurde erstaunlich laut und kräftig für ein so kleines Tier. Er hörte sogar auf, nachts zu heulen. Manchmal japste er im Schlaf, wahrscheinlich wenn er träumte, von furchterregend großen Hunden verfolgt zu werden.

Seine unendliche Zuneigung zu dem Jungen äußerte sich auf vielerlei Weise. Er wedelte mit dem Schwanz, wenn sein Freund nach Hause kam, und ließ betrübt den Kopf sinken, wenn er fortging. Er erkannte die Schritte seines Gefährten unter allen anderen Geräuschen aus der Umgebung. Für ihn war es wie eine Stimme, die ihn rief.

Ihre Freundschaft war in einem Königreich beheimatet, dessen launischer Alleinherrscher der Junge war. Dennoch keimte im Herzen des einzigen Untertanen nie auch nur ein Hauch von Widerstand oder Rebellion. Auf den weiten Feldern dieser kleinen Hundeseele blühten Blumen der Liebe und Treue, des vollkommenen Vertrauens.

Oft zog der Junge los, um merkwürdige Dinge in der Nachbarschaft zu erkunden. Für gewöhnlich begleitete ihn sein vierbeiniger Freund auf diesen Expeditionen und tapste eifrig hinterher. Manchmal lief er auch voraus, schaute aber immer wieder zurück, um sich zu vergewissern, dass sein Freund noch da war. Der Hund zweifelte nicht an der besonderen Bedeutung dieser Reisen. Er war sichtlich stolz, der Untertan eines so großen Herrschers zu sein.

Eines Tages kam der Vater stockbetrunken nach Hause. Er warf mit Geschirr um sich und schlug auf alles ein, was ihm in den Weg kam, seien es Möbelstücke oder seine Frau. Während er in der Stube wütete, kam der Junge mit dem Hund von einer Erkundungsreise zurück.

Sein geschultes Auge verriet ihm sofort, in welchem Zustand sein Vater sich befand. Er hechtete unter den Tisch, weil die Erfahrung ihn gelehrt hatte, dass er hier einigermaßen sicher war. Der Hund erkannte das Ausmaß der Bedrohung nicht und sah seinem Gefährten interessiert nach. Für ihn war es eine Aufforderung zum Spielen. Freudig trippelte er zum Tisch – ein harmloser kleiner Hund auf dem Weg zu einem Freund.

In diesem Augenblick bemerkte ihn der Vater. Er stieß einen donnernden Freudenschrei aus und drosch mit einer

Kaffeekanne auf das Tier ein. Überrascht und verängstigt jaulte der Hund auf, rappelte sich auf seine kurzen Beine und versuchte sich in Sicherheit zu bringen. Der Mann setzte mit einem Fußtritt nach, der den Hund über den Küchenboden schlittern ließ. Nach einem weiteren Hieb mit der Kanne blieb das Tier auf dem Boden liegen.

Nun kam der Junge laut schreiend aus seinem Versteck wie ein tapferer Ritter. Sein Vater beachtete ihn gar nicht, sondern stapfte grinsend auf den Hund zu, der nun jede Hoffnung auf Flucht aufgegeben hatte. Er drehte sich auf den Rücken, streckte die Pfoten in die Höhe und schickte ein kleines Gebet nach oben.

Doch der Vater war nicht in der Stimmung, um sich über das possierliche Tier zu amüsieren. Ein anderer Gedanke erschien ihm plötzlich viel interessanter: den Hund aus dem Fenster zu werfen. Er packte das Tier an einem Bein und hob es auf. Zwei-, dreimal schwang er den Hund über dem Kopf, dann ließ er los und schleuderte ihn durchs offene Fenster.

Draußen wurde der Flug des Hundes von überraschten Blicken begleitet. Eine Frau, die am Fenster gegenüber ihre Blumen goss, schrie erschrocken auf und stieß einen Blumentopf in die Tiefe. In einem anderen Fenster lehnte sich ein Mann gefährlich weit hinaus, um den Flug des Hundes zu verfolgen. Eine Frau, die im Hof ihre Wäsche aufhängte, sprang erschrocken zur Seite. Mit den Wäscheklammern im Mund konnte sie nicht schreien – umso wilder fuchtelte sie mit den Armen. Kinder rannten aufgeregt durcheinander.

Der kleine braune Hund landete fünf Stockwerke tiefer auf dem Dach eines Schuppens. Er rollte nach vorne zur Kante und fiel auf das Pflaster einer Seitengasse.

Der Junge hoch oben im Haus stieß einen langgezogenen klagenden Schrei aus und stürmte aus dem Zimmer. Es dauerte lange, bis er unten in der Gasse ankam; klein, wie er war, musste er die Treppe rückwärts nach unten steigen, eine Stufe nach der anderen, mit beiden Händen an der oberen Stufe.

Als die anderen ihn unten fanden, kauerte er beim leblosen Körper seines Freundes mit dem braunen Fell.

Georges Mutter

1

In dem Nieselregen, der am Abend einsetzte, glitzerte die breite Avenue in einem bläulichen Schimmer, den man einem Maler als Kitsch auslegen würde. Die Schaufenster der langen Reihen von Läden waren in ein goldenes Licht getaucht. Aus den Fenstern einer Apotheke und von den Straßenlaternen, die die Standorte von Feuermeldern anzeigten, fiel ein tiefroter Schimmer auf das nasse Pflaster.

Jenseits der Lichter ragten die Gebäude dunkel und ehrfurchtgebietend wie Schlösser oder Festungen in die Höhe. Endlose Scharen von Fußgängern zogen die Straße entlang, die Schirme wie Standarten über den Köpfen. Frisch gestrichene Pferdewagen rumpelten gleichmäßig zwischen den Pfeilern der Hochbahn dahin. Die ganze Straße hallte von Gebimmel, vom Rattern eisenbeschlagener Räder auf dem Pflaster, von tausendfachem Fußgetrappel. All diese Geräusche wurden noch übertönt von den Rufen der Zeitungsjungen, die in alle Richtungen flitzten. An den Straßenecken hielten sich unter dem Schutz eines Dachvorsprungs Müßiggänger auf, die einer Welt entstammten, in der Pracht und Reichtum unterwürfig verehrt wurden.

Ein junger Mann ging allein die Avenue hinunter. Er paffte eine Maiskolbenpfeife und trug etwas umständlich einen Henkelmann unter dem Arm. Seine Haltung verriet ein gewisses Selbstvertrauen, die hervortretenden Adern an den Händen ließen vermuten, dass er körperliche Arbeit gewohnt war.

Als er an einer Straßenecke vorbeikam, stieß ein Mann in abgetragener Kleidung einen überraschten Ausruf aus, kam auf ihn zugeeilt und ergriff seine Hand.

„Hallo, Kelcey, alter Junge", rief der Mann. „Wie geht's dir denn? Wo in aller Welt hast du die ganze Zeit gesteckt? Also, damit hätt ich im Leben nich' gerechnet, dass ich dich hier treffe."

Der junge Mann stellte den Essensbehälter ab und lächelte. „Ja, is denn das …! Der alte Charley Jones!" Er schüttelte dem andern freudig die Hand. „Wie geht's? Mann, dich hab ich ja 'ne Ewigkeit nich' mehr gesehn!"

„Mindestens! Das letzte Mal, das muss in Handyville gewesen sein!"

„Genau! An einem Sonntag, da …"

„Klar! In Bill Sickles' Kneipe. Komm, darauf trinken wir einen."

Sie gingen zu einer Kneipe mit einladender Glasfront. Die Flügel der Schwingtür sogen sie ein wie ein breit lachender Mund.

„Was trinkst du, Kelcey?"

„Ich glaub, 'n Bier."

„Mir 'n kleinen Whisky, John."

Die zwei Freunde lehnten sich an den Tresen und schauten einander lächelnd an.

„Also, das is wirklich 'n Ding, dich mal wiederzusehen", sagte Jones.

„So isses", stimmte Kelcey zu. „Auf dich, alter Knabe."

„Prost!"

Sie hoben ihre Gläser, nickten einander zu und tranken.

„Du hast dich nich' sehr verändert, nur verdammt groß biste geworden", meinte Jones nachdenklich und stellte sein Glas ab. „Ich hab dich sofort erkannt."

„Ich dich auch", sagte Kelcey. „Obwohl du dich schon 'n bisschen verändert hast."

„Kann schon sein", meinte Jones selbstgefällig und schaute in den Spiegel hinter der Theke, in dem sich die Flaschen auf dem Regal verdoppelten. Was ihm entgegenschaute, war ein grinsendes Gesicht mit roter Nase. Seine Melone hatte er nachlässig nach hinten geschoben. Zwei Haarsträhnen hingen ihm über die Schläfen. Mit seiner ganzen Haltung strahlte er etwas Weltmännisches aus. Ein Mann, der das Leben durchschaute, der auch in schwierigen Situationen wusste, was zu tun war. Allein wie er mit der Hand in der Hosentasche mit den Schlüsseln klimperte und wie er den Hut schief auf dem Kopf trug, verriet Lebenserfahrung und Weltgewandtheit. Dass er Barkeeper mit dem Vornamen ansprach, unterstrich diesen Eindruck.

„John", wandte er sich an den Barmann, „war heute schon einer von den Jungs da?"

„Nur der alte Bleecker", antwortete dieser. „Er hat gegen vier mal kurz reingeschaut. Ich soll euch ausrichten, er kommt heute noch, wenn er kann. Connor und den anderen Burschen hab ich draußen vorbeigehen sehn – die werden sicher auch noch aufkreuzen."

„Weißt du", sagte Jones, zu Kelcey gewandt, „wir sin' 'ne tolle Truppe und treffen uns regelmäßig hier. Sin' hier praktisch zu Hause. Komm doch auch mal vorbei – wie wär's mit heut Abend? Heute kommen sicher die meisten, dann kannst du sie gleich kennenlernen. Ein toller Haufen, sag ich dir! Prima Jungs."

„Warum nich", sagte Kelcey.

„Großartig", rief der andere erfreut. „Du wirst es nicht bereuen. Wirklich, alles großartige Burschen. Dann sehn wir uns heut Abend."

„Gern, wenn ich kann."

„Du hast doch nichts vor, oder?", fragte Jones. „Dann spricht doch nix dagegen, den Abend mit 'n paar Pfundskerlen zu verbringen. Das sin' sie nämlich, da lüg ich nich'."

„Ich muss jetzt aber langsam", sagte Kelcey. „Is schon verdammt spät. Einen schnellen Drink noch?"

„Aber gern. Noch 'n kleinen Whisky, John."

„Dann nehm ich noch 'n Bier."

Jones kippte den Whisky in seinen breiten Mund und stellte das Glas auf den Tresen. „Bist du schon lange in der Stadt?", fragte er. „Ah. Na, drei Jahre sin' genug für 'n schlauen Burschen. Und geht's gut? Na ja, ich weiß, die Zeiten sind nich' so rosig." Er schaute auf seinen schäbigen Anzug hinunter. „Dein Vater is gestorben, oder? Was du nich' sagst! Vom Gerüst gefallen, hab ich gehört. Aber deine Mutter lebt noch, ja? Hab ich mir gedacht. Prächtige alte Dame. Prächtig. Du bist der letzte von ihren fünf Jungs, oder? Ihr wart doch zu fünft, nicht? Vier hab ich selbst gekannt. Ja, fünf! Und keiner mehr da außer dir, was? Da musst du dich am Riemen reißen und ihr eine Stütze sein, deiner alten Mutter. Also wirklich, wer hätt gedacht, dass du mal als Einziger von der Bande übrig bleibst. Tja, 's geht schon verrückt zu auf der Welt, oder?" Der Gedanke betrübte ihn. Er seufzte schwer und schaute zu seinem Freund, der einen Schluck Bier nahm.

„'Ne verrückte Welt is das."

„Stimmt, ich bin der Einzige von uns", sagte Kelcey mit sichtlichem Unbehagen. Er redete nicht gern über sich und seine Gefühle.

„Wie geht's der alten Dame?", fuhr Jones fort. „Als ich sie das letzte Mal gesehen hab, war sie quicklebendig. Ständig unterwegs, hat Vorträge beim Frauenverein gehalten un' andere Sachen."

„Es geht ihr ganz gut", sagte Kelcey.

„Und von den fünf Jungs bist du der Einzige, den sie noch hat? Ja, ja. Komm, trink noch eins, bevor du gehst."

„Ich glaub, ich hab genug."

Ein gekränkter Ausdruck trat in Jones' Augen. „Ach, komm schon."

„Na gut, ein Bier noch."

„Und mir 'n kleinen Whiskey, John!"

Nachdem sie ihr Wiedersehen begossen hatten, begleitete Jones seinen Freund zur Tür. „Bis später, alter Junge", sagte er leutselig. Sein unscheinbares Gesicht strahlte vor Freundlichkeit.

„Du kommst doch heute Abend, ja? Is 'ne prima Truppe. Wirklich prima!"

2

Ein Mann mit rotfleckigem Gesicht steckte den Kopf aus dem Fenster und fluchte lautstark. Er schleuderte eine Flasche über zwei Hinterhöfe hinweg nach einem Fenster des gegenüberliegenden Mietshauses. Sie zersplitterte an der Backsteinmauer, die Scherben landeten klirrend auf dem Steinboden. Der Mann schüttelte drohend die Faust.

Eine Frau mit bloßen Armen, die im Hof Wäsche aufhängte, schaute zu dem Mann hinauf und hörte einen Augenblick zu. Dann folgte sie seinem Blick zum Haus gegenüber. An einem nahegelegenen Fenster stand ein Pfeife rauchender Jüngling und spottete über den danebengegangenen Wurf. Zwei Kinder sammelten die Glasscherben ein und behielten sie als Spielzeug.

Aus dem Fenster, gegen das der Zorn des Mannes sich zu richten schien, klang eine alte Stimme, die zittrig vor sich hin sang.

> *„Werd ich auf einem Blumenmeer*
> *dereinst zum Himmel schweben,*
> *wenn andere grimmig und schwer*
> *noch kämpfen um ihr Leben?"*

Der Mann am Fenster konnte sich nicht beruhigen und fluchte unablässig weiter.

Die singende Stimme gehörte einer kleinen alten Frau, die in einem Zimmer im dritten Stock unermüdlich ihrer Arbeit nachging. Sie trug Töpfe und Pfannen hin und her, dann schwang sie Besen und Schaufel, als wären es Waffen. Vom Gewicht ihrer Lasten gebeugt, schleppte sie sich mühsam durchs Zimmer. Dann wieder tauchten ihre Hände ins Wasser des Spülbeckens ein, und die schwindenden Muskeln der schlaffen Haut arbeiteten unermüdlich. Völlig durchnässt, als hätte sie einen reißenden Fluss durchquert, wandte sie sich der nächsten Aufgabe zu.

In dem Zimmer war es, als tobte eine Schlacht. Durch Staubwolken hindurch sah man die magere Gestalt gegen vielerlei Hindernisse ankämpfen. Sie schwang den Besen wie eine Lanze gegen die bösen Geister des Staubs. Es krachte und schepperte, während sie sich der unerbittlichen Feinde erwehrte. In ihrer ganzen Haltung lag ein unbeugsamer Mut. Manchmal hob sich ihre Stimme zu einem langgezogenen Schrei, einem trotzigen Kriegsruf – das war es, was den Mann mit dem rotfleckigen Gesicht so aufbrachte.

„Werd ich auf einem Blumenmeer
dereinst zum Himmel schweben ..."

Endlich hielt die Frau für einen Augenblick inne. Sie setzte sich ans Fenster, wischte sich mit der Schürze übers Gesicht. Es war eine kurze Gefechtspause, doch man sah ihr an, dass sie bereits die nächsten Manöver plante. Nachdenklich schaute sie sich um und schätzte Stärke und Stellung des Feindes ab. Ihrem wachsamen Auge entging nichts.

Dann wandte sie sich zum Kaminsims. „Fünf Uhr", murmelte sie, den Blick auf die kleine vernickelte Uhr geheftet.

Sie schaute aus dem Fenster auf die Schornsteine, die wie Pilze aus den Dächern wuchsen. Ein Mann, der sich an einem Schornstein zu schaffen machte, erinnerte sie an eine Biene. Die Wäscheleinen in den verwinkelten Höfen sahen aus wie Weinreben mit seltsamen Stoffblättern. Dann hörte sie das Toben des Mannes mit dem rot angelaufenen Gesicht. Er hatte sich auf einen erzürnten Wortwechsel mit dem Jüngling eingelassen, der sich über seinen Fehlwurf lustig gemacht hatte. Sie fauchten einander an wie wilde Tiere im Dschungel.

In der Ferne überragte ein Brauereigebäude die umliegenden Häuser. In großen goldenen Lettern wurde eine Biersorte angepriesen. Dicker Rauch quoll aus den Schornsteinen und breitete sich aus wie mächtige Flügel. Das Gebäude sah aus wie ein großer fliegender Vogel mit einer Kette aus goldenen Lettern an seinem Hals. Die alte Frau betrachtete die Brauerei einen Augenblick staunend, dieses imposante Gebilde, das eine unverwüstliche Kraft ausstrahlte.

Dann sprang sie auf und ließ ihre verschrumpelten Arme aufs Neue wirbeln. Die Schlacht war schon wieder in vollem Gange. Mächtige Hiebe wurden ausgetauscht. Die zähe kleine Soldatin wich keinen Zentimeter zurück. Ihr Kampfeswille war unerschütterlich. Schweißperlen standen ihr auf der Stirn.

Auf dem Bord über dem Herd lehnten drei blaue Teller nebeneinander. Die kleine alte Frau hatte sie so angeordnet, wie sie es irgendwo mal gesehen hatte. Davor prangte die runde vernickelte Uhr. Den Spiegel daneben schmückten

Zigarettenbildchen, die ihr Sohn in den Rahmen gesteckt hatte. An den vergilbten Zimmerwänden hingen ein paar Farbdrucke, ein besonders bunter sogar in einem vergoldeten Rahmen. Sie alle wirkten wie Trophäen.

Allmählich wurde es dunkel. Ein feuchter Nebel senkte sich herab, leiser Regen fiel aufs Fenstersims. Im Mietshaus gegenüber ging das Licht an; im grellen orangen Lichtschein saß der Mann mit dem rotfleckigen Gesicht an einem Tisch und rauchte nachdenklich.

Wieder schaute die Frau auf die Uhr. „Viertel vor sechs."

Sie hatte einen Augenblick innegehalten, doch nun stürzte sie sich wieder in den Kampf und nahm sich den Herd vor, der in einem dunklen Winkel wie ein glutäugiger Drache lauerte. Er fauchte, dann fielen wilde Hiebe. Die kleine alte Frau jagte hin und her.

3

Als es auf sieben zuging, wurde die kleine alte Frau unruhig. Immer wieder setzte sie sich kurz hin und schaute auf die Uhr.

„Warum kommt er denn nicht?", fragte sie sich mit wachsender Verzweiflung. Ihr Gesicht spiegelte ihre widerstreitenden Gefühle. Allem Anschein nach führte ihre Fantasie ihr alle möglichen Missgeschicke und Unglücksfälle vor Augen, die einem geliebten Menschen widerfahren konnten. Es musste etwas Furchtbares sein, was ihn am Heimkommen hinderte.

Sie hatte eine Öllampe angemacht, die das Zimmer mit hellem, gelbem Licht durchflutete. Der Tisch mit seiner Wachstuchdecke hatte zuvor wie ein Stück Ödland ausgesehen; nun glich er einem einladenden weißen Garten, der die Früchte ihrer Arbeit trug.

„Sieben Uhr", murmelte sie schließlich niedergeschlagen.

Plötzlich hörte sie Schritte auf der Treppe. Sie sprang auf, eilte im Zimmer hin und her. Die Sorge verschwand aus ihrem Gesicht und machte einem vorwurfsvollen Ausdruck Platz.

Der junge Kelcey trat ein. Mit einem erleichterten Seufzer stellte er den Henkelmann in die Ecke. Allem Anschein nach hatte er einen harten Arbeitstag hinter sich.

Die kleine Frau eilte zu ihm und hob ihre runzligen Lippen. Obwohl sie den Tränen nahe war, schien ihr nach Schimpfen zumute zu sein.

„Hallo", rief er munter. „Du hast dir doch nich' etwa Sorgen gemacht?"

„Natürlich. Wo warst du so lange, George? Ich warte schon eine Ewigkeit. Wirf doch deine Jacke nich' immer so hin. Häng sie an die Tür."

Der Sohn hängte die Jacke an den dafür vorgesehenen Haken, dann schüttete er Wasser in eine Blechschüssel im Ausguss.

„Weißt du, ich hab Jones getroffen – du erinnerst dich doch an Jones? Ein alter Kumpel aus Handyville. Wir haben uns 'n Weilchen über die alten Zeiten unterhalten. Jones is 'n Pfundskerl."

Die kleine Frau presste die Lippen zu einem schmalen

Strich zusammen. „Ach, der Jones", sagte sie. „Der gefällt mir gar nicht."

Der junge Mann, der sich mit einem weißen Handtuch abtrocknete, hielt inne und warf ihr einen gereizten Blick zu. „Was redest du da? Du kennst ihn doch gar nich'. Hast du auch nur einmal mit ihm geredet?"

„Ich kann mich nicht erinnern – jedenfalls nich', seit er groß is", sagte die alte Frau. „Aber ich weiß, dass er kein guter Umgang für dich is. Ganz sicher nicht. Weißt du, er trinkt."

Ihr Sohn lachte auf. „Ach, nee. Wirklich?", tat er erstaunt.

Sie nickte nachdrücklich, als hätte sie ihm etwas Schockierendes mitzuteilen. „Ganz sicher! In Handyville hab ich ihn mal aus 'nem Hotel kommen sehn, da konnt er kaum noch gehen. Ich bin mir sicher, der Mann trinkt!"

„Heiliges Kanonenrohr!", sagte Kelcey.

Sie setzten sich an den Tisch und machten sich über den kleinen weißen Garten her. Der junge Mann lehnte sich selbstgerecht zurück, wie um zu sagen, dass er es war, der das Ganze bezahlte. Seine Mutter verfolgte jeden Bissen, den er aß. Sie saß auf der Stuhlkante, jederzeit bereit, aufzuspringen und ihm etwas aus dem Schrank oder vom Herd zu holen. Sie umsorgte ihn wie eine junge Mutter ihr Baby. Die sorglose, behagliche Haltung des Sohnes strahlte eine gewisse Würde aus.

„Du isst ja fast gar nichts, George."

„Ich bin nich' besonders hungrig."

„Schmeckt es dir nicht, Junge? Du musst doch was essen. Du kannst doch nich' hungrig ins Bett gehen."

„Ich ess ja, oder?"

Er zwang sich, die Mahlzeit hinter sich zu bringen. Sie saß ihm gegenüber, hinter der kleinen geschwärzten Kaffeekanne, und betrachtete ihn liebevoll.

Nach einer Weile wurde sie unruhig, ihre Finger krampften sich ineinander. Sie wollte ihm etwas sagen, das sie schon eine ganze Weile beschäftigte. „George", begann sie plötzlich, „komm doch heute mit zur Betstunde."

Verblüfft ließ der junge Mann die Gabel fallen. „Das is jetzt nich' dein Ernst, oder?"

„Doch", sagte sie nachdrücklich. „Ich würd mir so wünschen, dass du mich öfter mal begleitest. Es is schon so lang her, dass du mit mir wohin gegangen bist."

„Na ja", sagte er, „Aber was zum Kuckuck hat das …"

„Ach, komm schon", drängte die kleine alte Frau und legte ihm schmeichelnd die Arme um den Hals.

Der junge Mann grinste. „Um Himmels willen! Was soll ich in der Betstunde?"

Die Mutter verstand das schon als Zustimmung und machte einen kleinen Freudensprung.

„Na ja, du kannst dich ein bisschen um deine Mutter kümmern", rief sie eifrig. „Es is so ein weiter Weg jeden Donnerstagabend ganz allein. Und wo ich so einen großen, schneidigen Jungen hab, da wär's doch schön, mich 'n bisschen ausführen zu lassen, oder? Ich hab's gewusst, dass du mich begleitest!"

Er lächelte über ihre kindliche Freude, doch dann verzog er das Gesicht. „Aber …", protestierte er.

„Ach, komm schon", drängte sie.

Sein Gesicht verfinsterte sich vor Ärger. Schon sah er lange Stuhlreihen mit dunklen Gestalten vor sich – ein deprimierender Gedanke.

„Aber ...", setzte er erneut an, während er nach einem triftigen Grund suchte. Da ihm nichts Passendes einfiel, sagte er nur: „Was zum Kuckuck soll ich in der Betstunde?"

Er hörte schon die Klänge eines Kirchenlieds, gesungen von Gläubigen mit vorschriftsmäßig gebeugtem Kopf. Sofort wäre klar, dass sie alle bessere Menschen waren als er. Wenn er eintrat, würden sich alle zu ihm umdrehen und ihn misstrauisch beäugen. Allein die Vorstellung ärgerte ihn maßlos. War er denn nicht genauso gut wie sie?

„Sieh mal", sagte er in sanftem Ton, „ich will da nich' hin. Und welchen Sinn hätte es denn, wenn man's nich' will?"

Der Gesichtsausdruck seiner Mutter änderte sich schlagartig. Sie seufzte schwer, wie immer in solchen Augenblicken. Dann setzte sie ihr schwarzes Häubchen auf und hüllte sich in ein altes Umhängetuch. Sie warf ihrem Sohn noch einen leidenden Blick zu und entfernte sich tief betrübt, ein Ein-Personen-Trauerzug.

Der junge Mann zuckte innerlich zusammen und trat gereizt gegen das Tischbein. Als ihre Schritte draußen verklangen, war ihm bedeutend wohler.

4

Als Kelcey an diesem Abend in die freundliche kleine Kneipe kam, stand sein Freund Jones an der Theke, in eine hitzige Debatte mit einem beleibten älteren Herrn vertieft.

„Also wirklich, Charlie", sagte der Beleibte, „du machst 'ne Menge Lärm für jemanden, der gar nichts sagt. Trinken wir noch einen!"

Wild gestikulierend fällte Jones ein vernichtendes Urteil über irgendeine abseitige Theorie. Der Beleibte kicherte wohlwollend und zwinkerte dem Barmann zu.

Der Redner stockte einen Augenblick. „Gib mir noch 'n klein' Whisky, John." Jetzt erst bemerkte er den jungen Kelcey und eilte mit einem freudigen Ausruf auf ihn zu. „Hallo, altes Haus. Ich hab schon geglaubt, du kommst nich' mehr." Er ging mit ihm zu dem Beleibten zurück.

„Mr. Bleecker ... mein Freund Mr. Kelcey!"

„Guten Abend."

„Mr. Kelcey, freut mich, Sie kennenzulernen, Sir. Trinken Sie doch ein Gläschen mit uns."

Sie standen an der Theke und warteten, während der Barkeeper mit geschäftigen Händen Gläser füllte. Es war Mr. Bleecker, der betont höflich das Schweigen brach.

„Sie waren vermutlich noch nie hier, Mr. Kelcey?"

Der junge Mann suchte einen Augenblick nach einer vornehm klingenden Antwort. „Ich ... nein, ich hatte noch nich' ... das Vergnügen."

Es dauerte nicht lange, bis sich die gezwungene Höflichkeit legte. Mr. Bleecker bemerkte, dass der junge Mann von ihm beeindruckt war, und wurde immer gesprächiger. Er erkannte, dass er es mit einem schlauen Bürschchen zu tun hatte, und erzählte von alten Zeiten, von einer besseren Welt. Er hatte alle bedeutenden Zeitgenossen gekannt und ging auf manches Gespräch ein, das er mit ihnen geführt hatte. In seiner Stimme schwang Stolz, aber auch eine gewisse Wehmut mit. Er schwelgte in Erinnerungen an die großen Geister von einst und beklagte die heute vorherrschende Oberflächlichkeit. Er lebte mit dem Kopf in den Wolken der Vergangenheit und wollte die Welt an dem teilhaben lassen, was er dort sah.

Jones stieß Kelcey begeistert an. „Du hast den alten Knaben ganz schön in Fahrt gebracht", flüsterte er.

Kelcey war stolz, dass eine so herausragende Persönlichkeit mit ihm sprach und mit den Augen immer wieder seine Zustimmung suchte.

Nach einer Weile zogen sie sich in ein kleines Hinterzimmer zurück und setzten sich an einen Tisch. Eine Gaslampe mit farbigem Glasschirm tauchte den Raum in ein rötliches Licht, das sich auf der polierten Holztäfelung und den Möbeln widerspiegelte. Der Fußboden war mit Sägemehl bestreut.

Zwei andere Männer schlossen sich ihnen an. Während Bleecker noch drei Geschichten aus der guten alten Zeit erzählte, lernte Kelcey auch die beiden Neuankömmlinge ein wenig kennen.

Bleecker war für ihn eine bewundernswerte Erscheinung. Aber auch die anderen waren so freundlich und zuvorkommend, dass er bald das Gefühl hatte, sie ewig zu kennen. Er konnte sich nicht erinnern, schon einmal einen so wunderbaren Abend verbracht zu haben.

Die zwei Männer, die später dazugekommen waren, sprachen ihn zuerst nicht direkt an.

„Jones, will dein Freund noch etwas trinken?", fragten sie gelegentlich. Und Bleecker wandte sich immer wieder an ihn. „Mr. Kelcey, meinen Sie nicht auch …"

Bald war er überzeugt, ein großartiger Bursche zu sein, der endlich seinen Platz in einem illustren Kreis großartiger Burschen gefunden hatte.

Gelegentlich flüsterte ihm Jones eine Bemerkung zu. „Ich sag dir, Bleecker hat verdammt viel erlebt. Er war ein Mordskerl seinerzeit, einer der bekanntesten Männer in New York. Du solltest ihn mal hören, wenn er …"

Kelcey hörte aufmerksam zu. Er fand diese vertraulichen Geschichten über Leute, die die glanzvollen alten Zeiten erlebt hatten, unglaublich interessant.

„O'Connor is 'n prima Bursche", bemerkte Jones über einen der Anwesenden. „Einer der Besten, die mir je begegnet sin'. Das Herz aufm rechten Fleck und immer gut gelaunt."

Kelcey nickte. Er zweifelte keine Sekunde daran.

Als er eine Runde ausgeben wollte, schlug ihm energischer Protest entgegen. „Nein, nein, Mr. Kelcey", rief Bleecker entschieden. „Heute sind Sie unser Gast. Ein andermal vielleicht …"

„Richtig", sagte O'Connor, „jetzt bin erst mal ich dran."

Er rief den Barmann, wartete mit einer Münze in der Hand und achtete darauf, dass ihm keiner zuvorkam.

Auch Jones wurde immer wortgewandter und gab geistreiche und witzige Kommentare von sich, mit denen er seine Freunde zum Lachen brachte. „Jetzt spricht der Whisky aus ihm", meinte Bleecker.

Dann wurde Jones ernster und sprach leidenschaftlich über verschiedene Themen. Er fand seine Gedanken selbst bedeutsam und ließ sich von seiner Sprachgewalt mitreißen. Manchmal war er geradezu überwältigt.

Die anderen stimmten ihm in allem zu. Bleecker verhielt sich sehr einfühlsam und lieferte ihm das eine oder andere Stichwort für seinen Vortrag. Jones wurde immer leidenschaftlicher, und die anderen beeilten sich, ihm beizupflichten und ihn mit freundlichen Einwürfen zu besänftigen.

Plötzlich änderte sich seine Stimmung, er trällerte ein bekanntes Lied und beglückwünschte die anderen dazu, ihn in der Runde zu haben. Seine Leidenschaft riss alle mit, und sie tauschten brüderliche Worte aus. Alle waren sich darin einig, dass sie prächtige, feinsinnige Burschen waren, freie Geister in einer feindlich gesonnenen Welt.

Als einer davon berichtete, was man ihm draußen in der Welt angetan habe, erhoben sich sofort laute Stimmen, die Mitgefühl und Verständnis bekundeten. Umso mehr genossen sie es, unter Gleichgesinnten zu sein.

Einmal öffnete ein Betrunkener die Tür zu ihrem kleinen Refugium, wankte herein, und sie sprangen sofort auf, um den Eindringling hinauszuwerfen. Sie rissen sich förmlich darum, die noble Aufgabe zu übernehmen.

„Oh", sagte der Betrunkene und blinzelte auf wackligen Beinen in die Runde. „Is das hier privat?"

„Du hast es erfasst, Willie", stellte Jones klar. „Und jetzt verzieh dich, bevor wir dich rauswerfen."

„So sieht's aus", pflichteten die anderen bei.

„Oh." Der Betrunkene warf einen beleidigten Blick in die Runde und zog wieder ab.

Sie setzten sich wieder hin. Kelcey hätte den Eindringling am liebsten hinausgeprügelt, um den anderen seine Verbundenheit zu beweisen.

Der Barmann kam immer wieder herein. „Wo trinkt ihr das alles hin?", scherzte er, sammelte leere Gläser ein und wischte mit seinem Tuch über den Tisch.

Jones' Tiraden hatten auch die anderen in Fahrt gebracht. Die Gestalten am Tisch waren von Rauchschwaden eingehüllt, unter der Decke hing eine dicke graue Wolke.

Einer nach dem anderen schilderte in eigenen Worten, warum er sich draußen in der Welt fehl am Platz fühlte. Ihre Fähigkeiten und Qualitäten würden überhaupt nicht gewürdigt. Sie seien eben für eine Welt geschaffen, in der es sich in schattigen Hainen friedlich leben ließ. Nur hier im Kreise echter Freunde fühlten sie sich frei, ihre tiefsten Gedanken auszusprechen, ohne Angst, missverstanden zu werden.

Mit jedem Glas Bier verstärkten sich die edlen Gefühle, von denen Kelcey erfüllt war. Er war überzeugt, zu großen Dingen fähig zu sein. Er wünschte sich, einer der Anwesenden würde irgendwann seine Hilfe benötigen. Lebhaft stellte er sich vor, wie er sich als wahrer Freund erweisen würde.

Er schaute in diese strahlenden Gesichter und wusste: Wenn irgendwann die Zeit für ein großes Opfer kam, so würde er keine Sekunde zögern. Er würde sein Leben einsetzen oder seinen Ruin in Kauf nehmen, und seine Freunde würden es zu schätzen wissen.

An diesem Abend gab es keinen Streit und keine Unstimmigkeiten. Sobald einer seinen Standpunkt allzu entschieden verfocht, gaben die anderen sofort nach.

Immer wieder tauschten sie Komplimente aus. Der alte Bleecker schaute Jones einen langen Augenblick an. „Jones", sagte er, „du bist einer der prächtigsten Burschen, die mir je begegnet sind!" Der andere lief rot an vor Freude, dann winkte er bescheiden ab. „Erzähl keinen Unfug, alter Junge", sagte er. Doch Bleecker beteuerte, dass er es verdammt ernst meine. Die beiden Männer erhoben sich und schüttelten einander gerührt die Hände. Jones stieß gegen den Tisch und warf ein Glas um.

Danach erhob sich allgemeines Händeschütteln, brüderliche Gefühle erfüllten den Raum. Jones fing an zu singen und schlug dazu würdevoll den Takt. Er schaute den anderen in die Augen, wie um ihnen ebenfalls Musik zu entlocken. O'Connor stimmte herzhaft ein, wenn auch mit einem anderen Lied. In einer Ecke hielt der alte Bleecker eine Rede.

Wieder erschien der Barkeeper in der Tür. „Jungs, ihr macht vielleicht 'nen Radau. Ich muss den Laden dichtmachen, und für euch wird's auch Zeit. Es is ein Uhr."

Sie begannen mit ihm zu diskutieren. Kelcey hingegen sprang auf. „Ein Uhr. Heiliger Strohsack, ich muss los."

Jones protestierte entschieden. Bleecker brach seinen Vortrag ab. „Mein lieber Junge …", begann er. Kelcey

155

suchte seinen Hut. „Ich muss um sieben zur Arbeit", sagte er.

Die anderen hörten es ungern. „Nun ja", sagte O'Connor schließlich, „wenn einer geht, können wir auch gleich alle gehen." Widerwillig nahmen sie ihre Hüte und trotteten hinaus.

Die kalte Luft überraschte Kelcey. Umso heißer fühlte sich sein Kopf an. Seine Beine schienen ihn kaum tragen zu können.

Ein paar gelbe Lichter blinkten. Vor einem Restaurant, das die ganze Nacht geöffnet hatte, verströmte eine große elektrische Lampe ihr rotes Licht. In einiger Entfernung bimmelten Pferdewagen, über ihnen donnerte ein Zug der Hochbahn vorüber.

Auf dem Gehsteig beteuerten die Männer noch einmal mit kräftigem Händeschütteln ihre Freundschaft.

Zu Hause angekommen, bemühte sich Kelcey, keinen Lärm zu machen. Seine Mutter hatte eine Lampe auf kleiner Flamme brennen lassen. Einmal stolperte er auf seinem Weg durch den Flur. Als er innehielt und lauschte, hörte er aus ihrem Zimmer leises Schnarchen.

Im Bett lag er noch eine Weile wach und dachte an den Abend zurück. Er genoss das Gefühl, einen guten Eindruck auf diese feinen Burschen gemacht zu haben. Mehr noch, er hatte den herrlichsten Abend seines Lebens verbracht.

5

Am nächsten Morgen war Kelcey schlecht gelaunt. Seine Mutter hatte ihn aus dem Schlaf gerüttelt, was er als himmelschreiendes Unrecht empfand. Als er dann blinzelnd die Küche betrat, musste er sich auch noch Vorwürfe gefallen lassen. „Du hast die ganze Nacht das Licht brennen lassen, George. Wie oft hab ich dir schon gesagt, du sollst vor dem Schlafengehen das Licht ausmachen!"

Schweigend verzehrte er sein Frühstück, rührte mürrisch im Kaffee und starrte in die Ecke. Seine Augen fühlten sich an, als würden sie zerspringen, er hatte einen schalen Geschmack im Mund. Zudem war er gereizt und suchte sich etwas, an dem er seine schlechte Laune auslassen konnte.

„Dieses verdammte Frühaufstehen!", schimpfte er.

Seine Mutter zuckte zusammen, als hätte er etwas nach ihr geworfen. „Aber George, was ... "

Kelcey ließ sie nicht ausreden. „Ich weiß schon, was du sagen willst, aber dieses frühe Aufstehen macht mich krank. Immer wird man aus dem schönsten Schlaf gerissen. Ich ..."

„George, du weißt, ich mag es nicht, wenn du fluchst. Bitte, red nicht so." Sie schaute ihn beschwörend an.

Er machte eine wegwerfende Geste. „Ich fluch doch gar nich', oder? Ich hab nur gesagt, dass ich die Nase voll hab von diesem ewigen Frühaufstehen."

„Du weißt, wie sehr es mich kränkt, wenn du fluchst." Seine Mutter unterdrückte ein Schluchzen und ließ ihre Gedanken für einen Augenblick schweifen; wahrscheinlich erinnerte sie sich an Menschen, die nie geflucht hatten.

„Ich weiß gar nich', wo du das her hast, dieses ständige Fluchen und Schimpfen", fuhr sie fort. „Von den anderen hat keiner geflucht – nich' Fred, nich' John, auch Willie nich'. Tom vielleicht manchmal – aber nur, wenn er sehr wütend war."

Ihr Sohn winkte ab, wie um ein himmelschreiendes Unrecht zu vertreiben. „Ach, zum Kuckuck", sagte er verzweifelt, dann versank er wieder in brütendes Schweigen und stierte auf seinen Teller.

Seine Mutter zwang sich, ihn nicht noch mehr zu reizen. „George, mein Junge", sagte sie versöhnlich, „kannst du heute Abend Zucker mitbringen?" Es klang, als würde sie ihn um einen riesengroßen Gefallen bitten.

Kelcey erwachte aus seinem Dämmerzustand. „Ja, wenn ich's nich' vergesse."

Die kleine alte Frau erhob sich, um ihm das Essen in den Henkelmann zu füllen. Als er sein Frühstück beendet hatte, stelzte er würdevoll durchs Zimmer, dann zog er den Rock an, setzte den Hut auf, nahm den Henkelmann und ging zur Tür. Er stockte einen Moment und sagte steif, ohne sich umzudrehen: „Na dann … Wiedersehn."

Die alte Frau erkannte, dass sie ihren Sohn verärgert hatte. Sie wusste nicht genau, womit, doch sein Verhalten war für sie nichts Ungewohntes. Rasch versuchte sie, die Wogen zu glätten.

„Gibst du mir keinen Kuss, bevor du gehst?", fragte sie in kläglichem Ton.

Der junge Mann stellte sich taub und ging weiter, wie ein in seiner Würde gekränkter König.

„George", setzte sie verzweifelt nach, „gibst du mir keinen Kuss zum Abschied?"

Als er hinausgehen wollte, merkte er, dass sie sich an seinen Rockschoß klammerte.

Schließlich drehte er sich doch noch um und murmelte in einem Ton, der zärtlich klingen sollte: „Aber ja doch." Er gab ihr einen Kuss, doch sein Gehabe hatte etwas Herablassendes, als gewähre er ihr eine große Gunst. Sie sah ihn zugleich vorwurfsvoll, dankbar und liebevoll an.

Während er die Treppe hinunterstieg, stand sie oben und sah seine Hand am Geländer entlangwandern. Gelegentlich sah sie auch seinen Arm und einen Teil der Schulter. Als er unten war, rief sie ihm nach: „Auf Wiedersehen!"

Als die kleine alte Frau sich in der Küche ihrer Arbeit widmete, runzelte sie nachdenklich die Stirn. „Ich weiß gar nich', was heute mit George los war", murmelte sie. „Er war so anders als sonst."

Während sie ihrer Arbeit nachging, wurde sie von beunruhigenden Gedanken geplagt. Konnte es sein, dass er an einer schweren Krankheit litt? Irgendetwas, das die Nieren angriff oder die Lunge zerfraß? Später kam ihr der Gedanke, dass er sich wahrscheinlich von einer schönen, aber bösen Frau hatte einwickeln lassen, die ihm das Leben zur Hölle machte. In ihrer Fantasie sah sie allerhand Bedrohungen, die ihm wie grüne Drachen auflauerten, um jederzeit zuzuschlagen. Sie wollte ihm helfen, ihn aus den Klauen der Bestien retten, auch wenn er es noch so tapfer ertrug und still vor sich hin litt. Und so zerbrach sie sich den Kopf, wie sie ihm in seinem Kampf beistehen konnte.

Als er am Abend nach Hause kam, war er jedoch allerbester Laune. Wie ein zehnjähriger Junge hüpfte er hin und her. Als sie den Kaffee zum Tisch trug, trat er ihr in den Weg und tat, als wolle er mit ihr tanzen. Sie verschüttete etwas Kaffee und sah sich gezwungen, ihn wegen seiner Unachtsamkeit zu schelten.

Während des Essens scherzte er und gab lustige Sprüche von sich. Manchmal musste sie lachen, obwohl sie eigentlich der Meinung war, es gehöre sich nicht, über die Scherze des eigenen Sohnes zu lachen. Wenn sie ihn aufforderte, sich zu mäßigen, beachtete er sie gar nicht.

„Also, so was", sagte er, „ich fühl mich prächtig. Ich hätte nich' gedacht, dass das schlechte Gefühl so schnell verfliegt. Es …" Plötzlich verstummte er.

Später rauchte er zufrieden seine Pfeife und las die Abendzeitung. Die Mutter machte sich in der Küche zu schaffen und schien sich zu freuen, dass er so friedlich vor sich hin paffte und dabei brillante Kommentare zu den Ereignissen des Tages von sich gab. Sie musste ja doch eine vorbildliche Mutter sein, wenn ihr Sohn abends zu ihr nach Hause kam, um sich nach einem anstrengenden Arbeitstag auszuruhen. Ja, sie hatte allen Grund, mit sich zufrieden zu sein.

Die ganze Woche hindurch war sie froh, denn er verbrachte die Abende zu Hause und war bester Laune. Nun war sie wirklich überzeugt, eine gute Mutter zu sein und einen vorbildlichen Sohn großgezogen zu haben. Manchmal leuchteten ihre Augen vor Liebe, und auf ihrem runzligen Gesicht erstrahlte ein glückliches Lächeln, wie es ein Mädchen ihrem Auserwählten schenkt, der ihr erster und vielleicht letzter ist.

6

Die kleine alte Frau sah es nicht gern, wenn ihr Sohn zu jugendlicher Eitelkeit neigte. Solche Anwandlungen versuchte sie stets zu dämpfen, weil es in ihren Augen schädlich war, sich zu viel auf sich einzubilden. Wenn er eine allzu hohe Meinung von seinen geistigen Fähigkeiten hatte, würde er vielleicht zu Selbstzufriedenheit neigen und nicht die großen Taten vollbringen, die sie von ihm erwartete. Deshalb war sie stets wachsam und versuchte auf ihn einzuwirken, wenn er zu sehr von sich eingenommen war. Er wiederum fragte sich in seiner jugendlichen Empfindlichkeit, was in ihr vorging, und kam zu dem Schluss, dass sie ihn einfach nicht verstand.

Obwohl sie sehr darauf bedacht war, ihm nicht zu zeigen, wie viel sie von ihm hielt, sah er ihr manchmal an, dass sie ihn für den großartigsten jungen Mann auf der Welt hielt. Er brauchte nur das Leuchten in ihren Augen zu sehen, wenn er etwas Brillantes von sich gab oder etwas Herausragendes geleistet hatte. In solchen Augenblicken schaute sie triumphierend zu einer Nachbarin oder sonst jemandem, der gerade zugegen war. Irgendwann legte er es geradezu darauf an, diese Reaktion bei ihr hervorzurufen und sie dabei zu ertappen. Umso weniger verstand er, wie sie es nach einem so glanzvollen Augenblick fertigbrachte, ihn zu schelten, weil er seinen Rock nicht ordentlich aufgehängt hatte. Dann tat sie, als hätte er sich unglaublich nachlässig und dumm angestellt und als wäre ordentliches Rockaufhängen das Wichtigste im Leben.

„Wenn du es dir bloß einmal angewöhnst, wäre es dir genauso selbstverständlich, wie den Rock irgendwo hinzuschmeißen", meinte sie. „Wenn du ihn irgendwo liegen lässt, muss ihn jemand aufheben – wer wohl? Natürlich deine arme alte Mutter. Das kannst du auch selbst tun, wenn du bloß dran denkst." Es war einfach unerträglich. In solchen Momenten sprang er meist auf und hängte den Rock trotzig an den Haken. Besonders ärgerte ihn, dass seine Mutter im Grunde recht hatte.

Man sollte meinen, dass jemand, der einen Sohn von seinen herausragenden Fähigkeiten hatte, darüber hinwegsehen konnte, dass er seinen Rock nur selten aufhängte. Aber das wollte sie einfach nicht verstehen. Dass sie so engstirnig war, machte ihn mürrisch.

Irgendwann stimmte er nicht einmal mehr in der grenzenlosen Bewunderung, die sie für ihn hegte, mit ihr überein. Gewiss freute es ihn, dass sie seine Geistesschärfe anerkannte, was ihn zu noch größeren Leistungen anspornte. Er erkannte jedoch, dass der Stolz seiner Mutter in eine ganz andere Richtung ging als sein eigener. In ihren Augen würde er eines Tages eine mächtige Persönlichkeit sein, von Arm und Reich bewundert und verehrt für seine Tatkraft, seine Mildtätigkeit und seine großartigen Einfälle.

Sie selbst würde man als die Mutter dieses herausragenden Mannes feiern. Solche Träume waren ihr ganzer Trost. Sie sprach mit niemandem darüber, weil ihr bewusst war, dass es lächerlich klingen würde. Doch ihren langen, mühseligen Tagen verliehen diese Träumereien einen Glanz, den sie nicht missen wollte. Auf dem erloschenen Altar ihres Lebens hatte sie ein Feuer der Hoffnung für einen anderen entzündet.

Soweit er diese Gedanken seiner Mutter kannte, hatte er nichts dagegen einzuwenden. Er fand es bewundernswert, dass sie so weit vorausdachte. Seine eigenen Wünsche zielten jedoch mehr darauf ab, was unmittelbar vor ihm lag. Manchmal schaute aber auch er in die ferne Zukunft und sah sich darin als einen Mann, der seine Gefühle und seine Schwächen unter einem Mantel der Kälte verbarg. Als einen Mann, den Männer und – mehr noch – Frauen bewunderten. Mit seiner Mutter stimmte er darin überein, dass es dann keine Hindernisse geben würde, die für ihn unüberwindlich waren. Er würde die einen mit seiner Großmut beschenken und die anderen seinen Zorn spüren lassen. Alle würden ihm mit Ehrfurcht begegnen, auch wenn sie ihn in seiner Größe nie ganz verstehen würden.

Viel öfter aber richteten sich seine Gedanken auf die nahe Zukunft. Er beschäftigte sich eingehend mit der Welt, die ihn umgab, vor allem mit dieser Stadt, in deren Labyrinth er sich täglich bewegte und die ihm ein einziges großes Rätsel war. Fasziniert betrachtete er ihre bunte Vielfalt, die ihn lockte und die er besser verstehen wollte – ihre Lebendigkeit, aber auch ihre sündigen Seiten. Er träumte davon, ein Wissender zu sein, dem die Wunder dieser Welt ein offenes Buch waren. Er musste an Jones denken. Einen Mann, der so viele Barkeeper kannte, musste man einfach bewundern.

7

In Kelceys Träumen kam immer wieder eine Frau vor. Genau genommen träumte er nicht von sich selbst, wie er heute war, wenn er sie heiratete. Dieses Wesen war für sein künftiges Selbst geschaffen, für den großartigen, alles überragenden Mann, der er eines Tages sein würde. In dieser Vision, von Bildern inspiriert, die er irgendwo gesehen hatte, ging er durch eine dramatische Brautwerbung, in der er selbst kühl und beherrscht auftrat, während die Frau seiner Träume von einer Leidenschaft verzehrt wurde, die sie ganz offen zeigen sollte. Alle würden staunend sehen, wie gelassen er die Liebe dieser unvergleichlich schönen Frau zur Kenntnis nahm. Wie ein Schoßhündchen suchte sie seine Zuneigung, doch er behielt seine Gefühle für sich, sodass niemand von seiner tiefen Liebe für sie wusste. Eines Tages, in einem besonders romantischen Augenblick, würde er ihr seine Liebe offenbaren. In diesen Träumen gab es schlossähnliche Häuser, weite Ländereien, Diener, Pferde und prächtige Gewänder.

Die Anfänge dieser Träumereien lagen in seiner Kindheit. Zuerst hatte er sich als kühnen General gesehen, der mit seinem Degen entschlossen zum fernen Horizont wies.

Doch bald wurde er in seinen Visionen zum König des Herzens einer nicht näher bestimmten, aber wunderschönen Frau. Nachdem er einige Bücher gelesen hatte, nahmen seine Vorstellungen deutlichere Formen an. Ihm war nun klar, dass es irgendwo in der Welt eine Göttin gab, deren Bestimmung es war, zu warten, bis er sie zu Gesicht bekam. Der Gedanke begleitete ihn über die Jahre und bewahrte ihn und so manche Frau, die seinen Weg kreuzte, vor einer wenig erquicklichen Begegnung. Die Göttin seiner Träume gab den Maßstab vor.

Dass sie so lange auf ihn warten musste, ließ ihn nicht wanken. Irgendwann würde kommen, was kommen musste, und die Welt würde sich für ihn in Gold verwandeln. Sein Leben würde zum Heldenepos werden – wozu wäre er sonst auf die Welt gekommen? Er war überzeugt, dass die Niederungen des Alltags jenen vorbehalten waren, denen tiefere Gefühle verborgen blieben. In seinem Blut zirkulierte das Leben in seiner höchsten Form. Das Gewöhnliche wurde Menschen zuteil, die innerlich erstarrt waren. Bisweilen fragte er sich, wie das Schicksal es anstellen mochte, ihn zu einer ehrfurchtgebietenden Gestalt zu machen. Dass es jedoch so kommen würde, daran zweifelte er keine Sekunde. Eines Tages würde er auf rosaroten Wolken entschweben. Sein Glaube war der tiefere Sinn seiner Existenz. Er half ihm, auf den großen Augenblick zu warten und bis dahin von der Frau zu träumen, deren Haar wie Rosen duftete.

Eines Tages begegnete ihm Maggie Johnson auf der Treppe. In einer Hand trug sie eine Kanne Bier und unter dem Arm ein Päckchen, in braunes Papier gewickelt. Als ihr Blick ihn traf, war ihm augenblicklich klar, dass es ihm das Herz zerreißen würde, wenn sie einem anderen ihr Lächeln schenkte. Der flüchtige Blick, den sie ihm zuwarf, war gleichgültig und ausdruckslos – sie schien die Bewunderung gar nicht zu bemerken, die in seinen Augen aufblitzte, wodurch sie ihm nur noch großartiger erschien.

Als sie an einem Fenster beim Treppenabsatz vorbeiging, fiel ein silberner Lichtschein auf ihr mädchenhaft rundes Gesicht – ein Anblick, der ihm nicht mehr aus dem Kopf ging.

Beim Abendessen war er sehr schweigsam. Und wenn er etwas sagte, klang es mürrisch und schroff. Seine Mutter fragte sich voll Sorge, welche Katastrophe ihn nun wieder heimgesucht haben mochte. Nach einer Weile kam sie zu dem Schluss, dass ihm der Eintopf heute nicht schmeckte, und tat noch etwas Salz hinein.

Nach der Begegnung auf der Treppe sah er Maggie öfter. Er nahm eine Veränderung in seinen Träumen vor und gab Maggie den Ehrenplatz darin. Die langjährige Göttin wurde vom Podest gestürzt. Sie hatte ihren Reiz verloren – allzu kindisch erschien sie ihm im Vergleich zu seiner neuen Lichtgestalt.

Manchmal erlebte er Augenblicke des Glücks, wenn Maggies Mutter betrunken lärmte. Dann saß er im Dunkeln und stellte sich vor, wie er das Mädchen aus seiner bedrückenden Umgebung retten würde.

Er erdachte sich raffinierte Pläne für Begegnungen auf dem Flur, vor der Tür oder auf der Straße. Doch sobald er sie sah, fürchtete er, sie könnte seine List durchschauen. Dann spürte er, wie ihm die Schamröte ins Gesicht stieg. Um zu beweisen, dass sie sich irrte, schaute er weg oder bedachte sie mit einem steinernen Blick.

Nach und nach wurde er ungeduldig, weil er ihr nicht näherkam. Bestimmt gab es Prinzen, die bereits ein Auge auf sie geworfen hatten. In seiner Freizeit, aber auch in mancher Arbeitsstunde, überlegte er, wie er vorgehen sollte. Dieses Mädchen war wie ein Schatten, der ihn ständig begleitete. Sie war der Mittelpunkt der Dramen, die er ersann und die ihn irgendwo in den Wolken schweben ließen, sodass er das Alltägliche wie im Nebel wahrnahm.

Er musste sich nur über ein paar unbedeutende Konventionen hinwegsetzen, dann würde sie seinen edlen Charakter erkennen. Manchmal sah er alles ganz klar vor sich. Doch im letzten Moment verließ ihn dann der Mut. Vielleicht wusste sie längst Bescheid und verfolgte amüsiert, wie er sich quälte. Am schlimmsten wäre, wenn sie ihn auslachte; dann würde er sie oder sich umbringen müssen. Er konnte sich einfach nicht überwinden. Kurz vor dem entscheidenden Augenblick machte er einen Rückzieher. Danach ging er ihr für eine Weile aus dem Weg, um zu beweisen, dass sie ihm nichts bedeutete. Wenn er nur Gelegenheit bekäme, sie aus irgendeiner Notlage zu retten, dann würde das Schicksal schon seinen Lauf nehmen.

Eines Abends begegnete ihm im Hausflur ein junger Mann. „Sag mal, wo wohnen denn hier die Johnsons?", fragte der Kerl. „Eine halbe Stunde irre ich schon herum, aber in diesem Loch kann doch kein Mensch was finden."

„Zwei Treppen hoch", sagte Kelcey schroff. Es gab ihm einen Stich ins Herz. Die elegante Kleidung des jungen Mannes, sein weltmännisches, selbstbewusstes Auftreten stürzten ihn in tiefe Verzweiflung. Eine Weile blieb er im Flur stehen und lauschte, bis er die zwei zusammen die Treppe herunterkommen hörte. Schnell schlich er sich davon, damit sie ihn nicht sah. Womöglich hätte sie ihn auch noch bemitleidet.

Vielleicht gingen die beiden ins Varieté. Bestimmt wollte dieser Lackaffe sie mit seinen feinen Klamotten und seinem weltmännischen Gehabe beeindrucken. Was war das für eine Welt, in der jeder unwürdige Knilch eine Frau auf so schnöde Weise blenden konnte?

In seiner Verbitterung stieß er einen wüsten Fluch aus. Zu Hause bekam er die schrille Gereiztheit seiner Mutter zu spüren. „Warum kannst du nicht endlich mal deinen Rock aufhängen, George? Immer muss ich hinter dir herlaufen. Ist es denn so schwer, dass du ihn selbst an den Haken hängst? Wie oft hab ich dir das schon gesagt?"

„Viel zu oft!", entfuhr es ihm zornig, und er funkelte seine Mutter hasserfüllt an. Einen langen Augenblick standen sie einander schweigend gegenüber, dann drehte sie sich um, stieß mit der Hüfte heftig gegen die Tischkante und wankte in ihre Kammer. Sie schloss die Tür.

Kelcey sank auf einen Stuhl, streckte die Beine aus und vergrub die Hände in den Hosentaschen. Das Kinn auf die Brust gestützt, stierte er vor sich hin, von Selbstmitleid überwältigt, wie es einen befällt, wenn die Seele auf sich selbst zurückgeworfen wird.

8

In den nächsten Tagen kam Kelcey zum ersten Mal die böse Ahnung, dass die Welt nicht dankbar für seine Anwesenheit war. Wenn jemand ein schroffes Wort zu ihm sagte, war das für ihn ein weiterer Beweis für diese Erkenntnis. Ihm wurde nach und nach klar, dass das Universum ihn hassen musste, und er sank in die dunkelsten Tiefen der Verzweiflung.

Eines Abends begegnete ihm Jones, der freudestrahlend auf ihn zukam. „So ein Glück, dass ich dich treffe! Grad heut Abend wollte ich zu dir. Weißt du, der alte Bleecker hat uns alle für morgen Abend zu sich eingeladen. Er rechnet stark damit, dass du auch kommst. Das wird 'ne tolle Fete. Bier und Whisky ohne Ende. Da wird's hoch hergehen. Du kommst doch, oder?"

Kelcey schüttelte ihm dankbar die Hand. Wie gut, dass es auf dieser trostlosen Welt noch so etwas wie Freundschaft gab. „Na klar, alter Junge", sagte er heiser. „Nichts, was ich lieber täte!"

Aufrecht und grimmig ging er nach Hause. Er würde sich für die ihm zugefügte Kränkung rächen, indem er sich in einem Akt der Selbstzerstörung betrank. Die Welt würde bitter bereuen, was sie ihm angetan hatte.

Mit etwas Verspätung brach er zu Bleecker auf. Seine Mutter hatte ihm unbedingt noch einen Brief von einem alten Onkel vorlesen müssen. Der Onkel hatte unter anderem geschrieben: „Gott segne den Jungen! Erzieh ihn zu einem Mann, wie sein Vater einer war." Bleecker wohnte in einem alten zweistöckigen Haus in einer Seitenstraße. Vorne im Wohnzimmer hatte ein jüdischer Schneider seine Werkstatt eingerichtet. Bleecker wohnte in dem großen Zimmer an der Rückseite des Hauses. Das Kellergeschoss wurde von einem Deutschen bewohnt, der sich mit seiner Familie um das Haus kümmerte. Ein anderer Deutscher hatte sich mit seiner Frau und acht Kindern im Esszimmer eingemietet. In den beiden oberen Stockwerken wohnten Schneider, Näherinnen, ein Straßenhändler und ein paar geheimnisvolle Leute, die man nur selten zu Gesicht bekam. Die Tür des kleinen Zimmers bei der Treppe in den zweiten Stock stand immer offen; drinnen sah man zwei Männer über den Tisch gebeugt, an dem sie Operngläser reparierten. Die deutsche Frau im Esszimmer stand auf Kriegsfuß mit der Schneiderin im Hinterzimmer des zweiten Stocks. Oft warfen sie sich durchs Treppenhaus wüste Schimpfwörter an den Kopf. Im ganzen Haus war die Holztäfelung zerkratzt von dem ständigen Kommen und Gehen. In einer Wand klaffte ein tiefer Riss zur Erinnerung an den Tag, an dem ein Mann ein Beil nach seiner Frau geworfen hatte. Im Flur des Erdgeschosses sah man häufig eine Frau, die unermüdlich mit einem Eimer voll Seifenwasser und einem Putzlappen zugange war. Der alte Bleecker fand, dass er recht stilvoll wohnte, und genoss es, seine Freunde zu bewirten.

Er empfing Kelcey schon im Hausflur. Sein Kragen war sauberer und höher als gewöhnlich, sodass er überaus vornehm wirkte. „Wie geht's, alter Junge?", rief Bleecker und geleitete Kelcey plaudernd und scherzend zu seiner Wohnung. Mehrere Männer standen beisammen, ihre Schatten riesig im gelben Lichtschein einer Lampe. Alle drehten sich um, als die beiden eintraten. „Hallo, Kelcey, altes Haus!", rief Jones und eilte ihm entgegen. „Freut mich, dass du gekommen bist! O'Connor kennst du ja schon. Und Schmidt und Woods ebenfalls. Und nicht zu vergessen, Mr. Zeusentell! Mr. Zeusentell – mein Freund Mr. Kelcey! Ja, schüttelt euch die Hand – zwei Prachtkerle, die ihr seid. Dann haben wir hier … ach, was soll's! Liebe Freunde – mein Freund Mr. Kelcey! Ein prächtiger Bursche, kann ich nur sagen! Wir kennen uns schon ewig. Komm, trink einen Schluck." Alle waren betont freundlich zu ihm. Kelcey spürte, dass er in der Gruppe einiges Ansehen genoss. Diejenigen, die ihn noch nicht gut kannten, gaben sich zurückhaltend und respektvoll.

„Aber ja", betonte der alte Bleecker. „Mr. Kelcey, Sie haben doch sicher Durst! Und damit unser Mr. Kelcey nicht allein trinken muss, greifen wir doch alle zu den Gläsern, nicht wahr?" Alle lachten. Bleecker konnte urkomisch sein.

Mit höflichen Gesten gingen sie zum Tisch. Darauf stand ein kleines Bierfass, eine lange Reihe Whiskyflaschen, ein kleiner Haufen Maiskolbenpfeifen, mehrere Tabakbeutel, eine Kiste Zigarren sowie jede Menge Gläser, Becher und Krüge – alles geschickt angeordnet. Bleecker hatte eine nette kleine Bar eingerichtet. Am Tisch entstand plötzlich Gedränge, wenn auch in aller Freundschaft. Sie stritten sich um die Gläser – nicht etwa die besten, sondern um die mit den meisten Sprüngen und Kratzern. Jones betonte höflich, aber bestimmt, dass ihm das schäbigste Glas zustehe. Andere beanspruchten es, nicht minder höflich, für sich. Alle aber waren sich darin einig, dass Bleecker ein überaus großzügiger und umsichtiger Gastgeber sei. Sie waren beeindruckt, dass er keine Kosten gescheut hatte, um sie zu bewirten.

Kelcey zog sich mit seinem zweiten Glas Bier in eine Ecke zurück und beobachtete erst einmal das Geschehen. In der gegenüberliegenden Ecke erzählte einer vor einem halben Dutzend Zuhörern eine Geschichte, wobei er zwischendurch grunzte wie ein Schwein. Zwei oder drei saßen etwas abseits, schienen aber gern bereit zu einer Unterhaltung, falls jemand sie ansprach. Die Flaschen warfen bizarre Schatten auf den Tisch, während das Bierfass eine mächtige schwarze Figur an die Wand malte, die bis zur Decke aufragte und geisterhaft über dem Raum und den Gästen schwebte. Über ihren Köpfen hing Tabakrauch in dicken grauen Schwaden.

Jones und O'Connor blieben beim Tisch und wechselten mit allen ein paar Worte. Kelcey beobachtete, wie Bleecker zu ihnen trat und ihnen zuraunte: „Wir müssen Stimmung in die Bude bringen." Der Gastgeber fürchtete offenbar, dass seine Gäste sich langweilen könnten. Jones beriet sich kurz mit O'Connor, worauf Letzterer zu dem Mann namens Zeusentell ging. Allem Anschein nach schlug O'Connor ihm etwas vor, doch Zeusentell schien nichts davon zu halten. O'Connor ließ nicht locker, redete weiter auf ihn ein, doch Zeusentell ließ sich nicht umstimmen. Plötzlich drehte sich O'Connor um, trat in die Mitte des Zimmers und hob eine Hand. „Meine Herren", rief er in die Runde, „Mr. Zeusentell wird uns etwas vortragen – der Titel lautet ‚Patrick Clancys Schwein'!" Triumphierend schaute er zu Zeusentell. „Komm schon", forderte er ihn auf. Zeusentell hatte vergeblich versucht, mit eindringlichen Gesten auf O'Connor einzuwirken. Schließlich gab er seinen Widerstand auf. „Du alter Gauner", murmelte er vorwurfsvoll.

Alle Blicke gingen zu Zeusentell, dann kamen von allen Seiten anfeuernde Zurufe. „Leg los, Mann! Wir wollen es hören!" Zeusentell machte keine Anstalten, irgendetwas vorzutragen, doch die anderen ließen nicht locker. „Komm schon, alter Junge! Wovor hast du Angst? Leg schon los!"

Zeusentell wehrte sich mit fast schon verzweifelter Bescheidenheit. O'Connor fasste ihn am Revers und versuchte ihn in die Mitte zu ziehen, doch Zeusentell wehrte sich und schüttelte entschieden den Kopf. „Ich hab's mal gekonnt, aber das is ewig her. Ich hab's längst vergessen! Jetzt lass mich los, verdammt! Wenn ich doch sag, ich kann's nich' mehr!" Die anderen applaudierten aufmunternd. O'Connor ließ nicht locker, es kam zu einem kurzen Handgemenge, bis Zeusentell mit einem Mal seltsam ernst wurde. Die Anwesenden verstummten. Zeusentell trat in die Mitte und rückte nervös Kragen und Krawatte zurecht. Die anderen warteten fast andächtig. „Patrick Clancys Schwein", verkündete Zeusentell in unnatürlich schrillem Ton. Dann begann er in schnellem Singsang:

> *„Patrick Clancy hat ein Schwein,*
> *das allen wohl gefällt.*

Es ist nicht klein, sein Bauch allein
ist wie die halbe Welt."

Als er seinen Vortrag beendete, schauten die anderen einander an und nickten anerkennend. Dann brachen sie in begeisterten Beifall aus oder ließen die Gläser klingen. Als Zeusentell zu seinem Platz zurückging, beugte sich einer zu ihm und fragte: „Kannst du mir sagen, wo ich das finde?" Alle waren begeistert. Auf allgemeines Zureden trug Zeusentell noch zwei Geschichten vor, dann bat ihn der alte Bleecker noch einmal vor die Anwesenden und hob das Glas auf sein Wohl. Er verkündete, es sei das Beste gewesen, was er je zu hören bekommen habe.

Zeusentells Auftritt hatte das Fest tatsächlich in Schwung gebracht. Sie hatten zusammen gelacht und waren sich dadurch nähergekommen, außerdem hatten sie nun ein Gesprächsthema. Einige waren bereits sichtlich betrunken.

Der nimmermüde O'Connor fand unter den Anwesenden einen, der Mundharmonika spielen konnte. Der Mann trat vor, wischte sein Instrument am Rockärmel ab und spielte einige bekannte Lieder. In der verrauchten Luft wiegten die Zuhörer lächelnd die Köpfe und klopften mit den Füßen den Takt. In ihren geröteten, schweißglänzenden Gesichtern und ihrer Gestik kam etwas Wildes, Ungezügeltes zum Vorschein, die Stimmen klangen rau und heiser. Für Jones floss das Bier nicht schnell genug, deshalb blieb er hinter dem Fässchen stehen, um es zu kippen, wenn jemand kam, um sich Nachschub zu holen. Der schwarze Schatten an der Wand wurde für einen Augenblick kleiner, um dann wieder drohend aufzuragen, wie von einer unbekannten Kraft belebt. Die Gläser, Krüge und Becher wurden immer schneller nachgefüllt und blitzten für Augenblicke im Lichtschein der Lampe auf. Zwei oder drei konnten ihr Glas kaum noch halten und verschütteten den Inhalt immer wieder. Der alte Bleecker kicherte vergnügt und warf Jones einen triumphierenden Blick zu. Sein Fest war ein voller Erfolg.

9

Mit einem Mal wurde Kelcey bewusst, wie sehr er den Abend genoss. Er wurde von Begeisterung erfüllt, als wohne er einer religiösen Feier bei. Er empfand es als Auszeichnung, an diesem Fest fernab einer feindlich gesinnten Welt teilhaben zu können. Rings um ihn stieg Gelächter wie Weihrauch auf. Er empfand unter den Anwesenden das vertraute Gefühl der brüderlichen Zuneigung und ließ sich auf freundschaftliche Gespräche ein. Seine Gedankengänge waren ihm selbst nicht ganz klar – umso stärker empfand er seine tiefe Verbundenheit mit den anderen. Voller Freude schaute er in ihre geröteten, lächelnden Gesichter. Heldenhafte Gefühle kamen in ihm auf.

Ärgerlich war nur, dass seine Pfeife immer wieder ausging. Er war zu sehr ins Gespräch vertieft, um sich um seine Pfeife zu kümmern. Als er dann doch aufstand, um Streichhölzer zu holen, schwankten seine Beine und wollten ihm nicht so recht gehorchen. Am Tisch zündete er ein Streichholz an, vergaß jedoch, es an den Pfeifenkopf zu halten, weil er über den Witz eines anderen lachen musste. Auch mit dem nächsten Streichholz klappte es nicht auf Anhieb. Er zündete es an, schwankte aber derart, dass er sein Ziel mehrmals verfehlte, bis es ihm endlich gelang, die Flamme an den Tabak zu halten. Dabei verbrannte er sich die Finger. Er lachte kurz auf, auch wenn er selbst nicht wusste, warum, und begutachtete die betroffenen Finger.

Jones trat zu ihm und klopfte ihm auf die Schulter. „Komm, alter Junge, trinken wir auf unser gutes altes Handyville!"

Kelcey war tief gerührt. „Jederzeit", sagte er mit feuchten Augen. Fast feierlich schenkte Jones ihnen Whisky ein, den sie andächtig tranken. Nach einem Augenblick der stillen Erinnerung an die alten Zeiten gingen sie zu Bleecker, der im Kreise seiner lachenden Zuhörer eine lustige Geschichte erzählte. Der alte Mann saß da wie ein feister lustiger Götze. „… und in diesem Augenblick steckt die alte Frau den Kopf zum Fenster raus und ruft: ‚Mike, du fauler Sack, was liegste da in mei'm neuen Geranienbeet und pennst?' Da wacht Mike auf und sagt: ‚Das is mir 'ne schöne Waschfrau, die nie kein Bettzeug wäscht. In Dreck und Unkraut musste hier penn'.'" Die Zuhörer klopften sich auf die Schenkel und wieherten vor Begeisterung. Sie baten um noch eine Geschichte, wechselten dann aber laute Bemerkungen zur eben gehörten Anekdote, sodass sie es gar nicht mitbekamen, als Bleecker wieder zu erzählen begann.

Jones hingegen war nach Singen zumute. Er stimmte ein schwungvolles Lied im Dreivierteltakt an und packte

Kelcey, um mit ihm zu tanzen. Sie stolperten über ausgestreckte Beine und schlugen der Länge nach hin. Kelcey prallte mit dem Kopf auf den Boden und sah Lichtblitze vor den Augen tanzen. Doch er rappelte sich gleich wieder auf und lachte, als wäre nichts geschehen. Dass sein Kopf pochte, empfand er nicht einmal als unangenehm.

Der alte Bleecker, O'Connor und Jones, der leicht hinkte und den Atem durch die Zähne einzog, wollten ihn fürsorglich zum Tisch führen, damit er einen Schluck zur Stärkung zu sich nehmen konnte, doch Kelcey schob sie lachend beiseite und ging ohne Hilfe weiter. „Heiliger Strohsack", sagte Bleecker. „So hart, wie Sie aufgeschlagen sind, hätten Sie 'nen Baum fällen können."

Kelcey lachte nur. Wie um allen zu beweisen, dass er wohlauf war, goss er sich einen extragroßen Whisky ein. Ohne zu zögern, leerte er das Glas. Das war zu viel. Die Wirkung des Alkohols traf ihn wie ein Hammerschlag. Er spürte, wie er das Gleichgewicht verlor und das Zimmer um ihn herum zu schwanken begann. In seiner getrübten Sicht konnte er nur noch wirre Schatten erkennen, von grellen Lichtstrahlen durchdrungen. Das Gewirr der Stimmen klang für ihn wie das ferne Rauschen eines Flusses. Dennoch hatte er das Gefühl, er müsse nur dieser unsichtbaren Kraft widerstehen, die seine Sinne lähmte, dann wäre er sofort wieder in der Lage, die anderen mit brillanten Kommentaren zu unterhalten.

Zuerst dachte er, das Schwindelgefühl würde schnell vorbeigehen. Das Gegenteil trat ein. Das Zimmer um ihn herum geriet erneut in Bewegung, Abgründe taten sich vor ihm auf, Berge kippten auf ihn herab. Er wusste nicht mehr, wie ihm geschah. Da war nur der vage Gedanke, dass es ziemlich unrühmlich wäre, in diesen Abgrund zu stürzen.

Schließlich löste sich ein Schatten aus dem Gewirr, von dem er wusste, dass es Jones war. Der Prachtkerl Jones, dieser kluge Mann von Welt, durchquerte aufrecht und furchtlos dieses seltsame Land. Kelcey murmelte Worte der Bewunderung und stolperte auf seinen Freund zu. Jones' Stimme klang wie von fernen, unbekannten Ufern. „Vorsicht, alter Junge, so geht's nich'. Reiß dich zusammen." Ihm dämmerte, dass Jones vielleicht doch nicht so klug war. „Mir fehlt nix, Jones! Alles in bester ... will nur 'n bisschen sing'!"

Doch Jones wollte es einfach nicht kapieren. „Komm jetzt, setz dich hin und halt die Klappe."

Da wurde Kelcey zornig. „Jones, lass mich in Ruh, sag ich! Ich will bloß sing' un' was erzähln! Meine Herrn, ich lieb dies' Mädchn ... drum bin ich jetzt bisch'n besoffen. Jawoll! Sie is ..."

Jones zerrte ihn zu einem Stuhl. Kelcey hörte ihn lachen. Diese Beleidigung konnte er nicht auf sich sitzen lassen. Er wollte den Kerl erwürgen. Wütend streckte er die Hand aus, um ihn zu packen, doch Jones hielt ihn fest, als wäre er ein welkes Blatt. Es war unglaublich; Jones besaß plötzlich die Kraft von zwanzig Pferden. Kelcey konnte nicht verhindern, dass der Kerl ihn zu Boden drückte.

Es war verblüffend, über welche Kräfte Jones verfügte. Seltsam, dass ihm das nie aufgefallen war. Plötzlich kam ihm der Gedanke, dem Kerl vor allen Anwesenden eine Standpauke zu halten. Es gäbe ihm Gelegenheit zu einem dramatischen Auftritt, der mächtig Eindruck machen würde. Aber jetzt wollte er vor allem schlafen. Dunkle Schlummerwolken senkten sich auf ihn herab. Er schloss die Augen und seufzte wie ein Kind.

Als er erwachte, war das Fest immer noch in vollem Gange. Er wollte aufstehen und mitfeiern, doch O'Connor drückte ihn wieder zu Boden und sagte in zärtlich-vorwurfsvollem Ton, wie zu einem Kind: „Schön brav liegen bleiben."

Kelcey konnte nicht begreifen, was in diesen Leuten vorging. Es erschien ihm so furchtbar dumm, ein solches Aufheben zu machen, nur weil er ein bisschen betrunken war. Er würde ihnen beweisen, dass er völlig klar im Kopf war. Er trat und schlug um sich, bis es ihm gelang, sich aus O'Connors Griff zu befreien. Mühsam rappelte er sich auf und stand auf wackligen Beinen in der Mitte des Zimmers. Sie würden schon sehen, dass er genau wusste, was er tat.

„Meine Herrn, ich lieb dies' Mädchn. Un' ich bin nich' besoffner als ihr! Sie is …"

Sie zerrten ihn in eine Ecke und türmten Stühle und Tische über ihm auf, bis er unter einem Berg begraben war. Hoch über sich hörte er Stimmen wie durch einen Bergwerksschacht, er sah Lichter und undeutliche Gestalten. Er war körperlich intakt, doch der seelische Schmerz, den man ihm zugefügt hatte, war unerträglich. Wie konnten sie es wagen, einen so brillanten, feinfühligen, herzensguten Menschen wie ihn aus ihrer Mitte zu verbannen? Es war so unglaublich absurd. So barbarisch. Tränen traten ihm in die Augen. Er nahm sich vor, ihnen klarzumachen, wie unerhört sie sich benahmen.

10

Das erste graue Licht der Morgendämmerung tastete sich zuerst nur zaghaft durchs Fenster, als scheute es sich, in die düsteren Winkel des Zimmers vorzudringen. Bis schließlich die Sonne hereinflutete und die unschöne Wahrheit ans Licht brachte. Kelcey erwachte stöhnend, streckte die steifen Arme, stützte sich auf einen Ellbogen und schaute sich blinzelnd um. Nun, bei Tageslicht, zeigte sich ein Bild der Verwüstung. Nach dem Gelage der vergangenen Nacht glich das Zimmer einem Schlachtfeld. Die abgestandene Luft roch nach Tabakrauch, Schweiß und schalem Bier in halb leeren Gläsern. Überall lagen Glasscherben, zerbrochene Pfeifen, Tabakreste und Zigarrenstummel. Stühle und Tische standen kreuz und quer im Zimmer, als hätte ein Kampf getobt. Auf einem Sofa schlief tief und fest der alte Bleecker, bleich und reglos wie eine Leiche.

Nach und nach erinnerte sich Kelcey an die Ereignisse der Nacht und empfand nichts als Reue und Ekel. Er musste sich wieder hinlegen. Über den Augenbrauen pochte ein Schmerz, als würde sein Kopf in einer Schraubzwinge stecken.

Wie er so dalag und grübelte, gelangte er angesichts seines körperlichen Zustands zu einer bitteren Einsicht. Ihm war nun klar, wie sinnlos sein Bemühen war, ein heroisches Leben zu führen. Seine Probleme türmten sich vor ihm auf wie steinerne Riesen, mit denen er es nicht aufnehmen konnte. Er hatte in seinem Kampf einen schweren Rückschlag hinnehmen müssen. Finstere Spukgestalten schauten auf ihn herab wie riesige Wolken.

Sein brummender Schädel brachte ihn zu der Einsicht, dass es Zeit war, sein Leben zu ändern. Sein Magen vermittelte ihm die Erkenntnis, dass die Weisheit darin lag, ein guter Mensch zu sein. Der Blick in die Zukunft gab jedoch wenig Anlass zur Hoffnung. Vor einer Rückkehr zum alten Trott graute ihm. Für die tägliche Müh und Plage war er nicht geschaffen. Er zitterte beim bloßen Gedanken daran.

Doch auch der Weg durch die goldenen Pforten des Lasters hatte seinen Reiz verloren. Die verführerische Musik war verklungen, die Lockungen des rauschhaften Lebens waren von mörderischen Kopfschmerzen zunichtegemacht worden. Die geheimen Wünsche seines Lebens waren wie welke Blätter. Wenn er's recht bedachte, war er bereit, ein rechtschaffenes Leben zu führen, wenn jemand käme und ihm den Weg ebnete.

Er schaute zum alten Bleecker und empfand nichts als Abneigung und Verachtung. Es erschien ihm mit einem Mal so abstoßend, dass ein alter Mann ein so zügelloses Leben führte. Er fürchtete, der Alte könnte jeden Moment erwachen; ihm graute davor, sich zur Höflichkeit zwingen zu müssen.

Kelcey brauchte dringend einen Schluck Wasser. Er hatte schon im Schlaf davon geträumt. Es war ihm, als könnte gutes, kühles Wasser seine Schmerzen wegspülen. Er stand auf und wankte langsam zu einem kleinen Ausguss in der Zimmerecke. Jede schnelle Bewegung drohte seinen Kopf zerspringen zu lassen.

Der Ausguss war voller Glasscherben und verschütteter Getränke. Ihn ekelte bei dem Anblick, doch er nahm ein Glas, spülte es sorgfältig aus, füllte es und nahm einen kräftigen Schluck. Das Wasser bot nicht die erhoffte Erfrischung. Es schmeckte abgestanden und vermochte seine ausgedörrte Kehle kein bisschen zu kühlen. Trübsinnig stellte er das Glas ab, mit dem starren, mürrischen Ausdruck eines Menschen, der darauf wartete, dass die Zeit seine Wunden heilte.

Der alte Bleecker erwachte. Stöhnend wälzte er sich hin und her, um seine steifen Glieder zu lockern. Kelcey beobachtete ihn, als hätte er einen Mann im Todeskampf vor sich. „Himmel noch eins", stöhnte der alte Mann, „Bier und Whisky sin' 'ne teuflische Mischung. Haste gesehn, wie die sich geprügelt ham?"

„Nein", sagte Kelcey reserviert.

„Zeusentell und O'Connor haben sich's richtig gegeben. Ich hab schon gedacht, wir werden alle reingezogen. Aber dann is Thompson dazwischen und hat Zeusentell eine reingehauen. Hat er gut gemacht. Mann, ich könnt jetzt 'n Manhattan vertragen."

Kelcey schwieg beharrlich, während Bleecker sich anzog. „Komm, genehmigen wir uns 'n Cocktail", schlug der Alte vor. Es gehörte zu Bleeckers vornehmer Seite, dass er als Einziger von ihnen etwas von Cocktails verstand. Er ließ keine Gelegenheit aus, die anderen daran zu erinnern. „Der bringt dich wieder auf die Beine! Na los! Weißt du, du gehst die Sache zu hastig an, bist viel zu schnell besoffen. Du musst dir mehr Zeit lassen, Mann!" Kelcey fragte sich, wo seine Höflichkeit und seine gewählte Ausdrucksweise geblieben waren.

„Los, gehen wir", sagte Bleecker.

Kelcey deutete an, sich nichts aus Cocktails zu machen, folgte ihm aber trotzdem auf die Straße hinaus. An der nächsten Ecke trennten sie sich. Kelcey zwang sich zu einem freundlichen Lächeln, dann ging er die Straße hinunter. Es verlangte seine ganze Konzentration, einen Fuß vor den anderen zu setzen. Er fühlte sich, als wäre er aus Papier und könnte jeden Moment vom Wind fortgeweht werden. Der Straßenstaub kratzte ihm in der Kehle, reizte Augen und Nase, und der Verkehrslärm verstärkte das schmerzhafte Pochen im Kopf. Immerhin war er froh, den alten Bleecker los zu sein. Sein Anblick allein machte ihn krank.

Seine Mutter war nicht zu Hause. In seinem kleinen Zimmer zog er sich aus und wusch sich Kopf, Arme und Schultern. Als er zwischen die weißen Laken kroch, fühlte er sich schon ein wenig besser. Das Kissen war angenehm weich – es war wie Gesang von sanften, wohlklingenden Stimmen.

Als er erwachte, sah er seine Mutter übers Bett gebeugt. Ihre Ausrufe drückten abwechselnd Freude und Kummer aus, ihre zitternden Hände wollten ihr nicht gehorchen. „Oh, George, wo warst du nur? Ist dir etwas zugestoßen?

Ich hab mir solche Sorgen gemacht! Die ganze Nacht hab ich kein Auge zugetan!"

Kelcey war sofort hellwach. Stöhnend drehte er sich zur Wand, ehe er sprach. „Schon gut, Mutter, mir fehlt nichts. Du brauchst dir keine Sorgen zu machen. Gestern Abend hat mich 'n Rollwagen angefahren. Sie haben mich ins Krankenhaus gebracht, aber jetzt is alles wieder gut. Sie haben mich eben erst entlassen. Ich brauch aber viel Ruhe, haben sie gesagt."

Seine Mutter schrie auf vor Schreck, Mitleid und Erleichterung und machte sich selbst Vorwürfe, ohne zu wissen, wofür. Dann wollte sie alles ganz genau wissen. Er seufzte tief, fühlte sich unsagbar müde. „Nich' ... jetzt." Er schloss gequält die Augen gegen die bohrenden Kopfschmerzen. „Ich ... kann jetzt nich' reden. Brauch Ruhe."

Seine Mutter machte sich Vorwürfe, so gedankenlos gewesen zu sein, und rückte sein Kissen zurecht, ihre Hände vor zärtlichen Gefühlen zitternd. „So, jetzt is alles gut, mein Lieber! Aber du kannst dir gar nich' vorstellen, was ich ausgestanden hab. Ich war in der Werkstatt, da ham sie gesagt, du wärst nich' zur Arbeit gekommen. Der Vorarbeiter war sehr nett, hat gesagt, er kommt heut Nachmittag vorbei, um zu sehen, ob du schon zu Hause bist. Er hat gemeint, ich soll mir keine Sorgen machen. Bist du sicher, dass dir nichts fehlt? Soll ich dir irgendwas bringen? Was hat der Arzt gesagt?"

Kelcey winkte erschöpft ab. „Lass gut sein, Mutter", sagte er gereizt, „es is alles in Ordnung! Ich muss mich nur 'n bisschen erholen, dann geht's mir gleich wieder besser.

Aber wie soll ich mich erholen, wenn du mich mit Fragen löcherst? Lass mich 'ne Weile in Ruh, dann bin ich gleich wieder auf den Beinen. Is das zu viel verlangt?"

Die alte Frau spitzte die Lippen. „Junge, was bist du bloß für 'n alter Brummbär!" Sie küsste ihn auf die Wange und ging hinaus, ein strahlendes Lächeln im Gesicht, wie eine flüchtige Erinnerung an ferne Kindheitstage.

11

Kelcey hatte einmal einen Freund gehabt, der von der Deichsel eines Rollwagens am Kopf getroffen worden war und bewusstlos ins Krankenhaus gebracht wurde. Am nächsten Morgen konnte er sich nur vage an den Unfall erinnern. Seine Bruyèrepfeife zwischen den Zähnen, die braune Melone nach hinten geschoben, erzählte er, wie sich das Ganze aus seiner Sicht zugetragen hatte. Kelcey hatte die merkwürdige Geschichte nie vergessen. Als seine Mutter ihn nun ausfragte, erzählte er ihr mit geringen Abweichungen, was sein Freund damals berichtet hatte. Es klang anschaulich und durchaus glaubwürdig.

An seiner Arbeitsstelle wurde er am nächsten Tag mit großem Hallo empfangen. Der Vorarbeiter hatte allen erzählt, was sich zugetragen hatte, und die Mitarbeiter tauschten scherzhafte Bemerkungen über den Vorfall aus. Mike O'Donnell, der für seinen Humor bekannt war, wollte Kelcey auf die Schaufel nehmen, indem er ihm vorwarf, gar keinen Unfall gehabt zu haben, sondern bloß stockbesoffen gewesen zu sein, ohne zu ahnen, wie nahe er der Wahrheit kam. Kelcey warf ihm einen argwöhnischen Blick zu, ließ sich aber nicht aus der Fassung bringen. Schließlich gab es O'Donnell auf. „Der Junge lässt sich nich' veräppeln, da kannst du machen, was du willst." Mehr als einmal erzählte Kelcey seine Geschichte, die Pfeife zwischen den Zähnen, die Melone lässig nach hinten geschoben.

Die nächsten Abende verbrachte er zu Hause, las die Zeitung und unterhielt sich mit seiner Mutter. Sie wunderte sich ein wenig, erklärte sich seine Veränderung dann aber damit, dass er dem Tod nahe gewesen sei und sich Gedanken darüber gemacht habe, was im Leben wirklich wichtig war. Oft beobachtete sie ihn, wenn er gedankenversunken dasaß, und dachte sich, dass er vielleicht kurz vor einer Erleuchtung stand. Es war wahrscheinlich ein entscheidender Moment in seinem Leben. Sie war fest entschlossen, ihm zu helfen, den Blick auf das himmlische Licht zu richten. Eines Abends beschloss sie, ein wenig nachzuhelfen.

„George, komm doch heute mit zum Abendgebet, ja?" Es klang direkter, als sie es beabsichtigt hatte.

Er schaute sie überrascht an. „*Was?*"

Als sie ihr Anliegen wiederholte, zitterte ihre Stimme. Für sie war es ein besonderer Augenblick. „Kommst du heute mit zur Betstunde?"

Damit hatte er nicht gerechnet. „Ich weiß nich' …", setzte er an, während er nach einer Ausrede suchte. „Ich bin hundemüde!" Er ließ Schultern und Kopf sinken.

Die kleine alte Frau fühlte sich ohnmächtig und ärgerte

sich, dass es ihr als Mutter nicht gelang, ihren Sohn auf die ihrer Überzeugung nach einzig richtige Bahn zu lenken. Ihr Wunsch prallte an seiner Trägheit ab. Am liebsten hätte sie ihn geschlagen, um ihn aufzurütteln. „Was soll ich bloß mit dir machen?", jammerte sie mit erstickter Stimme. „Wenn ich etwas sage, bist du immer dagegen. Nie hörst du auf mich. Du beachtest mich gar nich'. Was soll ich nur tun?" Sie funkelte ihn an, Wut und Verzweiflung in ihrem Blick.

Er schaute spöttisch zu ihr auf. „Weiß ich nich'", sagte er ganz ruhig. „Ich kann dir da nich' helfen." Er wusste, dass sie seinen Widerspruchsgeist fürchtete. „Is auch nich' mein Problem." Die kleine alte Frau fing an zu weinen. Sie schämte sich nicht, ihren Kummer zu zeigen. Wie sie so ins Leere blickte, sah er ihr an, dass sie sich an den Einfluss und die Macht erinnerte, die sie einmal besessen hatte. In gewisser Weise gestand sie sich ein, dass sie nichts mehr im Leben zu lenken vermochte, dass sie wie ein welkes Blatt im Wind war. In diesem Augenblick tat es ihm leid, ihr wehzutun. Zudem hatte er sich in den letzten Tagen ange-wöhnt, freundlich und liebenswürdig zu sein. Es wäre eine großmütige Geste, jetzt nachzugeben. „Na schön", sagte er und bemühte sich, nicht mürrisch zu klingen, „wenn dir so viel dran liegt, komm ich mit."

Seine Mutter trat mit seltsam starrem Blick zu ihm und küsste ihn auf die Stirn. „Gut, George." Ihre feuchten Au-gen drückten ein Gefühl aus, das er nicht deuten konnte.

Sie setzte das Häubchen auf und hängte sich ihr Um-hängetuch um, dann verließen sie zusammen das Haus.

Sie war merkwürdig schweigsam, und er fragte sich, ob sie sich gar nicht freute, dass er mitkam. Es ärgerte ihn, dass sie sein Opfer nicht zu schätzen wusste. Mehrmals war er nahe daran, stehen zu bleiben und keinen Schritt weiter zu gehen, um zu sehen, ob sie dann vielleicht ein bisschen Anerkennung zeigen würde.

In einer dunklen Straße stand die kleine Kirche bescheiden zwischen zwei hoch aufragenden Mietshäusern. Der Schein der Straßenlaterne schimmerte blutrot auf dem nassen Pflaster wie ein geisterhaftes Todeszeichen. Weiter vorn ließen die hellen Lichter einer Allee eine goldene Brücke über der Straße entstehen. Von dort klang das Rattern von Rädern und Glockengeklingel herüber – die typische Geräuschkulisse der Stadt, die die feierliche Ruhe des kleinen Gebäudes zu bedrohen schien wie eine feindliche Streitmacht. Doch die kleine Kirche würde erhobenen Hauptes und mit grenzenloser Verachtung für ihre Feinde untergehen.

Als Kelcey mit seiner Mutter eintrat, hatte er plötzlich weiche Knie. Dieser Ort flößte ihm gehörigen Respekt ein. Der rote Teppich und die lederbezogene Tür mit ihren Messingnägeln, deren Köpfe wie strenge Augen in sein Innerstes zu schauen schienen, das alles hatte etwas Bedrohliches an sich. Und seine Mutter erschien ihm so verändert, dass er es nicht gewagt hätte, sie anzusprechen. Noch nie hatte er sich so allein gefühlt.

Im Vorraum stand ein Mann, der sie ausdruckslos ansah. Von drinnen war Gesang zu hören. Für Kelcey klang es wie viele Tausend Stimmen. Ihm graute vor dem Augen-

188

blick, in dem die Tür aufgehen würde. Am liebsten hätte er sich aus dem Staub gemacht, doch der Mann drückte bereits die Tür auf, und Kelcey blieb nichts anderes übrig, als seiner Mutter ins Innere zu folgen, den Mittelgang der Kirche hinauf. Im hellen Schein der Lichter fühlte er sich schutzlos und entblößt. Die vielen Augenpaare musterten ihn unbarmherzig.

Sie hatten soeben aufgehört zu singen. Alles wartete darauf, dass die Neuankömmlinge Plätze fanden. Die kleine alte Frau strebte unbeirrt auf die vorderen Reihen zu. Manchmal hielt sie kurz inne, um freie Plätze zu begutachten – die schienen jedoch nicht ihren Vorstellungen zu entsprechen. Für Kelcey waren es Augenblicke der Qual. Warum konnte sie sich denn nicht entscheiden? Als sie wieder einmal stockte, um freie Plätze zu prüfen, eilte er in seiner Ungeduld ein paar Schritte weiter. Ruckartig blieb er stehen, ging zurück, doch sie setzte ihre wählerische Suche schon wieder fort. Er hätte sie umbringen können. Wahrscheinlich sahen ihm alle an, wie sehr er litt. Er konnte seine Wut kaum noch bezähmen. Wenn nicht bald etwas geschah, würde er etwas Furchtbares tun.

Als die kleine alte Frau sich endlich für einen Platz entschied, ließ ihr Sohn sich langsam und steif neben ihr nieder und bezähmte seinen Drang, sich auf den Sitz fallen zu lassen.

Als er durch den Nebel seiner Scham und Erniedrigung wieder klarer sehen konnte, war er überrascht, dass die anderen ihn nicht anstarrten. Nur der Leiter der Versammlung schaute zu ihm; sein Blick war ernst, feierlich und sorgenvoll. Er war ein blasser, rundlicher junger Mann in schwarzem Rock, der bis zum Kinn zugeknöpft war. Kelcey spürte, dass seine Mutter mit dem jungen Geistlichen über ihn gesprochen hatte und dass dieser mit seinem Blick seine Sorge über Kelceys Sünden zum Ausdruck brachte. Kelcey hasste ihn.

Ein Mann, der allein in einer Ecke saß, fing an zu singen. Er schloss die Augen und warf den Kopf zurück. Andere, spärlich über die zahllosen Holzstühle verteilt, stimmten mit ein. Kelcey hörte die dünne, schrille Sopranstimme seiner Mutter. Nur der mittlere Kronleuchter brannte; ganz vorne war im Halbdunkel die unbeleuchtete Kanzel zu erkennen, feierlich und geheimnisvoll wie eine Totenbahre. Sie war von undeutlichen Gebilden umgeben, auf denen bisweilen ein Schimmern wie von Messing oder Glas zu erkennen war, bis man spürte, dass man es mit den Heerscharen des Unbekannten zu tun hatte, die im Besitz der ewigen Wahrheiten waren und als schweigende Zuhörer an der Feier teilnahmen. Hoch oben waren die bunten Glasfenster wie glanzlose Banner aufgereiht, nur gelegentlich von einem der Lichter zu weinrotem Funkeln angeregt. Kelcey versank in dumpfes Grübeln angesichts des Unsagbaren, das den Kirchenraum erfüllte.

Einer nach dem anderen erhoben sich die Anwesenden und erzählten von ihren religiösen Erfahrungen. Bei manchen klang es rührselig, bei anderen ruhig, nüchtern und überzeugend. Kelcey hörte aufmerksam zu. Diese Leute machten ihn neugierig. Sie waren so anders als die Menschen in seinem Bekanntenkreis.

Schließlich sprach der junge Geistliche erstaunlich wortgewandt zu den Anwesenden. Nach seinem Aussehen hätte Kelcey ihm das nicht zugetraut. Was der Mann sagte, vermochte ihn jedoch nicht zu berühren; es bewies ihm nur, dass er zu den Verdammten gehörte.

12

Manchmal fragte sich Kelcey, ob er Bier überhaupt mochte. Für ihn war einfach kein Weg daran vorbeigegangen, darum hatte er seine ursprüngliche Abneigung überwunden und sich das Biertrinken zu eigen gemacht. Heute konnte er jederzeit zehn bis zwanzig Gläser trinken, ohne dass ihm übel wurde. Ihm war klargeworden, dass Trinken einfach dazugehörte, wenn man das Leben genießen und als Mann von Welt anerkannt werden wollte. Die Kneipen einer Straße verrieten ihm, wie es in der Gegend zuging. Wenn er trank, schaute er in die glitzernden Augen eines faszinierenden grünen Drachen und sah darin die Geheimnisse der Welt gespiegelt.

Nach dem Fest bei Bleecker dachte er ernsthaft daran, sein Leben zu ändern. Er wollte so etwas nicht noch einmal erleben. Es war, als hätte er eine Gestalt ihren purpurnen Mantel ablegen und ein Skelett zum Vorschein kommen sehen. Er wollte sich für immer davon abwenden, doch als er sein inneres Gleichgewicht wiederfand, sagte er sich, dass alles halb so wild gewesen sei. Mit seinem brummenden Schädel habe er die Dinge ein bisschen zu schwarz gesehen.

Ein Rausch sei ja wohl nicht das Ende der Welt – unangenehm vielleicht, aber halb so wild. Er nahm sich lediglich vor, in Zukunft ein bisschen vorsichtiger zu sein.

Als die nächste Betstunde bevorstand, sprach seine Mutter ihn erwartungsvoll darauf an. Sie lächelte so zuversichtlich, als stünde von vornherein fest, dass er Ja sagen würde. „Du kommst doch heute mit in die Kirche, ja?"

Er drehte sich abrupt zu ihr um und hielt den Blick dann auf eine Ecke des Fußbodens geheftet. „Ich glaub nich."

Den Tränen nahe, versuchte seine Mutter zu verstehen, was in ihm vorging. „Was is denn los?", fragte sie zitternd. „Du bist so anders, George. Früher warst du nie so gemein zu mir und hast …"

„Ich bin doch nich' gemein zu dir", fiel er ihr schroff ins Wort.

„Doch, bist du! Ich weiß nich', wann ich zum letzten Mal 'n gutes Wort von dir gehört hab. Du bist nur noch abweisend und gehässig. Was is bloß los mit dir? Es kann doch nich' sein …"

Ihr Blick sagte ihm, dass jetzt etwas ganz Unerhörtes kommen würde. „Es kann doch nich' etwa sein, dass du trinkst?"

Kelcey brummte, als wäre es das Lächerlichste, was er je gehört habe. „Du redest ja wie 'n dummes Gänschen."

Sie musste lachen, wie ein Kind zwischen Tränen lacht. Sie hatte es nicht ernst gemeint, hatte ihm nur klarmachen wollen, was sie von seinem Verhalten hielt.

„Das hab ich nich' so gemeint. Ich wollt damit nur sagen, dass du dich manchmal so benimmst wie einer, der trinkt. Du solltest wirklich 'n bisschen auf dein Benehmen achten, George."

Sie redete nun gar nicht mehr streng, sodass es Kelcey nicht schwerfiel, sich über ihre Vorwürfe lustig zu machen. Sie schüttelte jedoch den Kopf und fuhr unbeirrt fort: „Ich würd mir wirklich wünschen, dass du dich mehr bemühst. Was soll bloß aus dir werden, George? Du hörst überhaupt nich' mehr auf mich. Abends ausgehn – das is alles, was dich interessiert. Du begleitest mich nich' zur Betstunde und schon gar nich' in die Kirche. Du fluchst und benimmst dich manchmal so unmöglich, dass ich …"

„Hör mal", fiel er ihr aufgebracht ins Wort, „gibt's denn gar nichts, was ich dir recht mache?"

Sie beendete ihre Tirade wie fast immer. „Ich weiß wirklich nich', was aus dir noch mal werden soll."

Sie setzte ihr Häubchen auf, legte sich das Umhängetuch um die Schultern und blieb erwartungsvoll vor ihm stehen. Ihre Haltung hatte etwas Unnachgiebiges. Er tat, als wäre er in die Zeitung vertieft. Das monotone Ticken der Uhr auf dem Kaminsims klang durchdringend in der Stille des Zimmers. „Nun?", sagte sie mit fester Stimme. „Kommst du?"

Er las weiter.

„Kommst du?"

Zornig warf er die Zeitung beiseite. „Warum kannst du mich nich' endlich in Ruhe lassen?", rief er unwirsch. „Sin' da vielleicht Räuber draußen auf der Straße, dass du nich' allein rausgehn kannst? Wenn du Angst hast, bleib zu Hause. Du weißt genau, dass ich nich' mitkommen will – trotzdem liegst du mir ständig in den Ohren." Er stockte einen Augenblick und fügte noch schärfer hinzu: „Was gehn mich diese alten Schwätzer an? Die machen mich krank!"

Seine Mutter drehte sich um und ging. Er starrte stirnrunzelnd vor sich hin, dann griff er wieder zur Zeitung.

An diesem Abend erzählte ihm Jones, auf Bleeckers Fest hätten sich alle so gut unterhalten, dass sie einen Klub gründen wollten. Sie trafen sich in der freundlichen kleinen Kneipe und trugen sich mit Begeisterung in die Mitgliederliste ein. Schließlich wurde Bleecker überschwänglich zum Vorsitzenden gewählt. Danach hielt er noch mehrere Ansprachen, in denen er seine Freude und Dankbarkeit zum Ausdruck brachte. Kelcey ging in bester Stimmung nach Hause, in der Gewissheit, wahre Freunde zu haben. Der Mitgliedsbeitrag betrug einen Dollar die Woche.

Er war mit Begeisterung bei der Sache. An den folgenden Tagen schlang er oft sein Abendessen hinunter, um rechtzeitig in die Kneipe zu kommen und über ihre neue Vereinigung zu sprechen. Alle waren mit Feuereifer dabei. Eines Abends bot ihnen der Inhaber der Kneipe an, ihnen einen großen Raum über der Schankstube für die halbe Miete zur Verfügung zu stellen. Die gute Nachricht wurde gebührend begossen. Zu Hause kam Kelcey nur mit Mühe die Treppe hoch; es war, als hätte jemand die Stufen versetzt.

Die bohrenden Fragen seiner Mutter, wo er denn gewesen sei, wies er schroff zurück. „Ach, nirgends." Ein andermal sagte er: „Ich hab mich mit Freunden getroffen. Was glaubst du denn?"

Bald fanden einige Frauen im Haus, dass Kelcey ein

ausschweifendes Leben führe. Sie kamen zur kleinen alten Frau und beteuerten, wie leid sie ihnen täte. Stundenlang saßen sie in der Küche, doch Kelceys Mutter redete nur davon, wie klug und herzensgut ihr Sohn sei.

13

Irgendwann entdeckte Kelcey, dass ein paar junge Männer, die beim Seiteneingang einer Eckkneipe herumlungerten, mehr vom Leben verstanden als andere. Rauchend und Kautabak kauend unterhielten sie sich über Leute und Ereignisse. Sie kannten ihr Viertel in- und auswendig. Was immer sich vor ihren Augen abspielte, gab ihnen Gelegenheit, mehr über das Leben zu lernen. Manchmal kam es zu Auseinandersetzungen mit Fremden oder gut gekleideten Herren. An dieser Stelle hatte der Straßenhändler Sapristi Glielmi einst Pete Brady erstochen und dafür lebenslänglich bekommen. Die Gäste der Kneipe wurden beim Eintreten genau unter die Lupe genommen. Manchmal folgten die Burschen einem Neuankömmling ins Lokal und behaupteten, er habe sie eingeladen. Falls der Betreffende widersprach, protestierten sie lautstark und umringten ihn, als wollten sie ihn verprügeln. Wenn sie es bei seltenen Gästen oder Fremden versuchten, hielt der Barmann sich heraus; er bediente einen Gast genauso gern wie sieben. Zwei- oder dreimal waren sie aber an den Falschen geraten. Eines Morgens kam der Inhaber des Lokals heraus und machte ihnen furchtlos und unmissverständlich klar, dass sie sich einen anderen Zeitvertreib zu suchen hätten. „Damit is jetzt Schluss, kapiert? Wenn ihr's noch mal probiert, komm ich euch mit dem Schlägel, und wen ich damit nich' erwisch, der landet im Knast. Habt ihr mich verstanden? Schluss damit!" Manchmal wurden sie aber tatsächlich von jemandem eingeladen.

Der Streifenpolizist des Reviers blieb manchmal an der Straßenecke stehen und unterhielt sich mit ihnen. Beide Seiten waren sich einig, dass es besser war, höflich miteinander umzugehen.

Im Winter schrumpfte die Gruppe ein wenig; dann standen sie in ihre alten Mäntel gehüllt und stampften den Schnee fest, während sie das Kommen und Gehen auf der Straße beobachteten. Im Sommer wurden sie lebhafter, gingen nach vorne zur Straße und schauten sich um. Auf einem verwilderten, leerstehenden Grundstück zwischen hohen Mietshäusern hatten sie sich zwischen großen Steinblöcken einen Unterschlupf eingerichtet. Ein ausgedienter Lieferwagen bot ihnen ein Dach überm Kopf. Die kleinen Bengel aus dem Viertel ließen sich hier nicht mehr blicken. Zu viele waren schon verprügelt worden, wenn sie sich zu nahe herangewagt hatten. Hier hatten die Burschen von der Straßenecke ihr Sommerquartier.

Sie waren allesamt zu schlau, um einer geregelten Arbeit nachzugehen. Einige hatten es versucht und erzählten davon wie alte Kriegsveteranen. Einer hatte eine ganz besondere Geschichte auf Lager, die davon handelte, wie er seinen Arbeitgeber, den Inhaber einer großen Futtermittelhandlung, vermöbelt hatte. Er beschrieb in allen Einzelheiten Aussehen und Kleidung seines Opfers und prahlte mit dem Reichtum und dem gesellschaftlichen Rang des Mannes. Es war ein stolzer Augenblick im Leben des jungen Kerls gewesen. Er fühlte sich wie ein Krieger, der den Häuptling eines feindlichen Stammes getötet hat.

Grundsätzlich verachteten sie die Art und Weise, wie die meisten Menschen heute ihr Leben führten. In ihren Augen war das Leben der ehrbaren Bürger öd und leer. Arbeit war etwas für Leute, die nicht den Mut hatten, aus der Tretmühle auszusteigen und alles hinter sich zu lassen, selbst wenn der Himmel einstürzte.

Die Maschinerie der Gesetze machte ihnen deutlich, dass es Leute gab, die nicht gestört werden wollten. Das Kunststück bestand darin, den richtigen Augenblick abzuwarten und diesen Leuten zu zeigen, wie belebend ein kleines Spektakel der Zerstörung sein konnte. Sie träumten davon, in das Leben der ehrbaren Bürger einzudringen, durch ihre Straßen zu stürmen, alles niederzureißen, was ihnen unterkam, und sich zu nehmen, wonach ihnen der Sinn stand. Es wäre ihre Rache für all die Freuden, die andere genossen und auf die sie selbst bisher hatten verzichten müssen – Reichtum, Frauen, Wein. Es ging ihnen wie den Barbarenhorden, die davon geträumt hatten, die Straßen Roms in Besitz zu nehmen.

Kelcey hatte solchen Respekt vor diesen jungen Männern, dass er die andere Straßenseite benutzte, wenn er in die Gegend kam. Wenn ein Passant an ihnen vorbeiging, ohne sie zu beachten, war er in ihren Augen ein eingebildeter Lackaffe, von dem sie sich beleidigt fühlten. Nahm man sie jedoch zur Kenntnis, empfanden sie es als Störung, die sie nicht auf sich sitzen ließen. Kelcey hätte sie gerne näher kennengelernt und Freundschaft mit ihnen geschlossen. Es hätte ihm ein Gefühl von Sicherheit und Unbeschwertheit gegeben; immerhin waren diese Burschen allseits respektiert.

Eines Tages wurde in einer anderen Straße Fidsey Corcoran von einem kleinen, stämmigen Mann verprügelt. Fidsey rappelte sich auf und bewarf seinen Gegner mit Steinen. Der Stämmige wich geschickt aus und verfolgte Fidsey bis zur nächsten Querstraße. Immer wieder kam er nahe genug heran, um Fidsey einen Schlag zu versetzen. Fidsey schäumte vor Wut. Sobald sein Verfolger von ihm ablassen wollte, fuhr Fidsey herum und griff seinerseits an, mit blutigem, tränenüberströmtem Gesicht und der Wut eines verletzten Tieres. Der Stämmige blieb stehen, fluchte und schlug zurück. Fidsey ergriff die Flucht, ging aber sofort zum Gegenangriff über, sobald sein Gegner den Kampf beenden wollte. Der Stämmige fragte sich, wann dieser Verrückte endlich genug Prügel eingesteckt hatte. Ratlos schaute er sich um. Ein paar Leute, die Fidsey kannten, verfolgten die Szene und versuchten, ihn zum Aufgeben zu bewegen. Der wollte davon jedoch nichts wissen und griff den stämmigen Kerl immer wieder an, kreischte wie ein verwundeter Affe und warf ihm alle Flüche an den Kopf, die er kannte.

Irgendwann war der stämmige Kerl so wütend, dass er beschloss, die Sache ein für alle Mal zu beenden. Mit drohendem Knurren stürzte er sich auf Fidsey.

Kelcey war zufällig in der Nähe und griff ein, ohne lange zu überlegen. Er packte den Stämmigen an der Schulter und versuchte ihn wegzuziehen. „Das reicht jetzt!", rief er mit Nachdruck. „Er hat genug! Lass ihn los!"

Der Stämmige versuchte sich loszureißen und fuhr knurrend zu Kelcey herum. „Lass los, du ..." Der Rest waren wüste Drohungen und Flüche.

Kelcey wurde bleich vor Angst, ließ aber nicht locker. Fidsey nutzte die Gelegenheit und stürzte sich in den Kampf.

Gemeinsam gingen sie auf den Stämmigen los, drängten ihn gegen einen Zaun und prügelten auf ihn ein. Als Fidsey einen Polizisten herbeieilen sah, suchte er fluchtartig das Weite. Kelcey bemerkte es und folgte ihm.

Drei, vier Blocks weiter blieben sie stehen. „Eine Minute länger, und ich hätt den Dicken auch allein erledigt", sagte Fidsey und wischte sich das Blut aus den Augen.

An der Straßenecke der Bande fragten die anderen: „Wer hat's dir denn gegeben, Fidsey?" Er lieferte einen dramatischen Bericht. Alle lachten. „Wo isser denn jetzt?" Dann begannen sie Kelcey auszufragen. Er erzählte seine Version der Geschichte, in der er die Rolle des Helden spielte. Ihre Blicke verrieten, dass sie ihn für einen ganzen Kerl hielten.

Als die kleine alte Frau einmal das Haus verließ, um fürs Abendessen einzukaufen, sah sie ihren Sohn bei der Seitentür der Kneipe stehen, wo er sich mit Fidsey und den anderen unterhielt. Sie schlich davon, weil sie ahnte, dass es schlimm für ihn wäre, wenn sie ihn hier zur Rede stellte, vor diesen jungen Kerlen, die ihre Mütter kein bisschen respektierten.

Als er nach Hause kam, warf er den Hut mit einem müden Seufzer hin, als hätte er einen langen, harten Arbeitstag hinter sich, doch sie legte los, bevor er mit dem Theater weitermachen konnte. Mit verächtlicher Miene ließ er ihre Predigt über sich ergehen. Es wäre hoffnungslos, ihr etwas erklären zu wollen, was sie ohnehin nie begreifen würde. Seine Mutter hatte keine Ahnung von der modernen Welt.

14

Die kleine alte Frau stand früh auf und bereitete das Frühstück zu. Immer wieder schaute sie besorgt auf die Uhr. Eine Stunde bevor ihr Sohn zur Arbeit musste, ging sie zu seinem Zimmer.

„George!", rief sie in gewohnt scharfem Ton. „George!"

Von drinnen kam ein verschlafenes Brummen.

„Zeit zum Aufstehen!", setzte sie hinzu.

Etwas später kam sie wieder. „George, kommst du endlich?"

„Hä?"

„Stehst du jetzt endlich auf?"

„Ich komm ja schon." Die Entschlossenheit in seiner Stimme war nicht echt, das hörte sie sofort. Sie trat an sein Bett und fasste ihn an der Schulter. „George … George … steh auf!"

„Lass mich", protestierte er schlaftrunken. „Bin müde."

Sie rüttelte ihn unsanft. „Es is höchste Zeit zum Aufstehn! Komm endlich!"

Ihre schrille Stimme bohrte sich in seine Ohren. Er drehte sich auf dem Kissen um und vergrub den Kopf in seinen Armen. „Lass mich in Ruhe", erwiderte er mit gedämpfter Stimme. „Es is noch genug Zeit. Zehn Minuten noch!"

Doch sie war unerbittlich. „Nein, du stehst jetzt sofort auf! Dann hast du noch Zeit fürs Frühstück und kommst rechtzeitig zur Arbeit."

Grummelnd stand er schließlich auf. Als er zum Frühstück kam, konnte er die Augen kaum aufhalten, sein Gesicht war zu einer steifen, mürrischen Grimasse verzogen.

Jeden Morgen kam seine Mutter ins Zimmer und ließ nicht locker, bis er endlich aus den Federn kam. Sie kämpfte wie ein Soldat, wich keinen Zentimeter, obwohl er bettelte und drohte. Der allmorgendliche Kampf zermürbte ihn, machte ihn unsagbar wütend. Es war eine Zumutung, er fühlte sich um seinen Schlaf betrogen. Es war ein himmelschreiendes Unrecht, ihn Morgen für Morgen zum Aufstehen zu zwingen, noch bevor die Götter des Schlafs ihn aus ihren Fängen entlassen hatten. Er hasste diese unbekannten Mächte, die über sein Leben bestimmten.

Als er wieder einmal aus dem Schlaf gerissen wurde, fluchte er wild drauflos und hörte nicht mehr auf. Er schleuderte seinen Protest in den Raum, als würde das Unrecht hier über ihm schweben. Seine Mutter zuckte kurz, dann presste sie entschlossen die Lippen aufeinander. Sie sah den Moment der Entscheidung gekommen. „Hör sofort auf zu fluchen, George Kelcey!", sagte sie mit Nachdruck. „Ich dulde es nicht, dass du so mit mir redest! Ich dulde es nicht! Ich will kein Wort mehr davon hören!"

201

Zuerst prallten ihre Worte an ihm ab wie an einer Wand, doch schließlich drang sie zu ihm durch, und er stierte verdrossen vor sich hin. „Du duldest es nich'?", schleuderte er ihr verbittert entgegen. „Was willst du dagegen tun?" Als wäre er noch nicht deutlich genug gewesen, stand er auf und pflanzte sich vor ihr auf. „Was willst du dagegen tun?" Er starrte sie finster an, wirkte aber so gedrückt wie ein verurteilter Straftäter.

Mit ohnmächtiger Geste warf sie die Hände hoch. Sie hatte ihm nichts mehr entgegenzusetzen.

Er hatte gewonnen. Wenig später nahm er seinen Hut und ging.

In den folgenden drei Tagen wechselten sie kein Wort. Er sah seiner Mutter an, wie sie litt, und genoss es, versetzte ihr bei jeder sich bietenden Gelegenheit kleine Nadelstiche. Er kannte keine Gnade, wollte ihr nur noch zeigen, dass er der Herr im Haus war. Ihre Qualen waren für ihn ein Ausgleich für das, was er selbst durchmachte.

Sie trug es still mit aschgrauem Gesicht. Es war, als hätte sie ein Gemetzel überlebt, in dem ein brutaler Feind ihr alles entrissen hatte, was sie liebte.

Eines Abends um sechs kam er nach Hause, blieb im Zimmer stehen und schaute seiner Mutter einen Augenblick beim Kartoffelschälen zu. Sie nahm sein Kommen teilnahmslos zur Kenntnis, ohne aufzublicken.

„Ich bin entlassen", sagte er ohne Umschweife.

Es war der Todesstoß. Sie zuckte auf ihrem Stuhl zusammen. Als sie schließlich aufblickte, hatte sie einen Ausdruck des blanken Entsetzens im Gesicht. „Entlassen? Arbeitslos?

Aber … George?" Er trat ans Fenster, spürte ihren starren Blick im Rücken.

„Ja. Entlassen."

„Und?", fragte sie schließlich. „Was wirst du jetzt tun?"

Er klopfte mit dem Fingernagel auf die Fensterscheibe. Seine Stimme war unnatürlich heiser in dem Bemühen, sorglos zu klingen. „Och … nichts."

Sie fing an zu weinen. „Oh, George … George …"

Er schaute sie finster an. „Was soll denn das? Is das alles, was man zu hören kriegt, wenn man rausgeschmissen wird? Man könnte meinen, es wär meine Schuld. Was kann denn ich dafür?"

Sie schluchzte zitternd vor sich hin. Ihre ganze Haltung schien auszudrücken, dass niemand ihren Kummer ermessen konnte. Er wartete einen Augenblick, dann ging er in gewohnter Art hinaus und knallte die Tür zu. Fahles Sonnenlicht fiel auf die alte Frau, die schmerzgebeugt und verloren auf ihrem Stuhl saß.

15

Am nächsten Tag stand Kelcey an der Ecke, als drei kleine Jungen angerannt kamen. Zwei blieben in einiger Entfernung stehen, der dritte kam direkt auf Kelcey zu.

„He, Ihre Alte is krank."

„Was?"

„Ihre Alte is krank."

„Blödsinn!"

„Nee, es stimmt."

„Von wem hast du das?"

„Mrs. Callahan. Sie hat gesagt, ich soll's Ihn' ausrichten. Sie soll'n nach Hause komm'."

Ein jäher Schreck durchfuhr Kelcey. Wie Lichtblitze schossen ihm Szenen aus den vergangenen Tagen durch den Kopf. Gab es so etwas wie Rache von oben? Die vertraute Umgebung hatte plötzlich etwas Dunkles, Unheilverkündendes. Die Straße, die Häuser, der Himmel, die Leute – alles schien ihm sagen zu wollen, dass ein Unglück drohte. „Gut, ich komme", sagte er mit zittriger Stimme.

Die anderen hinter ihm waren verstummt; Kelcey spürte, dass sie ihm nachschauten, als er die Straße hinunterging. Er war froh, dass sie sein Gesicht nicht sehen konnten, seine zitternden Lippen, die Angst in seinen Augen. Zu Hause angelangt, stand er einen Augenblick vor der Tür, als stünde etwas darauf geschrieben. Dann trat er ein und schaute sich besorgt um.

Seine Mutter saß am Fenster und schaute zu den Häusern gegenüber. Den Kopf hatte sie zurückgelehnt, ihr Gesicht war unnatürlich blass, doch ihr Blick war ruhig und klar.

Er fühlte eine unsagbare Dankbarkeit, sie so gefasst dasitzen zu sehen. „Was is los, Mutter? Ich hab gehört, du wärst krank", rief er und eilte zu ihr.

Sie lächelte. „Ach, nich' so schlimm. Mir war nur 'n bisschen schwindlig."

Ihre Stimme klang ruhig und kräftig, sie schien keine Schmerzen zu haben, doch die dunkle Vorahnung von vorhin war noch nicht verflogen. „Bist du sicher? Die haben mir vielleicht 'n Schreck eingejagt ...“

„Nein, es is wirklich nichts. Ich hatt 'n Schwindelanfall, bin beim Herd hingefallen. Mrs. Callahan hat mir aufgeholfen. Ich muss 'ne ganze Weile da gelegen haben. Der Doktor meint, in 'n paar Stunden is alles wieder gut. Mir tut nix weh.“

Kelcey atmete auf. „Gott, ich hatt solche Angst.“ Er strahlte vor Erleichterung. „Ich wusst ja nich', was los war.“

„Is alles wieder gut.“

Etwas betreten stand er da und schaute sie an, als könne er gar nicht glauben, dass sie noch da war. Nach der quälenden Angst erfüllte ihn nun eine tiefe Zufriedenheit. Er nahm sich einen Stuhl und setzte sich zu ihr, sprang aber gleich wieder auf. „Brauchst du irgendwas? Kann ich dir irgendwas bringen?“ Seine Augen drückten Liebe und Freude aus. Wenn es ihm nicht so peinlich gewesen wäre, hätte er sie mit liebevollen Worten überhäuft.

„Nein, ich brauch nichts.“ In beiläufigem Ton fügte sie hinzu: „Du hast wohl noch keine Arbeit gefunden, oder?“

Die Schatten der Vergangenheit senkten sich über ihn und verdüsterten seine Stimmung. Nach einigen Augenblicken sagte er etwas, das ein Versprechen war, sich zu ändern. „Nein, aber ich werd mich bemühen, bald was zu finden.“

Sein Ton verriet ihr, dass es ihm um Versöhnung ging. Sie lächelte glücklich. „Bist ein guter Junge, George.“ Ihr Gesicht strahlte wie von tausend Sternen.

Dann fragte sie: „Glaubst du, dein alter Chef würde dich wieder einstellen, wenn ich mal mit ihm rede?“

„Nein", sagte Kelcey rasch. „Das hätte keinen Sinn. Die haben genug Leute, da is kein Platz mehr frei. Es wär zwecklos." Sein Gesicht verfinsterte sich für einen Augenblick, als er an gewisse Dinge dachte, die dabei herauskämen. „Ich werd mich bemühen, was zu finden. Überall werd ich mich erkundigen. Wenn irgendwo was frei is, werd ich die Stelle kriegen."

Sie lächelte zufrieden. „So isses recht, George."

Zur Essenszeit zog er sie mit ihrem Stuhl zum Tisch und flitzte in der Küche hin und her, um etwas für sie zuzubereiten. Sie lachte fröhlich. Er stellte sich reichlich ungeschickt an, ungeübt, wie er war. Manchmal übertrieb er es mit Absicht, und sie lehnte sich zurück und lachte. Später saßen sie am Fenster, ihre Hand auf seinem Haar.

16

Als Kelcey sich von Bleecker, Jones und den anderen Geld ausleihen wollte, stellte er fest, dass sie ihn nicht mehr als ihresgleichen ansahen.

Der alte Bleecker meinte, er könne im Moment nichts erübrigen. Jones bot ihm eher gleichgültig einen Drink an. O'Connor führte lang und breit aus, dass er sich in einem finanziellen Engpass befinde. Kelcey sah ihnen an, dass sich zwischen ihnen etwas geändert hatte. Sie waren seltsam zurückhaltend, wo sie früher Verständnis und Sympathie bekundet hätten.

Auf dem Weg nach Hause traf er Fidsey Corcoran und

einen anderen aus der Bande. Sie winkten ihm zu. „Machst du mit?"

Er blieb stehen. „Was is denn los?"

„Machst du mit oder nich'?", drängte Fidsey. „Die ham 'nen neuen Barkeeper. Wir ham 'ne große Kanne auf unserm Platz." Mit einer begeisterten Geste deutete er die Größe an.

Kelcey wandte sich ab, um nach Hause zu gehen. „Nein, diesmal nich'."

„Was'n los mit dir?", sagte Fidsey. „Jetzt stell dich nich' so an! Du kriegst dein' Schluck aus der Pulle, weil du zu uns gehörst. Das wirste dir doch nich' entgehn lassen, oder? Sonst kriegt's 'n anderer. Jetzt komm schon!"

Als sie das leerstehende Grundstück erreichten, trank einer der Burschen aus einer großen verbeulten Blechkanne. Seine Kehle zuckte krampfartig. Die anderen verfolgten aufmerksam, wie er die Kanne immer höher anhob. Keiner sagte ein Wort.

Fidsey hielt es nicht länger aus. „He, Tim, alte Schnapsnase, lass uns auch noch was übrig! Glaubst du, die Kanne gehört dir allein? Her damit!"

Tim schluckte noch einmal gierig, dann setzte er die Kanne ab und fluchte. „Wer is da 'ne Schnapsnase? Ich will bloß mein' Anteil, nich' mehr! Und ich war noch nich' fertig. Glaubst du, die Kanne gehört dir? Und jetzt lass mich trinken."

Er holte Atem und setzte das Gefäß wieder an die Lippen. Fidsey griff nach der Kanne, sodass Tim sie wieder absetzen musste, um sich nicht zu verschlucken.

Fidsey riss ihm die Kanne aus den Händen und warf einen Blick hinein. „Verdammt! Jetzt schau dir das an! Von dem bisschen wird ja nich' mal mehr die Kehle feucht! Auf euch Schnapsbrüder is einfach kein Verlass. Du säufst wie 'n Loch, Tim Connigan! Schau mal, was du uns übriggelassen hast! Was denkst du dir eigentlich? Die Kanne is staubtrocken."

Tim schaute ebenfalls hinein. „Na ja, vor mir war Blue Billie dran, der hat mir nich' mehr gelassen. Ich hab bloß mal genippt."

„Du Lügner!", ereiferte sich Blue Billie. „Ich hatte doch selbst nur 'n kleinen Schluck!" Plötzlich kam ihm ein Gedanke, sein Gesicht hellte sich auf, und er ging zu Fidsey, der die Kanne hielt. „Ich hab mein' Anteil noch gar nich' gehabt. Ich bin vor dir dran, Fidsey."

Mit einem höhnischen Grinsen schwang Fidsey die Kanne hinter seinen Rücken. „Nee, da liegst du falsch, Kumpel. Du hattest dein' Anteil. Und wenn nich', haste Pech gehabt. So sieht's aus."

Blue Billie trat Fidsey entschlossen entgegen. „Rück die Kanne raus."

„Nee", sagte Fidsey.

Blue Billie gab nach und setzte sich wieder hin.

Fidsey genehmigte sich seinen Anteil. Dann trat er vor die anderen, damit Kelcey und der Bursche, der mit ihnen gekommen war, ungestört trinken konnten. „Ihr seid mir vielleicht 'n paar Suffköpfe. Wenn's nach euch geht, bleibt für die andern nix mehr übrig."

Blue Billie war immer noch stinksauer. „Ach, halt doch

die Klappe! Und dann schleppst du auch noch die zwei da an. Du hast dein' Anteil gehabt, oder? Also schieb ab, Mann!"

„Mach dich nich' wichtig, Blue. Und lass bloß die Finger von der Kanne, sonst kannste was erleben."

„Da bin ich aber gespannt. Wer will's denn mit mir aufnehmen?" Blue Billie schaute sich herausfordernd um.

„Na, Kel zum Beispiel", sagte Fidsey.

„Das glaubst du doch selbst nich'."

„Und ob."

Blue Billie schnaubte verächtlich. „Was will'n der? Wenn der mir blöd kommt, prügel ich ihn übern ganzen Platz."

Fidsey wandte sich an Kelcey. „He, Kel, hast du gehört, was der Kerl sagt?" Kelcey hatte ihnen den Rücken zugekehrt und war mit den Gedanken woanders.

Blue Billie ließ nicht locker. „Hat er gesagt, dass er mich fertigmachen kann?"

„Na klar", versicherte Fidsey. „Er hat gesagt, er macht dich so platt, dass du zwei Wochen nich' stehn kannst."

„Wann hat er das gesagt?"

„Och, schon oft. Er sagt, gegen ihn haste keine Chance."

Blue Billy stand auf und ging zu Kelcey. Die anderen folgten ihm neugierig.

„Hast du gesagt, du kannst mich fertigmachen?"

Kelcey drehte sich langsam um, den Blick zu Boden gerichtet. Er hörte, wie Fidsey den anderen erzählte, was für ein toller Kämpfer er, Kelcey, sei und dass Blue Billie keine Chance gegen ihn habe.

Kelcey trat von einem Fuß auf den anderen. „Und wenn?", brummte er leise.

Die Umstehenden waren begeistert. Die Herausforderung war ausgesprochen. Blue Billie spannte sich an. Nun war es an ihm, den nächsten Schritt zu machen. Die anderen traten ein paar Schritte zurück und schauten ihn erwartungsvoll an.

Blue Billie machte einen entschlossenen Schritt auf Kelcey zu und pflanzte sich vor ihm auf.

„Wenn du das gesagt hast", knurrte er, „dann mach ich dich platt!"

Ein kleiner Junge kam keuchend gerannt. „Is Kelcey bei euch?", platzte er aufgeregt heraus.

„He, Ihre Alte is wieder krank. Sie soll'n schnell nach Hause komm'! Sie is furchtbar krank!"

„Scher dich weg!", riefen ihm die anderen zu. Fidsey warf einen Stein nach dem Jungen – der rannte ein Stück weg, gab aber nicht auf. „Sie müssen komm', Kelcey! Ihre Mutter is schrecklich krank! Sie hat nach Ihn' gerufen! Die suchen Sie schon seit 'ner Stunde." Er wagte sich wieder näher heran, ohne Fidsey zu beachten.

Kelcey machte einen Schritt von Blue Billy weg. „Ich geh dann besser", sagte er. Die anderen protestierten, wollten ihn nicht gehen lassen. „Aber ich kann sie doch nich' …", setzte er an. „Ich kann meine Mutter jetzt nich' allein …"

Seine Worte gingen im höhnischen Gejohle der anderen unter. „Jetzt hört doch mal …", versuchte er es erneut, doch das Geschrei wurde noch lauter. „Los, Billie, zeig's ihm! Mach ihn fertig!"

Kelcey ging langsam davon. Die anderen drängten Blue Billie, ihn aufzuhalten. Der rechtfertigte sich schnaubend und schimpfend. Als Kelcey sich schon ein gutes Stück entfernt hatte, trat Billie ein paar Schritte vor und schleuderte ihm einen vernichtenden Fluch hinterher. Kelcey schaute finster zurück.

17

Als er das Sterbezimmer betrat, war er mit seinen Gedanken noch bei der Auseinandersetzung von vorher und seiner möglichen Rache an Blue Billie und den anderen.

Die kleine alte Frau lag auf ihrem Bett. Ihr Gesicht und ihre Hände hatten die Farbe der Laken. Ihre Haare waren von einem neuen, eigentümlichen Grau und hingen in wirren Strähnen über die Schläfen. Völlig reglos lag sie da, nur ihre Augen schweiften scheinbar ziellos hin und her.

Ein junger Arzt hatte ihr soeben eine Medizin gegeben. „So", sagte er zufrieden, „das wird ihr guttun." Als er zur Tür eilte, kam ihm Kelcey entgegen. „Oh", sagte er. „Sie sind der Sohn?"

Kelceys Kehle fühlte sich rau und pelzig an, seine Stimme klang erst ganz tief, dann hoch und schrill, als müsse er großen Widerstand überwinden. „Wird sie ... wird sie ..."

Der Arzt schaute zum Bett. Die Frau starrte die beiden Männer mit aufgerissenen Augen an, als wären sie Dämonen. „Schwer zu sagen", sagte der Arzt. „Sie ist eine großartige Frau. Hat mehr Lebenskraft als Sie und ich zusammen.

Wir können es nicht wissen. Es kann so oder so verlaufen. Auf Wiedersehen. Ich komm in zwei Stunden wieder."

In der Küche war Mrs. Callahan eifrig damit beschäftigt, Möbel abzustauben und zu polieren und Geschirr zu ordnen. Sie bereitete alles für die Ankunft des Todes vor. Zwischendurch schaute sie auf den Boden, als wollte sie ihn unbedingt auch noch schrubben.

Der Arzt flüsterte ihr noch ein paar Worte zu und schaute zum Bett. Als er fort war, arbeitete sie umso eifriger weiter.

Kelcey ging zum Bett. „Mutter … Mutter …", rief er, noch bevor er bei ihr war. Vorsichtig trat er ans Bett, als fürchte er, dieses geheimnisvolle Wesen könnte nach ihm greifen.

„Mutter … Mutter … kennst du mich nicht?" Mit zitternden Fingern berührte er ihre Hand.

Auf ihren Augäpfeln sah er zwei glänzende stahlblaue Punkte. Ihr starrer Blick war auf etwas Dunkles, Unheimliches gerichtet.

Plötzlich wandte sie sich verzweifelt an ihren Sohn. „Hilf mir!", stammelte sie. „Hilf mir, ich seh sie kommen!"

„Mutter!", rief Kelcey, als wäre sie weit weg. „Mutter!" Sie schaute ihn an, als versuche sie ihn mit ihren Gedanken zu erreichen, während sie gegen eine unerbittliche Macht ankämpfte, die sich in ihr festgesetzt hatte. In wirren, zusammenhanglosen Worten rief sie ihren Sohn um Hilfe.

Dann wandte sie sich wieder ab. „Da kommen sie! Da kommen sie! Schau … schau …" Ohne die Arme zu Hilfe zu nehmen, setzte sie sich auf.

Kelcey hatte das Gefühl zu ersticken. Als sie einen Schrei

ausstieß, sah er blutrote Schleier vor seinen Augen wehen. „Mutter …", stammelte er. „Mutter, da is nichts … gar nichts …"

Sie stand mit einem Geschirrtuch in der Hand in einer Küchentür. Von drinnen hatte man eben noch Geschirr klappern gehört. Draußen sah sie durch die Bäume des Obstgartens einen Mann beim Pflügen auf dem Feld. „Bill … oh, Bill, hast du Georgie gesehn? Ist er draußen bei dir? Georgie! Georgie! Komm sofort her! Auf der Stelle!"

Sie begann mit irgendwelchen Leuten im Zimmer zu reden. „Ich will wissen, was ihr hier wollt! Ihr sollt gehen! Ich will euch nich' hier haben! Mir is heut nich' gut! Lasst mich in Ruhe!" Ihre Stimme wurde immer gereizter. „Geht weg! Geht weg!"

Kelcey saß zusammengesunken auf einem Stuhl. Seine Arme hingen schlaff herab, die Finger streiften den Boden. Er war so weggetreten, dass er das Stammeln vom Bett nicht mehr hörte. Nur das Ticken der Uhr auf dem Küchenbord drang noch zu ihm durch.

Als er aus seinem Dämmerzustand erwachte, stand der dickliche junge Priester vor ihm.

„Mein armer Junge …", begann der Mann.

Die kleine alte Frau lag mit geschlossenen Augen auf dem Bett. Auf dem Tisch am Kopfende stand ein Glas mit einer Arznei so klar wie Wasser. Die Lichtreflexe auf dem Glas hatten die Form eines silbernen Sterns. Die beiden Männer saßen nebeneinander und warteten. In der Küche hatte sich Mrs. Callahan auf einen Stuhl beim Herd gesetzt und wartete auch.

Kelcey starrte die Tapete an. Die braunen Rosen darauf erschienen ihm wie hässliche Krabben, die ihm in den Schädel kriechen wollten.

Durch die offene Küchentür sah er die Wachstuchdecke auf dem Tisch, von der warmen Nachmittagssonne beschienen. Das Fenster gab den Blick auf einen klaren Himmel frei, wie blaues Email, darunter ein Saum von Schornsteinen und Dächern, da und dort hell glänzend. Ein eintöniges Dröhnen drang ins Zimmer, der ewige Rhythmus der Stadt. Manchmal hörte man die Frau in der Küche auf ihrem Stuhl hin und her rutschen oder husten.

Aus dem Flur waren zwei Stimmen zu hören.

„Johnnie!"

„Was!"

„Komm sofort her! Du musst noch schnell rüber in den Laden!"

„Ach, Ma, schick doch Sally!"

„Nein, du gehst. Komm sofort her!"

„Na schön. Bin gleich da."

„Johnnie!"

„Ich komm ja gleich!"

„Johnnie ..." Schwere Schritte waren zu hören, ein Junge heulte. Plötzlich sprang der Priester auf und beugte sich übers Bett. Die kleine alte Frau war tot.

Armut auf Probe

Es war spät am Abend, ein feiner Regen nieselte herab. Die zahllosen Lichter der Stadt verliehen dem Pflaster einen stahlblauen und gelben Glanz. Ein junger Mann, die Hände in den Hosentaschen vergraben, schlurfte langsam, ohne große Begeisterung, auf ein Innenstadtviertel zu, wo man für wenig Geld ein Bett bekommen konnte. Sein Anzug war alt und zerschlissen, dazu trug er eine staubige Melone mit zerfetzter Krempe. Er würde heute essen wie ein Landstreicher und schlafen wie ein Obdachloser. Als er den City Hall Park erreichte, hatte er – vor allem von kleinen Jungen – bereits jede Menge Schimpfworte wie „Schnorrer" oder „Penner" einstecken müssen und fühlte sich entsprechend niedergeschlagen. Der vom Regen durchtränkte, abgenutzte Samtkragen seines Mantels legte sich schwer um seinen Hals, und wie er den nassen Gehsteig entlangtrottete, konnte er sich gar nicht mehr vorstellen, dass es noch so etwas wie Freude im Leben gab. Er schaute sich um, hielt Ausschau nach einem Ausgestoßenen, mit dem er sein Elend teilen konnte. Doch im Lichtschein der Laternen waren nur leere, vom Regen glänzende Bänke zu sehen, dahinter nasses Gras. Diejenigen, die die Bänke für gewöhnlich in Anspruch nahmen, schienen trockenere Plätze aufgesucht zu haben. Er sah nur gut gekleidete Bürger, die die Brooklyn Bridge anstrebten.

Der junge Mann wartete eine Weile an einer Straßenecke und schlurfte dann die Park Row hinunter. Mit einer gewissen Erleichterung stellte er fest, dass die Leute hier längst nicht mehr so gut gekleidet waren. Fast fühlte er sich zu Hause. Manche sahen genauso zerlumpt aus wie er selbst. Am Chatham Square lungerten Männer trübselig, aber geduldig vor Kneipen und Logierhäusern herum, fast wie Hühner in einem Unwetter. Er schloss sich diesen Männern an und beobachtete den Fluss des Lebens auf der Straße.

Im dämmrigen Licht des kalten, verregneten Abends glitt die rot und messinggelb schimmernde Straßenbahn vorbei, ruhig und unaufhaltsam, unheimlich und gefährlich. Nur manchmal ließ sie die schrille Warnglocke ertönen. Zwei Menschenströme bewegten sich die schmutzigen Gehsteige entlang, auf denen jeder Schritt einen Abdruck wie eine kleine Narbe hinterließ. Darüber hielt die Hochbahn mit kreischenden Rädern an der Haltestelle, die mit ihren Pfeilern wie eine langbeinige Krabbe über der Straße hockte. Die Lokomotive machte sich mit scharfem Keuchen bemerkbar. In einer Seitengasse waren schwarz-violette Vorhänge zu sehen, auf denen die Lichter der Straßenlaternen wie aufgestickte Blumen schimmerten.

An der Straßenecke lockte eine unersättlich anmutende Kneipe Kundschaft an. Beim Eingang lehnte ein Schild mit der Aufschrift: „Heiße Suppe heute gratis." Die Schwingtüren schnappten auf und zu wie gierige Lippen, die mit zufriedenem Schmatzen einen nach dem anderen verschlangen, wie Menschenopfer in einem heidnischen Ritus.

Von dem verlockenden Schild angezogen, ließ der junge Mann sich ebenfalls verschlucken. Ein Barmann stellte ein riesiges Glas Bier auf den Tresen, dunkel und unheilvoll;

die Schaumkrone überragte beinahe die braune Melone des jungen Mannes.

„Suppe gibt's da drüben, Leute", sagte der Barmann freundlich. Ein zerlumpter kleiner Mann von gelblicher Hautfarbe und der Jüngling nahmen ihre Biergläser und eilten zu dem langen Tisch, an dem ein Mann mit fettglänzendem, imposantem Backenbart aus einem Kessel Suppe schöpfte, bis er die beiden Hungrigen mit der dampfend heißen Brühe versorgt hatte, in der hier und dort ein Hauch von Hühnerfleisch schwamm. Der junge Mann sog die wohltuende Wärme der Suppe in sich auf und lächelte dem Mann mit dem Ehrfurcht gebietenden Backenbart zu, der das Geschehen wie ein Priester hinter seinem Altar überschaute. „Noch eine Portion?", fragte er die beiden armseligen Gestalten. Der kleine Gelbhäutige nickte rasch, doch der Jüngling schüttelte den Kopf und folgte einem Mann nach draußen, dessen schäbiges Äußeres vermuten ließ, dass er wusste, wie man zu einem billigen Nachtquartier kam.

Auf dem Gehsteig sprach er den Mann an. „Sagen Sie, wissen Sie vielleicht, wo man hier billig übernachten kann?"

Der Mann zögerte einen Augenblick und schaute zur Seite. Doch dann deutete er mit einem Kopfnicken die Straße hinauf. „Ich schlaf immer da vorn", sagte er. „Wenn ich Geld hab."

„Wie viel?"

„Zehn Cent."

Der junge Mann schüttelte bedrückt den Kopf. „Das is mir zu teuer."

In diesem Augenblick kam ein Mann in sonderbarem Aufzug schwankenden Schrittes auf die beiden zu. Zwischen dem wirren Haarschopf und dem Backenbart spähten schuldbewusst dreinblickende Augen hervor. Wenn man genauer hinsah, konnte man den Mund erkennen, der einen grausamen Zug hatte, als würde er gerade etwas zermalmen. Ein Mann, der möglicherweise in Verbrechen verstrickt war, die jedoch, wie so vieles in seinem Leben, verpfuscht waren.

Nun jedoch klang seine Stimme wie das Winseln eines Hündchens, während er seinen Augen einen flehenden Ausdruck verlieh. „Meine Herren, würden Sie 'nem armen Kerl zwei Cent für 'n Nachtlager spendieren? Fünf hab ich selbst – noch zwei, und ich krieg 'n warmes Bett. Ehrlich, mir fehlen nur zwei Cent für 'n Schlafplatz. Sie wissen ja, wie's einem gehn kann als ehrbarer Mann, wenn ein' das Glück im Stich lässt un' …"

Der zerlumpte Mann, der bis dahin teilnahmslos zugehört hatte, schaute zu dem Zug auf, der über ihnen vorbeiratterte, und sagte mit tonloser Stimme: „Ach, scher dich doch …!"

Doch der junge Mann wandte sich ungläubig an den Kerl mit der Verbrechervisage. „Sind Sie verrückt? Warum fragen Sie nicht jemand, der aussieht, als hätte er Geld?"

Der Finsterling trat unsicher von einem Fuß auf den andern und wischte mit der Hand irgendwelche unsichtbaren Hindernisse vor seiner Nase weg, während er zu einer weitschweifigen Erklärung ansetzte, die ebenso tiefschürfend wie unverständlich war.

Als er endlich verstummte, sagte der junge Mann: „Zeig mal her die fünf Cent."

Der beschwipste Finsterling setzte ein gekränktes Gesicht auf, weil seine Glaubwürdigkeit angezweifelt wurde. Beleidigt begann er mit zittrigen roten Händen in seinen Taschen zu kramen. Dann verkündete er voller Bitterkeit, als hätte man ihn betrogen: „Das sin' ja nur vier."

„Vier Cent", sagte der Junge nachdenklich. „Pass mal auf, ich bin fremd hier. Wenn du mir deinen billigen Schlafplatz zeigst, leg ich die restlichen drei Cent drauf."

Der Finsterling strahlte übers ganze Gesicht. Mit zitterndem Backenbart, scheinbar gerührt von so viel Freundlichkeit, ergriff er die Hand des jungen Mannes.

„Bei Gott", rief er bewegt, „wenn du das für mich tust, bist du 'n verdammt guter Kerl. Das vergess ich dir mein Lebtag nich'. Und wenn ich mal Gelegenheit hätt, es zurückzuzahlen, würd ich's sofort tun", brabbelte er in betrunkenem Pathos, „Auf der Stelle würd ich das, un' ich würd's dir nie vergessen ..."

Der junge Mann wich einen Schritt zurück und sah ihn kühl an. „Schon gut. Zeig mir bloß das Nachtquartier, mehr will ich gar nich'."

Mit dankbaren Gesten führte der Finsterling den jungen Mann eine dunkle Straße entlang. Vor einer schmierigen kleinen Tür blieb er stehen und hob vielsagend die Hand. „Da wär'n wir", sagte er mit uralter Weisheit in den Augen. „Ich hab dich hergebracht, damit hab ich meinen Teil getan, richtig? Wenn's dir hier nich' gefällt, bist du nich' sauer auf mich, ja? Du nimmst es mir nich' krumm?"

„Nein", sagte der junge Mann.

Der Mann mit der Verbrechervisage wedelte theatralisch mit dem Arm und ging voraus die steile Treppe hinauf. Im Gehen gab der Junge ihm drei Cent. Oben schaute ein gutmütig dreinblickender Mann mit Brille durch ein Guckloch heraus. Er nahm das Geld entgegen, trug etwas in sein Meldebuch ein und führte die beiden Gäste eilig durch einen finsteren Korridor. Schon nach wenigen Augenblicken spürte der junge Mann Übelkeit in sich aufsteigen; aus den dunklen Winkeln des Hauses stiegen ihm seltsame Gerüche in die Nase wie furchtbare ansteckende Krankheiten. Sie schienen von dicht gedrängten menschlichen Körpern zu kommen, die Ausdünstungen von tausend vergangenen Ausschweifungen und tausend gegenwärtigen Nöten.

Ein Mann – nackt bis auf ein bräunliches Unterhemd – trottete schläfrig durch den Korridor. Er rieb sich die Augen, gähnte herzhaft und fragte die Neuankömmlinge, wie spät es sei.

„Halb zwei."

Gähnend öffnete der Mann eine Tür, und für einen kurzen Augenblick zeichnete sich seine Gestalt vor dem dunklen Zimmer ab. Die drei Männer gingen ebenfalls zu dieser Tür, und als sie erneut geöffnet wurde, schlug ihnen ein infernalischer Gestank entgegen. Der junge Mann musste wie gegen übermächtige Windböen ankämpfen.

Es dauerte eine Weile, bis er in der Dunkelheit etwas sehen konnte, doch der Mann mit dem gutmütigen Brillengesicht führte ihn sicher durch den düsteren Raum und blieb stehen, um dem Finsterling eine Pritsche zuzuweisen. Den jungen Mann brachte er zu einer Pritsche an einem ruhigen Platz beim Fenster und zeigte ihm einen großen Spind für die Kleidung, der wie ein Grabstein am Kopfende stand. Dann ließ er ihn allein.

Der Junge setzte sich auf seine Pritsche und schaute sich um. In einiger Entfernung brannte eine orange leuchtende Gasflamme, die tanzende Schatten in alle Winkel des Raumes warf, bis auf einen grauen Dunst in ihrem unmittelbaren Umkreis. Als seine Augen sich an die Dunkelheit gewöhnt hatten, sah er auf den dicht gereihten Pritschen Männer wie tot daliegen. Manche schnarchten und röchelten wie unter Qualen.

Der Junge verschloss Hut und Schuhe im Spind, dann legte er sich hin, in seinen alten, vertrauten Mantel gehüllt. Vorsichtig fasste er die bereitliegende Decke an und zog sie nur zur Hälfte über den Mantel. Die lederbezogene Pritsche fühlte sich so kalt an wie schmelzender Schnee. Eine Weile zitterte er vor sich hin, bis er sich an die Kälte gewöhnte und zu seinem Freund, dem Mann mit der Verbrechervisage, schaute, den er undeutlich auf seinem Lager erkennen konnte. Reglos lag er da, bis obenhin abgefüllt, wie er war. Sein Schnarchen war nicht zu überhören. Die nassen Haare und der Bart glänzten, seine Nase leuchtete wie ein rotes Licht im Nebel.

Der Junge schaute zur Seite und sah nur eine Armlänge entfernt einen Mann mit gelblicher Haut auf einer Pritsche liegen, Brust und Schultern der Kälte ausgesetzt. Ein Arm hing seitlich herab, die Finger auf dem feuchten Betonboden. Unter den schwarzen Brauen waren die Augen halb geöffnet. Dem jungen Mann kam es so vor, als würde ihn dieser Kerl, der aussah wie ein Leichnam, drohend anstarren. Er rückte ein Stück weg, ohne seinen Nachbarn aus den Augen zu lassen. Der Mann zeigte nicht die kleinste Regung, lag da wie tot – ein Leichnam, bereit zum Sezieren.

Überall im Zimmer sah man bräunlich getönte Haut, in die Dunkelheit gestreckte Glieder, angewinkelte Knie, Arme, die lang und dünn von den Pritschen herabhingen. Die meisten wirkten leblos wie Statuen. Mit den seltsamen Spinden, die wie Grabsteine herumstanden, kam man sich vor wie auf einem Friedhof, auf dem man die Toten nicht begraben, sondern nur hingeworfen hatte.

Zwischendurch erwachte einer aus der Erstarrung, ein Arm oder Bein wurde im Albtraum hochgerissen, begleitet von einem erstickten Aufschrei, einem Grunzen, einem Fluch. In einem dunklen Winkel wurde ein Kerl im Traum anscheinend von etwas Furchtbarem geplagt, denn er stieß plötzlich langgezogene Klagelaute aus, die wie das Jaulen eines Hundes klangen. Gespenstisch hallte es durch den kalten Raum voller Grabsteine, in dem Männer wie tot dalagen.

Der durchdringende Ton, der hoch und schrill ansetzte und in einem schmerzlichen Stöhnen ausklang, drückte eine unaussprechliche Tragödie aus, die der Mann im Schlaf durchmachte. Für den Jüngling waren es nicht bloß die Schreie eines von Albträumen geplagten Mannes; ihm erzählten sie die Geschichte dieses Zimmers und seiner Bewohner. Es war der Aufschrei eines armen Teufels, der in einem gnadenlosen Räderwerk zermalmt zu werden droht, dessen Stimme nicht mehr die eines einzelnen Menschen ist, sondern der Klage einer großen Gruppe, einer Klasse, eines ganzen Volkes Ausdruck verleiht. Solche Gedanken gingen dem jungen Mann durch den Kopf, während er die dunklen Schatten beobachtete, die sich wie mächtige schwarze Finger um die halbnackten Körper legten. Statt zu schlafen, lag er auf seiner Pritsche und dachte sich Lebensgeschichten für die Männer aus, soweit es ihm seine bescheidene Erfahrung ermöglichte. Ab und an heulte der Mann in seiner Ecke auf, von den dunklen Mächten seiner Träume gepeinigt.

Endlich drang eine Lanzenspitze grauen Lichts durch die trüben Fensterscheiben herein. Draußen sah der junge Mann schmutzigweiße Dächer in der Morgendämmerung. Das Licht wurde gelb und immer heller, bis die kräftigen goldenen Strahlen der Morgensonne den Raum durchfluteten. Sie fielen auf die Gestalt eines kleinen dicken Mannes, der stotternd vor sich hin schnarchte. Sein runder kahler Kopf begann zu leuchten. Er setzte sich auf, blinzelte in die Sonne, fluchte unwirsch und zog sich die Decke über den im Morgenlicht erstrahlenden Schädel.

Der Junge beobachtete noch eine Weile, wie eine Gestalt nach der anderen von dem grellen Licht aus dem Schlaf gerissen wurde, bis er irgendwann selbst einschlief. Als er erwachte, hörte er den Mann mit der Verbrechervisage fluchen. Er hob den Kopf und sah seinen Kameraden auf der Bettkante sitzen und sich mit seinen langen Fingernägeln wie mit Feilen am Hals kratzen.

„Himmelherrgott, das is 'ne ganz neue Sorte! Die müssen Büchsenöffner an den Füßen haben." Er ließ eine wütende Tirade vom Stapel.

Der junge Mann schloss rasch seinen Spind auf und nahm Hut und Schuhe heraus. Während er auf der Bettkante saß und sich die Schuhe zuband, schaute er sich um und stellte fest, dass das Tageslicht den Raum nun recht gewöhnlich und uninteressant erscheinen ließ. Überall waren Männer mit gelassenen, stumpfen oder abwesenden Gesichtern dabei, sich anzuziehen, während da und dort Zurufe und spöttische Bemerkungen ausgetauscht wurden. Manche stolzierten splitternackt auf und ab, kräftige Burschen mit schimmernder Haut. Groß und unerschütterlich standen sie da wie Häuptlinge. Wenig später sahen sie in ihren schäbigen Kleidern völlig verändert aus. Die ebenmäßigen Körper hatten sich in unförmige Gestalten verwandelt.

Bei anderen war der Körper selbst deformiert; sie hatten schiefe Schultern, waren bucklig, verkrümmt, knochig oder fettleibig – wie der kleine dicke Mann, der sich geweigert hatte, sein kahles Haupt von der Morgensonne krönen zu lassen. Mit seiner birnenförmigen Gestalt watschelte er auf und ab und schimpfte wie ein Fischweib. Anscheinend war über Nacht etwas von seinen Habseligkeiten verschwunden.

Der junge Mann zog sich rasch an und ging zu seinem Freund, dem Kerl mit der Verbrechervisage. Der schaute den Jüngling im ersten Moment verdutzt an. Doch dann schien er in seiner umnebelten Erinnerung etwas Gutes mit diesem Gesicht zu verbinden. Er kratzte sich am Hals und dachte einen Moment nach, dann trat ein breites Grinsen auf sein Gesicht.

„Hallo, Willie", rief er erfreut.

„Hallo", sagte der Junge. „Bist du bereit zum Aufbrechen?"

„Klar." Der Finsterling schnürte seinen Schuh sorgfältig mit einem Stück Bindfaden und schloss sich ihm an.

Als sie auf die Straße hinaustraten, war es für den jungen Mann kein Moment der Erleichterung, wieder frische Luft atmen zu können. Er hatte die üblen Gerüche im Haus gar nicht mehr wahrgenommen.

Die überraschende Erkenntnis beschäftigte ihn, während sie die Straße entlanggingen – bis er plötzlich die vor Aufregung zitternde Hand seines Begleiters am Arm spürte.

„Ich fress 'n Besen, wenn da oben in der Spelunke nich' 'n Kerl mit 'nem Nachthemd war!", rief der Mann mit vor Erregung bebender Stimme.

Der Junge war einen Augenblick verdutzt, dann lächelte er über den Humor des Kameraden.

„Ach wo, du bist 'n verdammter Lügner", sagte er gutmütig.

Der Finsterling gestikulierte wild und schwor bei irgendwelchen unbekannten Göttern, die reine Wahrheit zu sagen. Immer wieder beteuerte er, dass ihn alles erdenkliche Ungemach ereilen solle, wenn er lüge. „Ich hab's genau gesehn!", beschwor er mit weit aufgerissenen Augen. „Jawohl, Sir! Ein Nachthemd! Schneeweiß noch dazu!"

„So ein Unsinn!"

„Nee, Sir! Tot umfallen will ich, wenn da nich' 'n Kerl mit 'nem blütenweißen Nachthemd war!"

Sein Gesicht drückte unermessliches Staunen aus. „Ob du's glaubst oder nich', 'n weißes Nachthemd", wiederholte er.

Der junge Mann sah den Eingang zu einem Keller-restaurant. Auf einem Schild stand: „Hackbraten ohne Ho-kuspokus". Was da sonst noch in verblassten Buchstaben zu lesen war, sagte ihm ebenfalls, dass dies ein Lokal war, das seine Mittel nicht überstieg. „Ich glaube, ich werde et-was essen", sagte er zu seinem Begleiter.

Der wirkte mit einem Mal verlegen. Er betrachtete das verlockende Schild, dann setzte er sich langsam in Bewe-gung. „Na dann, mach's gut, Willie", sagte er tapfer.

Einen Moment lang schaute der junge Mann ihm nach, dann rief er: „Wart mal 'ne Sekunde." Als sie wieder bei-einanderstanden, redete der Junge mit Nachdruck auf den anderen ein, als fürchte er, allzu wohltätig zu erscheinen. „Wenn du frühstücken willst, kann ich dir drei Cent lei-hen. Aber dann musst du dir selbst helfen. Ich kann dich nich' aushalten, sonst bin ich bis heut Abend selbst pleite. Ich bin kein Millionär."

„Ich schwör's", sagte der Finsterling mit großem Ernst. „Meine Kehle is staubtrocken. Was ich wirklich brauch, sin' 'n paar Drinks. Aber das is ja wohl nich' drin, also nehm ich gern auch 'n Frühstück. Wenn du das für mich tust, bist du mit Abstand der anständigste Kerl, der mir je übern Weg gelaufen is."

Eine Weile versicherten sie einander wortreich, was für

ein ehrenwerter Mensch der andere doch sei, klug und ein wahrer Gentleman. Dann betraten sie das Restaurant.

Drinnen sahen sie einen gedämpft beleuchteten, langen Tresen. Zwei, drei Männer mit fleckigen weißen Schürzen eilten hin und her.

Der junge Mann kaufte eine Tasse Kaffee für zwei Cent und ein Brötchen für einen Cent. Sein Kamerad nahm das Gleiche. Die Tassen waren mit braunen Sprüngen durchzogen, die Blechlöffel sahen aus, als stammten sie aus der Cheopspyramide, mit ihren schwarzen Krusten und den zahllosen Schrammen aus uralten Zeiten. Die Mahlzeit erfüllte die beiden Wanderer mit wohliger Wärme, machte den Finsterling gesprächig und verlieh dem Jüngling neuen Mut.

Sein Kamerad begann in Erinnerungen zu schwelgen und verlor sich in endlos langen Geschichten, verwickelt und zusammenhanglos, mit atemloser Geschwätzigkeit vorgetragen: „... war 'n toller Job drüben in Orange, bloß hält der Boss dich mächtig auf Trab. Ich war drei Tage dort, da hab ich ihn gefragt, ob er mir 'n Dollar leiht. ‚Sch-scher dich zum Teufel‘, sagt er – da war ich den Job wieder los ... den Süden kannste vergessen. Die verdammten N***er arbeiten für fünfundzwanzig oder dreißig Cent am Tag. Da schaust du als Weißer blöd aus der Wäsche. Aber das Essen war nich' übel. Lässt sich schon leben, dort ... hab auch mal in Toledo gearbeitet, als Flößer. Im Frühjahr kannste zwei oder drei Dollar am Tag verdienen. Hab gelebt wie 'n König. Nur im Winter, da isses dort schweinekalt ... aufgewachsen bin ich in New York, im Norden. Musst du mal hin. Bloß gibt's da kein Bier und kein' Whisky tief in den Wäldern. Aber gutes warmes Essen hatten wir. Vielleicht wär ich heut noch dort, wenn der Alte mich nich' rausgeschmissen hätt. ‚Hau ab, du nutzloser Strolch‘, hat er gesagt, ‚von mir aus kannste krepieren.‘ ‚Du bist mir vielleicht 'n Vater‘, hab ich gesagt. Der hat mich nich' wiedergesehn."

Als sie das düstere Speiselokal verließen, sahen sie einen alten Mann, der sich mit einem kleinen Proviantpäckchen davonstehlen wollte. Ein großer Kerl mit imposantem Schnurrbart versperrte ihm jedoch den Weg. Der Alte protestierte kläglich. „Immer woll'n Sie wissen, was ich bei mir hab, wenn ich geh, aber keiner sieht, dass ich immer was dabei hab, wenn ich von der Arbeit herkomm."

Während die beiden gemächlich die Park Row entlangschlenderten, plauderte der Mann mit der Verbrechervisage munter weiter. „Also wirklich, wir leben wie die Könige", sagte er und schmatzte genüsslich mit den Lippen.

„Pass bloß auf, dass wir heut Abend nich' dafür büßen müssen", warnte der junge Mann. Doch sein Begleiter wollte sich jetzt nicht mit der Zukunft beschäftigen. Sein leichtes Hinken kaschierte er mit übermütigen Hüpfern. Er grinste übers ganze Gesicht.

Im City Hall Park setzten sie sich auf eine der kreisförmig angeordneten Bänke, die seit jeher von ihresgleichen bevölkert wurden. Sie hüllten sich enger in ihre alten Sachen und ließen die Stunden verrinnen, die für sie keine Bedeutung hatten.

Die dunklen Gestalten, die auf der Straße hin und her

eilten, verschwammen ihnen zu einer unüberschaubaren Masse, die in ständiger Bewegung war und sich doch kaum veränderte. In ihren guten Kleidern schienen sie alle in wichtiger Mission unterwegs zu sein und hatten keinen Blick für die beiden Wandervögel auf der Bank. Sie führten dem jungen Mann vor Augen, wie weit er in diesem Augenblick von allem entfernt war, was er im Leben schätzte. Eine respektable Stellung in der Gesellschaft und die vielen Annehmlichkeiten des Lebens erschienen ihm wie ein fernes unerreichbares Königreich. Das Schauspiel auf den Straßen ließ ihn schaudern.

Die hoch aufragenden Gebäude waren für ihn Ausdruck einer Nation, die ihr Haupt zu den Wolken erhob und keinen Blick mehr dafür hatte, was sich in den Niederungen des Lebens abspielte. In ihrem Streben nach Höherem übersah sie die Elenden, die im Staub ihr Dasein fristeten. Das Brummen der Stadt erschien dem jungen Mann wie ein Gewirr aus fremden Sprachen, die zu einem unverständlichen Brei verschmolzen. Es klang wie das Klimpern von Münzen, wie die Stimme aller Hoffnungen, die in dieser Stadt keimten und die ihm nun hohl und leer erschienen.

Er bekannte sich als Ausgestoßener. Seine Augen, unter der herabgezogenen Hutkrempe verborgen, nahmen einen schuldbewussten Ausdruck an, als hätten ihn seine Überzeugungen auf verbotenes Gelände geführt.

229

Der fahle Schein des Reichtums

„Wenn du diese Einladung annimmst, hast du Gelegenheit zu einer interessanten Gesellschaftsstudie", sagte der alte Freund.

Der junge Mann lachte. „Wenn die mich dabei erwischen, dass ich sie studiere, geht's mir an den Kragen. Dann jagt mich die ganze Familie die 50. Straße hinunter."

„Trotzdem wäre es interessant", meinte der alte Freund, der die Dinge meist nur von einer Seite betrachtete. „Man hört so oft, Millionäre führen ein freudloses Leben. Den Armen erzählt man gern, der Millionär sei im Grund ein unglücklicher Mensch. Reichtum, heißt es, ziehe das Unglück regelrecht an, und gekrönte Häupter seien allesamt gramgebeugt und ..."

„Aber ...", setzte der junge Mann an.

„Und damit sollen sie sich in ihrer eigenen bedrückenden Armut trösten, die ein menschenwürdiges Leben unmöglich macht", fuhr der Freund fort, streckte seine behandschuhte Hand aus und tippte mit einem Finger der anderen Hand darauf, um seinen Worten Nachdruck zu verleihen. Er stand mit leicht gespreizt Beinen da, während er seine Ansprache hielt. „Ich halte das für ein Klischee, an dem so gut wie gar nichts dran ist. Es stimmt wohl, dass Reichtum einen nicht vor allem schützt, was einen Menschen heimsuchen kann. Das Leben lässt sich nun mal nicht bestechen. Vermutlich hat jeder seine ganz persönliche Tragödie – oder glaubt es zumindest – und wünscht sich ein anderes Leben. Trotzdem kann ich mir beim besten Willen nicht vorstellen, dass sich das die Waage hält; dass sich unter jedem kostbaren Mantel irgendein unsichtbares Unglück verbirgt und unter jedem zerlumpten Rock etwas Gutes und Erstrebenswertes. So etwas zu predigen, erscheint mir zynisch und verlogen. Es gibt nun mal Menschen mit vielfältigen Möglichkeiten und Menschen ohne die geringste Aussicht auf …"

„Ich verstehe nicht", wandte der junge Mann ein, „was das alles mit meinem Besuch bei Jack zu tun haben soll."

„Es hat sogar sehr viel damit zu tun", sagte der alte Freund schroff. „Wie gesagt, es gibt Leute, denen alles offen steht, und Leute ohne jede Aussicht auf …"

„Das mag ja sein, aber daran ist nicht Jack schuld. Er hat niemanden seiner Möglichkeiten beraubt. Ein anständigerer Kerl als er ist mir noch nie begegnet", sagte der junge Mann fast schwärmerisch. „Ich kenne ihn schon ewig. Es ist ja nicht seine Schuld, dass es auf der Welt ungerecht zugeht. Und wenn er, wie du sagst, von einem Zustand profitiert, den andere verursacht haben, dann macht ihn das nicht zu einem Verbrecher."

„Das hab ich auch nicht gesagt", hielt der alte Freund dagegen. „Niemand ist dafür verantwortlich. Wenn es einen Schuldigen gäbe, wäre alles ganz einfach, dann hätten wir jemanden, den wir anklagen können. Sieh mal, unsere moderne Zivilisation ist …"

„Ach, zum Kuckuck", entfuhr es dem jungen Mann.

Der alte Freund stand steif und aufrecht da und machte ein strenges Gesicht. „Dass du mir andauernd ins Wort fällst, zeigt mir, dass du noch nicht genug durchgemacht hast. Eines Tages wirst du hoffentlich manches ein bisschen anders sehen. Du bist noch …"

„Da ist er ja", rief der andere und deutete auf einen vorbeigehenden jungen Mann. Er eilte auf ihn zu, drehte sich kurz um und winkte seinem Freund zum Abschied.

Das breite braune Haus wirkte so schlicht und unerschütterlich wie das Gesicht eines Bauern. Es ließ nicht die geringste künstlerische Note erkennen, doch gerade das Schmucklose verlieh ihm eine gewisse Symbolkraft. Wie ein mächtiger Steinklotz stand es da, zuverlässig und seiner selbst gewiss. Obwohl mancher Betrachter sich fragen mochte, warum jemand so viel Geld in ein Haus steckte, dessen hervorstechendes Merkmal der Verzicht auf jede Ästhetik war. Aus einem anderen Blickwinkel betrachtet, bezog es seinen Wert und seine Größe aus einer Tradition, die auf festen Überzeugungen beruhte.

Die wuchtige Tür wurde geöffnet. Der Diener musterte den Jüngling mit einem kurzen Blick, der schwer zu deuten war, jedoch ein gewisses Misstrauen auszudrücken schien. Der junge Mann hatte ein Gefühl, als wäre er als barbarischer Eindringling entlarvt worden von diesem Torwächter mit seinem unfehlbaren Urteil, der die aristokratische Lebensweise viel strenger verkörperte als jene, denen er diente. Mit einer hämischen Vorfreude, auf die er nicht stolz war, stellte sich der Jüngling vor, wie er sich bei Gelegenheit an diesem Diener rächen würde, der ihn mit seinem verächtlichen Blick gestraft hatte. Für einen Augenblick sah er sich in einer erhabenen gesellschaftlichen Position, die es ihm mit einer wegwerfenden Geste ermöglichte, jeden dieser Götzendiener der Oberschicht auf seinen Platz zu verweisen. In seinen unausgegorenen Fantasien erschien es ihm nicht abwegig, dass er in dieses Haus zurückkehren und dank seiner überragenden Stellung diesen Diener in Grund und Boden stampfen würde.

Er war mit einem Gefühl der Unbefangenheit gekommen, doch nach diesem Vorfall erfüllte ihn die Pracht im Inneren des Hauses nun doch mit Ehrfurcht. Er war als Fremdling in ein Märchenland eingedrungen, um Eindrücke zu stehlen, auf die er kein Anrecht hatte. Ihm war, als könnte jeden Augenblick jemand kommen und ihm sagen, dass er hier nichts verloren habe.

Sein Freund, der nicht wissen konnte, welch widersprüchliche Gedanken ihn beschäftigten, ging bereits voraus zur breiten Treppe. „Komm", rief er. Als der junge Mann von dem dicken Teppich auf den blanken Fliesenboden trat, war ihm beinahe ängstlich zumute.

Hier herrschte eine kühle, düstere Atmosphäre. Hoch oben ließ das Sonnenlicht die bunten Glasfenster leuchten, deren Reflexionen an die Wand geworfen wurden. Ein breiter Lichtstreifen verlieh den Blättern der Pflanzen einen goldenen Schimmer. Kopf und Schultern eines bronzenen Schwertkämpfers erstrahlten in einem gedämpften blutroten Farbton, während er in seiner ewigen Angriffspose auf den unsichtbaren Feind einhieb.

An einem Ende befand sich ein riesiger Kamin, der an ein Palasttor erinnerte, an dessen Schwelle rote Flammen züngelten. Irgendwo in der Ferne zwitscherte ein Vogel vor sich hin. Und hinter schweren Türvorhängen hörte man gedämpfte Frauenstimmen – es mochten drei, zwanzig oder hundert sein.

Erst im Zimmer seines Freundes vermochte er das Gefühl der Ehrfurcht abzuschütteln. Sie setzten sich in bequeme Sessel und rauchten eine Pfeife. Das ganze Zimmer strahlte unglaubliche Bequemlichkeit aus. Es lud den Gast förmlich dazu ein, zu tun, was ihm gefiel; man sah auf den ersten Blick, dass auch sein Bewohner hier jede Freiheit genoss. Der junge Mann fragte sich, ob es größerer häuslicher Auseinandersetzungen bedurft hatte, um sich in einer so wunderbaren Unordnung einrichten zu können. Fast provokant lagen Gegenstände an den unmöglichsten Plätzen und forderten jede althergebrachte Vorstellung von Ordnung heraus. Den Mittelpunkt des Zimmers bildete ein Tisch, den sich in großzügigem Durcheinander Boxhandschuhe, illustrierte Zeitschriften, Schreibzeug und ein Hut teilten. Hier wohnte offensichtlich ein junger Mann, der, wenn seine Ehrfurcht gebietende Mutter, seine Schwestern oder ein Diener anklopfte, die Tür nur einen Spaltbreit öffnete, wie ein Chinese in einer Opiumhöhle, und höflich, aber bestimmt, darauf bestand, in Ruhe gelassen zu werden. Die Unordnung des Zimmers schien ein sinnvolles Ganzes zu ergeben, als wären die Dinge von der Hand eines Künstlers an ihren Platz geworfen. Einer Gitarre kann auch ein kleines Kind ein paar Töne entlocken. Hätte man aber nur einen Haufen Geschirr in einer Küche in der Cherry Street zur Verfügung, so bedürfte es eines Genies, um etwas daraus zu machen.

Der Freund des jungen Mannes lehnte sich in seinem bequemen Stuhl zurück, der dem Verlauf des Fensterrahmens folgte, und rauchte genüsslich seine Pfeife. Draußen war die fensterlose Wand eines von Weinreben überwucherten Hauses zu sehen. Daneben war gerade noch die Mündung einer Seitenstraße zu erkennen. Auf der anderen Seite des Hofes befanden sich die Stallungen. Ein kleiner Foxterrier jagte mit wütendem Gebell im Hof umher.

Der junge Gast, der es sich ebenfalls bequem gemacht hatte, trug seinen Teil zum Gespräch über die vergangen Tage auf dem College bei, doch nebenbei keimte ein Gedanke in ihm auf. Es erschien ihm überaus bemerkenswert und ganz und gar nicht selbstverständlich, dass sie beide hier sitzen und sich dem süßen Nichtstun hingeben konnten, während es draußen in der Welt Männer gab, vielleicht genauso klug und anständig, die sich in den Niederungen des Lebens abmühen mussten. Warum? Weil es sich eben so gefügt hatte. Die unsichtbare Hand des Schicksals hatte sie beide hierhergeführt und andere dorthin. Das ewige Rätsel der gesellschaftlichen Verhältnisse, in die man hineingeboren wurde, ließ ihn nicht los. Er fragte sich, ob das, was gemeinhin als unbegreifliche Fügung akzeptiert wurde, nicht schon Hand in Hand ging mit grobem Unrecht.

Vor allem aber fragte er sich, warum er so beeindruckt war von dieser Anhäufung kostbarer Dinge, dieser edlen Trophäensammlung, die doch nur der Zurschaustellung von Reichtum zu dienen schien. Warum empfand er dennoch einen tiefen Respekt davor? Vielleicht waren seine

Vorfahren einfache Bauern gewesen, die mit gebeugten Häuptern zu den Mächtigen dieser Welt und ihrem Prunk aufschauten. Er selbst war zwiegespalten; einerseits wusste er, dass es Wichtigeres und Kostbareres im Leben gab, andererseits verneigte er sich ebenfalls vor diesen Symbolen von Reichtum und Macht.

Trotzdem, wenn er es recht bedachte, konnte er stolz auf sich sein, sagte er sich und streckte die Beine aus wie in einem Garten – dem Garten, den das Leben ihm zugewiesen hatte. Es hatte Zeiten gegeben, in denen ihm ständig leise Stimmen aus dem Dunkel zugerufen hatten. Jetzt hörte er sie nur noch als fernes Gemurmel am Horizont seines Bewusstseins. So musste es auch sein. Es gab diesen Horizont, also musste es dort auch schmerzliches Gemurmel geben. Es war wie ein Gesetz, dachte er. Außerdem war alles vielleicht gar nicht so schlimm wie die murmelnden Stimmen ihm weismachen wollten.

Ihm wurde plötzlich klar, dass er zum Philosophen geworden war. Zu einem weisen Mann, der sehr wohl weiß, dass er auch nur drei Mahlzeiten am Tag verzehren kann, der seinen Geschäften nachgeht und die Bedeutung der Macht versteht. Er fühlte sich wertvoll. Er war weise und wichtig.

Dazwischen mischte sich eine Stimme, die ihm klarmachte, dass diese erhabenen Gedanken dumm und müßig waren. Dennoch genoss er sein Hochgefühl mit der kindlichen Freude des Barbaren. Es war wunderbar, sich so mächtig zu fühlen, dass selbst das scheinbar Unerreichbare so leicht erworben werden konnte wie ein Laib Brot.

In diesem Augenblick erschien ihm nichts unmöglich. Er erging sich in königlichen Fantasien.

Als sie sich für das Abendessen umkleideten, wandte sich sein Freund mit einer Warnung an ihn. „Wenn du mit meiner Mutter sprichst, gib bitte nichts von dir, was einem klugen, originellen Gedanken auch nur ähnlich sieht. Mir wäre daran gelegen, dass sie dich mag. Aber ich kenne sie zu gut; wer in ihrer Gegenwart auch nur ein kluges Wort sagt, ist für sie erledigt. Beschränk dich also auf banale Dinge. Kurz gesagt, sei langweilig und gewöhnlich, dann kann nichts schiefgehen."

„Das wird mir sicher nicht schwerfallen", meinte der Gast.

„Was meinen Alten betrifft", fuhr sein Freund fort, „er ist ein prächtiger Kerl. Er hat seine Marotten, aber wenn du ihn ein bisschen besser kennst, wirst du sehen, dass er schwer in Ordnung ist. Außerdem lässt er mich in Ruhe, weil ich ihm die Stirn biete, wenn es sein muss. Alles in allem ist er in Ordnung."

Auf dem Weg nach unten verging dem jungen Mann die gute Laune sehr schnell. Er verlor sie wie einen Hut, während er die Treppe hinunterstieg. Wieder überwältigte ihn die reiche Vielfalt an Farben und Formen, und er verneigte sich vor dieser Demonstration der Macht. Sie sprach ihn auf eine Weise an, die er eigentlich verachten sollte; stattdessen beugte er demütig den Kopf. In der Ferne sah er seinen Feind, den Diener.

„Heute kommen keine Gäste, also wirst du wahrscheinlich die üblichen Geplänkel zwischen meiner Schwester

Mary und mir erleben. Denk dir nichts dabei, das ist bei uns etwas Alltägliches", sagte sein Freund, bevor sie einen kleinen Salon betraten, der etwas abseits der prächtigeren Räumlichkeiten lag.

Das Familienoberhaupt, der berühmte Millionär, saß auf einem niedrigen Schemel beim Kamin und verfolgte fasziniert das Herumtollen einer kleinen Katze, die versuchte, auf dem Kopf zu stehen, um mit allen vier Pfoten die Abendzeitung zu erwischen, mit der ihr Spielgefährte sie anstupste. Der alte Mann gluckste vergnügt. Es war ein Bild der völligen Sorglosigkeit. Der millionenschwere Geschäftsmann war in ein fernes Land entrückt, das ebenso gut einem Mechaniker oder Fliesenleger zugänglich war, einem Zauberland der unschuldigen menschlichen Emotionen – und es war ein verspieltes Kätzchen, das ihn dorthin entführt hatte.

Seine Frau, die neben ihm stand, machte nicht den Eindruck, je im Reich der Fantasie zu verweilen. Allzu fest schien sie in der Realität des Alltags verwurzelt. Allem Anschein nach wollte sie mit ihrem Gemahl irgendeine wichtige Haushaltsfrage besprechen, doch zu ihrem nicht geringen Ärger nahm er in diesem Augenblick weder ihre Existenz noch die irgendeiner wichtigen Haushaltsfrage zur Kenntnis. Immer wieder versuchte sie seine Aufmerksamkeit zu erlangen.

Als der junge Mann eintrat, war sie der Verzweiflung nahe; ihr Blick verriet, dass ihr das ganze Ausmaß der Tragödie bewusst war. *Ach,* schienen ihre Augen auszudrücken, *was hab ich doch für eine schwere Last zu tragen. Die ganze Verantwortung ruht allein auf meinen Schultern.* Man hätte glauben können, ihr Weg sei mit tausend Problemen übersät, die es zu lösen galt, während ihr Gemahl, der Millionär, mit seinem Kätzchen spielte. Sie hatte den Gesichtsausdruck einer tragischen Heldin.

Der junge Mann sah, dass sein alter Freund mit seiner Einschätzung zumindest in diesem Fall nicht recht hatte. Es war schwer vorstellbar, dass es im Leben dieser Frau auch nur einen flüchtigen Augenblick der Freude gab, dass sie ihr Leben in irgendeiner Weise genießen konnte. Ihr Gesicht zeigte die Spuren von Sorge, Müh und Plage, nicht anders als das Gesicht einer armen Apfelverkäuferin. Es war, als hätte jede gesellschaftliche Verpflichtung, jede Aufgabe, die ihr Leben und ihre Stellung ihr auferlegten, tiefe Spuren in ihrem Gesicht hinterlassen. Irgendwo war da auch ein grimmiger Stolz, der aber nicht der Freude am Gelingen erwuchs, sondern allein dem gewissenhaften Befolgen von Konventionen.

Der schmallippige Mund und das vorgereckte Kinn ließen erkennen, dass sie eine unerbittliche Kämpferin war. Sie hatte etwas von einem General, der hundert Schlachten geschlagen hatte. Die kleinen Narben in den Augenwinkeln verliehen ihr etwas Verwegenes, als könnten noch so viele Rückschläge oder Verwundungen sie nicht in ihrer Entschlossenheit wanken lassen. Sie hatte etwas von einer barbarischen Kriegerin, einer antiken Speerkämpferin, die für Dinge kämpfte, denen im Leben höchster Stellenwert beigemessen wurde, einer Zulu- Häuptlingsfrau, die ihre Opfer auf dem Altar des gesellschaftlichen Ansehens brachte. Und wehe dem Unwürdigen, der es wagte, sich diesem feuerspeienden Drachen in den Weg zu stellen.

Es war unvorstellbar, dass sie sich jemals im Schatten der Bäume ausruhte. Ihre Gedanken kamen wahrscheinlich nie zur Ruhe, immer mussten Pläne geschmiedet und Strategien ausgeheckt werden, um einen Rivalen aus dem Feld zu schlagen oder eine Familie zu übertrumpfen. Immer gab es irgendwo jemanden, der ihren Zorn auf sich zog und dafür büßen musste.

Der junge Mann kam zu dem Schluss, dass alles Konservative hier seinen Kern hatte. Es waren die Mütter, die die Traditionen bewahrten und im Hintergrund die Fäden zogen; jene altehrwürdigen Frauen, die kostbaren Schmuck nicht zur Zierde trugen, sondern um sich Respekt zu verschaffen, in einem Ausmaß, das jede menschliche Dimension überstieg. Hier wohnten Tradition und Aberglaube. Vielleicht war ihnen selbst nicht bewusst, welchen Gott sie anbeteten; und wie alle, die sich ihres Tuns nicht bewusst waren, entfachten sie in ihrem Eifer so manches Feuer der Zerstörung.

Er verfolgte staunend den Zauber, den ein verspieltes Kätzchen ausübte. Innerlich lächelnd betrachtete er das Tierchen, das mit seinen Spielereien den Napoleon des Hauses besiegte.

Beim Fenster waren die drei Mädchen der Familie in eine temperamentvolle Auseinandersetzung vertieft. Auf Anhieb fand der junge Mann sie hinreißend in ihrer Lebhaftigkeit, ihrer Schönheit, ihren wunderhübschen Kleidern. Sie hatten alle Zeit und Gelegenheit, sich in Szene zu setzen und schön zu sein. Überraschender wäre gewesen, wenn er sie nicht bezaubernd gefunden hätte; schließlich war es ihre Hauptbeschäftigung, bezaubernd zu sein.

Schönheit braucht aber eine gewisse Gerechtigkeit, braucht einigermaßen faire Bedingungen. Man kann nicht auf eine Wiese gehen und sagen: „Hier soll eine Blume blühen, und hier nicht." Die Natur sorgt in ihrer uns unergründlichen Art dafür, dass sie an den verschiedensten Orten sprießen – dort, wo es uns „ganz natürlich" erscheint, aber auch dort, wo wir es nicht erwarten würden. Und so ist jede Blume für uns eine kleine Überraschung. Doch es gibt Umstände und Orte, wo jeder sagen wird: „Hier kann keine Blume wachsen." Der junge Mann fragte sich, warum es ihn manchmal erstaunt hatte, Frauen zu sehen, die jede Schönheit verloren hatten, deren Schultern von schwerer Arbeit gebeugt waren. Unter solchen Umständen musste es einer Frau schwerfallen, das Leben hinzunehmen, ohne sich zu beklagen, ohne sich zu fragen, warum.

Der Tisch war in wundervoll gedämpftes, rosa schimmerndes Licht gehüllt. In den umgebenden Schatten ging der Butler mit tiefernster, fast trauernder Miene seiner Arbeit nach. Der Tisch war farbenfroh und festlich gedeckt, doch dieser Diener bewegte sich wie in einem Trauerzug.

Als der junge Mann von der Hausherrin in ein Gespräch verwickelt wurde, wog er ängstlich jedes Wort ab, das er sagte. Schon nach wenigen Sätzen entdeckte er eine tiefe Wahrheit: je banaler und gewöhnlicher das Gespräch, desto größer die Wahrscheinlichkeit, dass man unsägliche

Dummheiten von sich gab. Er war froh, dass niemand mithörte.

Der Millionär saß – nun ohne sein Kätzchen – in den Stuhl zurückgelehnt und lachte über die Bemerkungen, mit denen sein Sohn die Angriffe eines der Mädchen parierte. Gewiss machte es ihn stolz, dass dieser sich so gewitzt und einfallsreich zu verteidigen wusste, vor allem aber schien er es zu genießen, dass der Junge ihn mit seinem Witz und seiner Schlagfertigkeit zum Lachen brachte.

Das zwanglose Geplauder bei Tisch führte dem jungen Mann etwas vor Augen, mit dem er nicht gerechnet hatte, weil es im Widerspruch zu dem stand, was er gelernt hatte. Immer schon hatte die Kirche den Armen erzählt, dass Reichtum nicht glücklich mache. Die Geistlichen hatten diesen Satz so oft wiederholt, dass er nur eine Interpretation zuließ: Geld ist gleichbedeutend mit Elend. Daraus folgte, dass jeder Reiche in Wahrheit ein bedauernswerter Mensch sei. Und wenn sich in der Finsternis der Elendsviertel ein Schrei der Wut und Verzweiflung erhob, stopften sie jedem, der in seiner Not aufschrie, diese Weisheit in die Kehle und versicherten ihm, dass er sich in seiner Armut glücklich schätzen könne. Das taten sie, weil sie Angst hatten.

Wie der junge Mann die versammelte Familie beobachtete, sah er in ihrem Kreis wenig Anlass, unglücklich zu sein. Sie waren keine schlechten Menschen, bewegten sich allem Anschein nach nicht auf finsteren Abwegen. Wo sie hinkamen, standen ihnen Türen offen. Reichtum bedeutet in gewisser Weise auch Freiheit. Wenn sie ein einigermaßen anständiges Leben führten, konnte er nicht erkennen, warum man mit diesen Menschen Mitleid haben müsste. Vielleicht würden sie ihr Geld sogar wie Samen in der Welt aussäen, um Gutes wachsen zu lassen, würde die Welt das von ihnen erwarten. Da die ökonomische Wissenschaft uns jedoch anderes lehrt, wird diese Familie sich vor übermäßiger Tugend hüten und ihren Reichtum so verwenden, wie man es von reichen Menschen seit jeher gewohnt ist.

Das Picknick

„Was rennst du ständig hier rum? Ich hab zu tun", polterte die Köchin. „Deine Mutter is unterwegs und dein Vater kommt gleich zum Mittagessen – da kann ich mich nich' auch noch um dich kümmern. In der Küche haben kleine Jungs nix verloren. Jetzt geh schon und lass mich arbeiten." Sie warf ihm einen stirnrunzelnden Blick zu, um zu bekräftigen, wie beschäftigt sie war. Doch Jimmie wollte nicht gehen.

„Die … die machen ein Picknick", murmelte er kaum hörbar.

„Was?"

„Ein Picknick machen sie."

„*Wer* macht ein Picknick?", fragte die Köchin in scharfem Ton, als würde sie dieses Picknick sofort verbieten, wenn ihr die Veranstalter nicht vertrauenswürdig erschienen.

Jimmie sah sie mit aufkeimender Hoffnung an. Nachdem er es zwanzig Minuten vergeblich versucht hatte, war es ihm doch noch gelungen, mit seinem Anliegen zu ihr durchzudringen.

„Alle!", beteuerte er eifrig. „Ganz viele Jungs und Mädels. Praktisch alle."

„*Wer* alle?"

In näselndem Singsang zählte Jimmie die Picknickteilnehmer auf. „Willie Dalzel un' Dan Earl un' Ella Earl un' Wolcott Margate un' Reeves Margate un' Walter Phelps un' Homer Phelps un' Minnie Phelps un' … äh … 'ne Menge andere Mädels un' … na, alle halt. Un' ihre Mütter un' großen Schwestern." Um jedem Missverständnis vorzubeugen, fügte er hinzu: „Sie machen ein Picknick."

„Sollen sie doch", sagte die Köchin unbeeindruckt.

Jimmie druckste einige Augenblicke herum. „Ich … äh … ich hab mir gedacht, du lässt mich auch hingehn", murmelte er schließlich.

Die Köchin drehte sich von ihrer Arbeit um und sah ihn gereizt an, als verstünde sie nicht, warum er immer noch da war. „Wer hält dich auf?", sagte sie schroff. „Ich nich', oder?"

„Nee", gab Jimmie kleinlaut zu.

„Warum gehst du dann nich' hin? Keiner hindert dich dran."

„Na ja", murmelte Jimmie. „Ich … man muss … jeder muss irgendwas zu essen mitbringen."

„Aha!", rief die Köchin triumphierend. „Darum geht's also! Das ist es, was du die ganze Zeit sagen willst? Dann kannst du gleich wieder abschieben. Hör mal, deine Mutter is nich' da un' dein Vater kommt gleich zum Essen heim – da hab ich auch so genug um die Ohren. Ich kann mich nich' auch noch um *dich* kümmern."

Ohne ein Wort zu sagen, ging Jimmie geknickt zur Tür. „Manche hier glauben anscheinend, in dieser Küche arbeiten tausend Köchinnen", zeterte die Frau. „Wo ich vorher war, da haben die Leute das kapiert. Ich bin schließlich kein Pferd. Ein *Picknick*!"

Jimmie schwieg, blieb aber bei der Tür stehen.

„Ich hab auch so schon genug zu tun, da kommst *du* und

erzählst mir was von 'nem Picknick. Keiner denkt dran, wie viel ich hier zu tun hab. Keiner. Dann kommen sie und erzählen mir was von 'nem Picknick! Was geht mich ein Picknick an?"

Jimmie wartete ab.

„Wo ich vorher gearbeitet hab, da haben die Leute bisschen Rücksicht genommen. Da is mir nie jemand mit 'nem Picknick gekommen, wenn die Mutter nich' da war und der Vater gleich zum Essen kam. So 'n Quatsch."

Der kleine Jimmie lehnte den Kopf an die Wand und fing an zu weinen. Die Köchin schaute ihn verächtlich an. „Was is denn jetzt los? Was flennst du denn?"

„Ach … n-nichts", schluchzte Jimmie.

Einige Augenblicke war Stille, nur Jimmie schluchzte noch zwei-, dreimal auf. „Jetzt hör schon auf zu flennen", sagte die Köchin schließlich. „Lass das! In der Küche wird nich' rumgeflennt. Schluss damit! … Gut, wie du willst! Wenn du nich' aufhörst, geb ich dir nichts für dein Picknick … kapiert?"

Einen Augenblick flossen die Tränen noch weiter. „Du hast ja gar nich' gesagt …", platzte der Junge heraus, „… gar nich' gesagt, dass du mir was gibst."

„Wieso auch?", rief sie ärgerlich. „Warum soll ich dir was geben, wenn du hier rumflennst? Macht einen ja verrückt! Wie kannst du da erwarten, dass ich dir was geb? So was!"

„Ich hab aufgehört!", rief Jimmie eifrig. „Ich wein überhaupt nich' mehr."

„Na dann", grummelte die Köchin. „Dann will ich aber wirklich nix mehr hören. Hab schon genug um die Ohren."

Auf dem Tisch neben ihr stand eine Dose mit rosafarbenem Lachs, aus dem sie Kroketten fürs Mittagessen zubereitete. Immer noch grummelnd, griff sie nach einem Laib Brot und einem Messer und schnitt vier Scheiben ab, jede so groß wie ein Groschenroman. Dann schmierte sie großzügig Butter auf die Brote, belegte sie mit Lachsstücken und klatschte je zwei Scheiben aufeinander, so schwungvoll, als würde sie in einer Musikkapelle die Becken schlagen. Es war ihre Art, Sandwiches zuzubereiten.

„So, das langt", sagte sie. „Mal sehen. Wie pack ich sie ein? Ja … so geht's." Sie steckte die Brote in einen kleinen Henkelmann und drückte den Deckel darauf. Jimmie war bereit für das Picknick. „Oh, danke, Mary!", rief er außer sich vor Freude und rannte los.

Das Picknick hatte schon vor einer halben Stunde begonnen; er hatte unerwartet lange gebraucht, die Köchin dazu zu bewegen, ihm zu helfen. Er wusste aber, wo es stattfand – zwischen hohen Fichten und Kiefern auf einem kleinen Hügel beim See. Froh und unbeschwert lief er seinem Ziel entgegen, den Henkelmann an der Hand schwingend. Vergessen war die Verzweiflung, die noch vor wenigen Minuten seine Seele verdunkelt hatte. Er konnte bei dem Picknick dabei sein, weil die Köchin ihm etwas eingepackt hatte und er nicht mit leeren Händen kam.

Als er sich dem Wäldchen näherte, hörte er bereits die ausgelassenen Stimmen, und ganz oben auf dem Hügel bot sich ihm ein Anblick, der seine kleine Brust vor Freude beinah zerspringen ließ. Sie hatten zwei Lagerfeuer entzündet! Zwei Lagerfeuer! An einer Feuerstelle bereitete Mrs. Earl etwas zu – wahrscheinlich Schokolade –, bei der anderen gab eine junge Dame in weißem Baumwollkleid und Matrosenmütze Eier in kochendes Wasser. Andere Erwachsene hatten eine weiße Decke ausgebreitet, auf die sie köstliche Dinge aus verschiedenen Körben legten. Im kühlen Schatten der Bäume flitzten die Kinder umher und lachten. Jimmie rannte zu ihnen.

Homer Phelps sah ihn als Erster. „He!", rief er. „Da kommt Jimmie Trescott! He, Jimmie, wir brauchen dich bei uns!" Die Kinder hatten sich für ein Spiel in zwei Teams aufgeteilt. Die anderen aus Homer Phelps' Mannschaft jubelten zustimmend. „Ja, Jimmie, du bist auf unsrer Seite." Dann begannen die üblichen Diskussionen. „Das is unfair. Dann sin' wir im Nachteil."

„Stimmt überhaupt nich'."

Plötzlich schaute Homer Phelps mit großen Augen auf Jimmies Henkelmann. „Was hast du denn da drin, Jim?"

„Nur mein Mittagessen", sagte Jimmie ein wenig unbehaglich.

Worauf Minnie Phelps, die freche Göre, einen spöttischen Schrei losließ. „Sein Mittagessen hat er da drin! In 'nem Henkelmann!" Sie lief zu ihrer Mutter. „Mama! Mama! Jimmie Trescott hat sein Picknick in 'nem Henkelmann!"

Die anderen – vor allem die Jungs – fanden nichts dabei; wenn es nach ihnen ginge, hätte er sein Essen in einem Kohlenkübel mitbringen können. Doch in einer Gruppe von Kindern herrschen eigene Gesetze, und so rückten alle von ihm ab. Von einem Augenblick auf den anderen war er zum Aussätzigen geworden. Freundschaft hin oder her –

keiner traute sich, ihn in Schutz zu nehmen und sich selbst in die Schusslinie zu begeben. In sicherer Entfernung spotteten nun auch die Jungen: „Ha! Er hat sein Essen in 'nem Henkelmann!" Die Mädchen nannten ihn nicht mehr Jimmie Trescott – für sie war er nur noch „Er".

Am Boden zerstört stand er abseits, trat nach Kieselsteinen und murmelte so trotzig, wie er es zustande brachte: „Ich kann mein Essen drinhaben, wo ich will." Dass er es aus freien Stücken getan hatte, machte keinen Unterschied mehr, das war ihm klar, doch etwas Besseres fiel ihm nicht ein.

Einmal hatten sie ihn in der Schule gehänselt, als herauskam, dass er der kleinen Cora einen Brief geschrieben hatte, diesem engelhaften Mädchen. Damals hatte er sich zu verteidigen gewusst, aber das hier war etwas ganz anderes. Er konnte nichts unternehmen, weil hier überall Erwachsene waren. Sonst hätte er sich zum Beispiel die Margate-Zwillinge vorgeknöpft und ihnen etwas Respekt für seinen Henkelmann in die Schädel geprügelt. Doch das war nur im Dschungel der Kindheit möglich, wo sich Erwachsene nur selten blicken ließen. Nun konnte er nicht mehr tun, als ihnen finstere Blicke zuzuwerfen.

Plötzlich hörte er Mrs. Earls liebenswürdige Stimme rufen: „Kommt, Kinder! Das Essen ist fertig!" Sie rannten los und warfen Jimmie einen letzten spöttischen Blick zu, der einsam und verloren mit seinem Henkelmann dastand.

Er wusste nicht, was er tun sollte. Die Erwachsenen erwarteten bestimmt, dass er sich dazusetzte, doch dann war ihm der Spott der Kinder sicher, vor allem von Seiten dieser verflixten kleinen Mädchen. Andererseits türmten sich auf dieser Decke die köstlichsten Leckereien, die man sich vorstellen konnte. Vielleicht würden die Mädchen ihn ja in Ruhe lassen, wenn er besonders nett zu ihnen war. Natürlich war es ein schwerer Fehler gewesen, mit einem Henkelmann zu diesem feinen Picknick zu kommen, aber vielleicht würden sie es ihm nachsehen.

Das werden sie nicht, sagte ihm eine innere Stimme. Er kannte sie zu gut. Dabei war er mit einer solchen Vorfreude zu diesem Picknick gekommen. Von Selbstmitleid überwältigt, wünschte er sich, auf der Stelle zu sterben; dann würden sie ihren Spott bereuen.

Die junge Dame im weißen Baumwollkleid schaute zu ihm und sprach dann mit ihrer Schwester, Mrs. Earl. „Wer ist der Junge, der allein dort drüben steht, Emily?"

Mrs. Earl folgte ihrem Blick. „Das ist Jimmy Trescott! Jimmie, das Essen ist fertig! Warum kommst du nicht?" Langsam ging er auf die Decke zu.

Im nächsten Augenblick ging es wieder los. „Er hat sein Essen im Henkelmann!", hörte er jemanden rufen. „Im *Henkelmann*!", tönte es im Chor.

Minnie Phelps war die Schlimmste von allen. „Mama!", kreischte sie mit ihrer schrillen Stimme. „Er hat sein Essen in diesem Henkelmann mitgebracht! Siehst du? Ist das nicht unglaublich komisch?"

„Kinder können so grausam sein, Emily", meinte die junge Dame. „Sie verderben dem Jungen den ganzen Tag. Diese Gänse brechen ihm das Herz! Ich geh rüber und rede mit ihm."

„Das ist vielleicht keine gute Idee", meinte Mrs. Earl. „Irgendwie renkt sich das schon wieder ein. Wenn du dich einmischst, machst du es wahrscheinlich nur schlimmer."

„Ich will's wenigstens versuchen", beharrte die junge Dame.

Da die Schmährufe nicht aufhörten, hockte sich Jimmie an einen Baum, um sich zu verstecken und zugleich so zu tun, als verstecke er sich nicht. Betrübt schaute er zum See hinunter. Der Seeabschnitt zwischen den dunklen Schatten sah aus, als würde er senkrecht stehen, wie eine schiefergraue Wand. Er hörte ein Geräusch in der Nähe und drehte sich um. Die junge Dame im weißen Kleid schaute auf ihn herab, zwei Teller in den Händen. „Kann ich mich zu dir setzen?", fragte sie beiläufig.

Jimmie traute seinen Ohren nicht. Nachdem sie sich gesetzt und die Teller auf die Kiefernnadeln gestellt hatte, gab sie ihm eine kurze Erklärung. „Die sitzen so dicht beieinander, da hab ich mir gedacht, ich esse lieber hier. Es macht dir doch nichts aus, oder?" Jimmie brauchte einen Augenblick, um die Sprache wiederzufinden. „Nein, überhaupt nicht! Es *freut* mich sogar." Er betonte es so, als würde er sich über alle Gesetze hinwegsetzen, wenn er sich von ihr Gesellschaft leisten ließ. Sie lächelte nicht.

„Wie groß ist dieser See?", fragte sie.

Jimmie griff das Thema dankbar auf und begann zu reden, als gehörte ihm der See. „Der ist fast zwanzig Meilen lang und an einer Stelle fast vier Meilen breit! Und *tief* is er, unheimlich tief! Da fahren jede Menge Dampfer … un' Boote … un' … un' …"

„Fährst du auch manchmal raus?"

„Ja! Oft! Mein Vater hat 'n Boot." Er stockte einen Moment, um ihre Reaktion zu sehen.

Sie war beeindruckt, wie er gehofft hatte. „Ach, wirklich?", rief sie, als hätte sie noch nie gehört, dass ein Mann ein Boot besaß.

„Ja", fuhr Jimmie fort, „'n großes Boot mit richtigen Segeln. Manchmal nimmt er mich mit raus. Einmal haben wir geangelt und Sandwiches gegessen, ganz viele, und mein Vater hat Bier aus der Flasche getrunken – *direkt aus der Flasche!"*

Die junge Dame war regelrecht überwältigt von dieser erstaunlichen Tatsache. Jimmie sah, welche Wirkung seine Worte hinterließen, und erzählte eifrig weiter. „Später hab ich die Flaschen ins Wasser geworfen. *Gaaanz* weit. Sie sin' versunken und nich' wieder aufgetaucht", beschloss er seinen Bericht mit einer dramatischen Note.

Er strahlte übers ganze Gesicht. Den Henkelmann hatte er vergessen – zu vertieft war er in sein Gespräch mit der schönen Dame, die sich so dafür interessierte, was er zu sagen hatte. Sie deutete auf einen Teller und sagte gleichgültig: „Vielleicht magst du ein Sandwich oder zwei? Die hab ich gemacht. Magst du Oliven? Und das gefüllte Ei ist auch von mir."

„Wirklich?", fragte Jimmie höflich. Sein Gesicht verdüsterte sich für einen Augenblick, weil ihm der Henkelmann wieder einfiel, doch er griff schüchtern nach einem Sandwich.

„Hoffentlich spottest du nicht über mein gefülltes Ei",

meinte seine Göttin. „Ich bin ziemlich stolz drauf." Ihre Sorge war unbegründet. Jimmie spottete selten über etwas, das er auf dem Teller vorfand.

Das traute Zwiegespräch war für den Jungen ein unbeschreibliches Erlebnis. Diese schöne Dame war wie eine Freundin für ihn; sie redete lieber mit ihm als mit irgendeinem anderen Picknickgast. Warum sonst hätte sie auf ihren Platz auf der Decke mit den tausend Köstlichkeiten verzichtet, um hier bei ihm, dem Ausgestoßenen, zu sitzen? Dass ein bisschen weibliche List dahintersteckte, konnte er ja nicht wissen.

„Wo wohnen Sie?", wollte er plötzlich wissen.

„Oh, weit weg von hier! In New York."

Seine nächste Frage war noch direkter. „Sind Sie verheiratet?"

„Nein!", antwortete sie mit ernster Miene.

Jimmie schwieg eine Weile, schaute aber immer wieder schüchtern zu ihrem Gesicht auf.

„Wenn ich groß bin …", begann er verlegen.

„Oh, das dauert aber noch eine Weile", sagte die schöne Dame.

„Aber *wenn* ich groß bin, dann … möchte ich Sie heiraten."

„Ich werd's mir merken", sagte sie lächelnd, „Aber jetzt solltest du nicht mehr davon reden. Es ist noch so lange hin, und ich will nicht, dass du dich gebunden fühlst."

„Wenn ich ein Mann bin, werd ich viel Geld haben", prahlte er. „Un' ein riesengroßes Haus un' ein Pferd un' 'ne Schrotflinte un' 'ne Menge Bücher über Elefanten un'

Tiger un' noch viel mehr Eiscreme un' Kuchen un' ... Bonbons." Wieder sah er ihr an, dass sie beeindruckt war.

„Un' ich werd 'ne Menge Kinder haben ... ungefähr dreihundert, glaub ich ... aber keine Mädchen. Nur Jungs ... wie ich."

„Du meine Güte!", sagte sie.

Der peinliche Vorfall mit dem Henkelmann war nun völlig vergessen, so als hätte es ihn nie gegeben. Es kam ihm vor, als wären Monate vergangen in der unbeschwerten Zweisamkeit mit der schönen Dame, die er mit seinen künftigen Errungenschaften zum Staunen brachte. Irgendwann hörte er jemanden rufen: „Kommt! Wir gehen nach Hause!" Die Picknickgäste packten ihre Sachen und wanderten aus dem Schatten der Bäume den Hügel hinunter. Die Kinder hätten gerne noch ein bisschen gestichelt, da Jimmie immer noch seinen Henkelmann trug, doch sie hielten sich zurück, weil er an der Seite der schönen Dame ging.

Auf dem Rückweg legte er einige seiner Gewohnheiten ab. Er verzichtete darauf, auf den Steinen von einem Spalt zum nächsten zu hüpfen. Auch war er diesmal kein langer Zug mit vielen Wagen. Wie ein Erwachsener begleitete er die schöne Dame zum Haus der Earls, wo er ihr ein wenig verlegen, aber ernst und wehmütig die Hand schüttelte. Er sah ihr nach, als sie zum Haus ging, und wartete, bis die Tür ins Schloss fiel.

Auf dem Nachhauseweg gab er sich Träumereien hin. Ein Traum war besonders faszinierend. Angenommen, die schöne Dame wäre seine Lehrerin in der Schule! Junge,

Junge! Dann würde er den ganzen Tag brav dasitzen wie eine Statue. Und er würde auf jede ihrer Fragen die richtige Antwort wissen. Er stellte sich vor, einer der Jungen wäre frech zu ihr. Dem würde er auf dem Nachhauseweg auflauern, und wenn er mit ihm fertig war, würde sich sicher niemand mehr trauen, ein freches Wort zu ihr zu sagen. Sie würde ihn immer mehr mögen, immer mehr. Er würde sich wie … wie ein kleiner Gott fühlen.

Als er sich seinem Zuhause näherte, kam ihm ein erschreckender Gedanke. Er hatte die Lachsbrote in seinem Henkelmann überhaupt nicht angerührt! Er stellte sich vor, was die Köchin sagen würde, wenn sie – ungefähr drei Meter groß – vor ihm stand und drohend die Faust schüttelte. „Und dafür hab ich mir die ganze Mühe gemacht? Damit du alles wieder zurückbringst? Damit du es nicht mal anrührst?" Wie ein Strauchdieb schlich er zum Haus. Als er zur Küchentür kam, eilte er in seiner Verzweiflung weiter zum Stall, um die Beweise seiner Schuld beiseitezuschaffen. Kurz bevor er den Stall erreichte, dröhnte eine Stimme über den Hof. „Jimmie Trescott, wohin gehst du mit diesem Henkelmann?"

Die Köchin. Ohne zu antworten, rannte er in den Stall. Er riss den Deckel von dem Behälter und schob den Inhalt unter ein paar alte Decken. Dann richtete er sich keuchend auf und schaute zur Tür. Die Köchin kam nicht aus der Küche, doch ihre Stimme hörte er laut und deutlich. „Jimmie Trescott, was machst du mit dem Henkelmann?"

Er kam aus dem Stall und ließ das Gefäß in der Hand baumeln. „Nichts", rechtfertigte er sich tapfer.

„Mich veräppelst du nicht", sagte sie schroff und verschwand in der Küche.

Als Jimmie am nächsten Morgen beim Stall spielte, hörte er Peter Washington rufen, der sich um Doctor Trescotts Pferde kümmerte. „Jim! Oh, Jim!"

„Was ist?"

„Komm mal her."

Widerstrebend ging Jimmie zur Stalltür. Peter Washington schaute ihn vorwurfsvoll an. „Wie komm' deine Fischbrote da unter diese Decken?"

„Weiß ich nicht. Damit hab ich nix zu tun", sagte Jimmie standhaft.

„Erzähl mir keine Märchen", rief Peter Washington und warf die Brote weg. „Wenn ich im Stall Fischbrote unter 'ner Decke finde, dann hat die jemand da hingetan. Eins weiß ich: Die Pferde waren's nich'. Un' wenn ich noch mal 'n Brot von dir in diesem Stall finde, erzähl ich's deinem Vater."

Homer Phelps

Von Zeit zu Zeit ließ ein ermatteter Kiefernast seine Last aus schmelzendem Schnee zu Boden fallen und schnellte wieder nach oben, in der fahlen Wintersonne glänzend. Ein vereister Bach plätscherte die Schlucht hinunter und klirrte wie brechendes Glas. Der ganze Wald wirkte trist und durchnässt.

Am Horizont erstreckten sich graue Felswände, Fichten und Kiefern. Wäre man durch bloßen Zufall in dieser Gegend gelandet, hätte man meinen können, dass die nächste menschliche Siedlung Hunderte Meilen entfernt sein müsse, wäre da nicht die kaum erkennbare Waldstraße gewesen, die zum Bach führte.

„Halt! Wer da?"

Der scharfe Ruf brach in die Stille ein, die über der einsamen Schlucht lag. Umso tiefer wirkte die darauffolgende Stille, die jedoch nur wenige Sekunden währte, ehe der Rufer sich erneut bemerkbar machte, diesmal hörbar gereizt.

„Halt! Wer da? Warum meldest du dich nicht, wenn ich rufe? Weißt du nich', dass du erschossen wirst, wenn du nicht antwortest?"

„Du hast doch gewusst, dass ich es bin", erwiderte eine andere Stimme.

„Darum geht's nich'." Einer der Margate-Zwillinge trat aus dem Gebüsch hervor und ging auf der alten Waldstraße auf Homer Phelps zu. Reeves Margate bedachte ihn mit einem finsteren Blick, der die ganze Autorität seines Zorns ausdrückte. In der Armbeuge hielt er einen Stock wie ein

259

Gewehr, das er auf den anderen Jungen richtete. „Darum geht's überhaupt nich'. Du musst dich melden, wenn ich frage, wer da is. Hat Willie gesagt."

Homer zuckte kurz zusammen, als er den Namen ihres Anführers hörte, doch dann murmelte er trotzig: „Trotzdem hast du gewusst, dass ich es bin."

Er wollte durch den Schnee weiterstapfen, doch Reeves trat ihm entschlossen in den Weg.

„Du kannst hier nich' durch, wenn du das Lösungswort nich' sagst."

„Hä?", sagte der kleine Phelps. „Was für'n Lösungswort?"

„Na, das Lösungswort", schoss der andere spöttisch zurück. „Haben wir doch ausgemacht." Homer wollte das nicht einfach so hinnehmen. „Und jetzt kann ich hier nich' durch oder was? Das woll'n wir doch mal sehen. Ich werd dir zeigen, wie ich das kann, Reeves Margate."

Es folgte ein kurzes Handgemenge, dann kam ein verzweifelter Ruf des Wächters. „He, Leute! Da will einer an der Wache vorbei! He!"

Aus dem Unterholz kamen aufgeregte Geräusche. Willies Stimme war zu hören; er forderte seine Gefolgsleute auf, schnell und entschlossen einzugreifen. Dann tauchten sie auf – Willie Dalzel, Jimmie Trescott, der andere Margate-Zwilling und Dan Earl. Das Gesicht des Anführers war dunkelrot vor Zorn. „Was ist denn hier los? Kannst du es nicht so machen, wie wir's ausgemacht haben?", herrschte er Homer Phelps an. „Was soll der Blödsinn?"

Immer noch ganz außer sich, berichtete der Wächter, was sich zugetragen hatte. „Es war so: Ich sag ihm, er soll stehen bleiben und das Lösungswort sagen, aber er kümmert sich nich' drum und will einfach weitergehen. Das geht doch nich'."

„Kannst du dich nicht an die Regeln halten?", fragte der Anführer mit finsterer Verachtung.

„Er hat ja gewusst, dass ich es bin", rechtfertigte sich Homer.

„Das hat damit nix zu tun", blaffte der Anführer fuchsteufelswild. „Wenn du mitspielen willst, musst du es so machen, wie's sich gehört. Sonst verdirbst du alles. Kannst du nicht ein Mal was richtig machen?"

„Ich hab das Lösungswort vergessen", log der Missetäter kleinlaut.

Worauf der Rest der Bande wie aus einem Mund rief: „Kampf bis aufs Messer! Kampf bis aufs Messer! Ich weiß es, Willie! Ich weiß es!"

Der Anführer war ratlos. Er überlegte, wie er mit diesem unerwarteten Vorfall umgehen sollte. Ihm war natürlich klar, dass er sich an die Regeln halten musste – doch die waren in diesem Fall nicht ganz eindeutig. Schließlich traf er eine Entscheidung und teilte sie Homer Phelps mit.

„Du bist verhaftet." Mit lauter Stimme fügte er hinzu: „Ergreift ihn!"

Seine Gefolgsleute schauten einander etwas verwirrt an, doch dann gingen sie auf Homer zu. Dieser hatte nicht vor, sich festnehmen zu lassen. Er wich zurück und protestierte entschieden, schien sogar ein bisschen Angst zu haben.

„Nein, nein! Rührt mich ja nicht an." Die anderen zeigten wenig Enthusiasmus, den Befehl auszuführen. Ganz langsam gingen sie auf Homer zu, sahen die Verzweiflung in seinen Augen. Der Anführer verfolgte die Szene mit verschränkten Armen, sein Gesicht verdüsterte sich vor Ungeduld. „Jetzt nehmt ihn endlich fest! Pack ihn am Bein, Dannie! Los, schnappt ihn euch!"

Die Margate-Zwillinge und Dan Earl gaben sich einen Ruck und gingen auf den Missetäter zu, während Jimmie Trescott einen Bogen um ihn machte, um ihm den Fluchtweg abzuschneiden. Sie konnten sich jedoch immer noch nicht dazu durchringen, mit Gewalt gegen den kleinen Homer Phelps vorzugehen. Für sie war es nur ein Spiel, doch für Homer war es nun bitterer Ernst. Allerdings schien es auch ihnen keinen großen Spaß mehr zu machen.

„Wagt es ja nicht", knurrte der Kleine, den Tränen nahe. „Rührt mich nicht an."

Der Anführer hüpfte ungeduldig auf und ab. „Jetzt macht schon – packt ihn endlich! Ihr seid zu gar nichts zu gebrauchen." Dann richtete sich sein Zorn gegen den kleinen Phelps. „Jetzt bleib schon stehen, Homer. Es gehört zum Spiel, dass wir dich verhaften. Aber so geht das nicht. Es macht keinen Spaß, wenn du dich wehrst. Bleib stehen, damit wir dich ordentlich festnehmen können."

„Ich will aber nich' festgenommen werden", zischte Homer trotzig.

„Es muss aber sein!", rief der Anführer außer sich. „Verstehst du denn nicht? Das gehört zum Spiel."

„So will ich aber nicht spielen", schoss Homer zurück.

„Aber so spielt man es *richtig*, kapierst du das denn nicht? Wir nehmen dich fest, dann machen wir dir den Prozess und ... so was alles."

Die Aussicht erschien Homer alles andere als verlockend. „So will ich es nicht spielen", beharrte er trotzig.

Am Ende blieb dem Anführer nichts anderes übrig, als den uneinsichtigen Jungen regelrecht anzuflehen. „Jetzt komm schon, Homer, sei nich' so gemein. Du verdirbst uns das ganze Spiel. Wir tun dir doch nix. Überhaupt nix. Was is denn los mit dir?"

Der veränderte Ton des Anführers verfehlte seine Wirkung nicht. Homer zeigte erste Anzeichen von Nachgiebigkeit. „Ich weiß nich'", sagte er gedehnt. „Wie wollt ihr es denn machen?"

„Na ja, zuerst werfen wir dich natürlich in einen Kerker oder fesseln dich, so was in der Art. Aber nur im Spiel, verstehst du?", beeilte sich der Anführer hinzuzufügen. „Dann machen wir dir den Prozess, aber das tut nich' weh. Kein bisschen."

Und so kam das Spiel wieder in Gang. Homer Phelps wurde von Dan Earl und einem der Margate-Zwillinge abgeführt. Die ganze Gruppe begab sich zum Lager, das etwa dreißig Meter weit im Wald verborgen war. Dort hatten sie eine schäbige kleine Hütte mit einem Dach aus Kiefernrinde, das so undicht war, dass sie sich lieber im Freien aufhielten. Im Moment tropfte ständig geschmolzener Schnee in das dunkle, modrige Innere. Draußen vor der Hütte flackerte ein zartes Flämmchen, von wässrigem bleigrauem Schnee umgeben.

Als sie im Lager ankamen, lehnte sich der Anführer gegen einen Baum, balancierte auf einem Fuß und zog sich einen Gummistiefel aus. Als er ihn umdrehte, fiel eine Handvoll Schnee heraus. Dann drückte er etwas Wasser aus dem Strumpf; aus einem großen Loch ragte ein krebsroter Zeh hervor. Er schlüpfte wieder in den Stiefel. „Bringt den Gefangenen her", befahl er. Sie taten es. „Schuldig oder nicht schuldig?", fragte er.

„Hä?", fragte Homer.

„Schuldig oder nicht schuldig?", blaffte der Anführer. „Was is daran so schwer zu verstehen?" Homer Phelps schaute ihn verdutzt an. „Schuldig oder nicht schuldig?", murmelte er unschlüssig.

Der Anführer winkte frustriert ab und wandte sich in seiner Verzweiflung an die anderen. „Er kapiert es einfach nicht. Er macht alles kaputt." Dann wandte er sich wieder dem Häftling zu und versuchte es ein letztes Mal. „Schau, Homer, wenn ich sage ‚schuldig oder nicht schuldig', dann sagst du ‚nicht schuldig'. Verstehst du?"

„Nicht schuldig", sagte Homer sofort.

„Nein, nein, nein! Du musst warten, bis ich dich frage. Also …" Dann rief er mit großem Trara: „Leute, wenn der Angeklagte schuldig ist, was erwartet ihn dann?"

Die Jungen hatten ihre Rolle gut gelernt und antworteten wie aus einem Mund: „Der *Tod*!"

„Angeklagter", fuhr der Anführer fort, „bekennst du dich schuldig oder nicht schuldig?"

„Hör mal", sagte Homer, „du hast gesagt, es wird nich' wehtun. Ich …"

„Himmelherrgott!", brüllte der entnervte Anführer. „Halt bitte die Klappe, ja? Was zum …"

In diesem Augenblick mischte sich Jimmie Trescott ein. Er schob einen der Zwillinge beiseite und trat vor. „Lass mich den Angeklagten sein", sagte er verächtlich. „Ich zeig ihm, wie's geht."

„Gut, Jim", rief der Anführer begeistert. „Dann bist du jetzt der Angeklagte. Also, die Schützen mit den Gewehren stellen sich hier in einer Reihe auf. Geh aus dem Weg, Homer." Er räusperte sich und wandte sich an Jimmie. „Angeklagter, bekennst du dich schuldig oder nicht schuldig?"

„Nicht schuldig", sagte Jimmie mit fester Stimme. Wie er da vor seinem Richter stand – unbewaffnet, schmächtig, ruhig und bescheiden –, war er ideal für diese Rolle.

Der Anführer strahlte übers ganze Gesicht, dann warf er Homer Phelps einen ebenso triumphierenden wie vernichtenden Blick zu. „Da siehst du's! So wird's gemacht."

Die Zwillinge und Dan Earl verfolgten Jimmies Auftritt ebenfalls voller Bewunderung.

„Das hätten wir also", sagte der Anführer zufrieden. „Und jetzt … jetzt kommen wir zur … äh … Hinrichtung."

„Nein, das stimmt nicht", erwiderte der Angeklagte rasch. „Zuerst kommt noch die Verhandlung. Du musst 'ne Menge Leute aufrufen, die müssen bezeugen, dass ich's getan hab."

„Stimmt", räumte der Anführer ein. „Das hab ich durcheinandergebracht. Reeves, du bist der erste Zeuge. Hat der Angeklagte die Tat … äh, also, war er's oder nicht?"

Reeves schluckte und überlegte einen Augenblick, um ja nichts falsch zu machen. Ihm war bewusst, dass es nun ganz auf ihn ankam. „Ja", sagte er zögernd.

„So", sagte der Anführer, „der Erste hat es bestätigt. Dan, du bist der nächste Zeuge. Hat er's getan?"

Nach Reeves' Auftritt wusste Dan Earl, was von ihm erwartet wurde, und zögerte keine Sekunde. „Ja."

„Okay, Leute, was erwartet ihn jetzt?"

Wieder kam die Antwort wie aus einem Mund. „Der Tod!"

Mit Jimmie in der Hauptrolle näherte sich das Drama im Fichtenwald seinem Höhepunkt. „Ihr müsst mir die Augen verbinden", rief der Verurteilte. „Dann tretet ihr in einer Reihe an und erschießt mich."

Der Anführer stimmte bereitwillig zu, und die Zwillinge sowie Dan Earl nahmen es mit Freude auf. Unter Jimmies Anleitung verbanden sie ihm sorgfältig die Augen. Er stapfte ein paar Schritte durch den Schnee, dann drehte er sich um und blieb still und würdevoll stehen. Der Anführer wies die Zwillinge und Dan an, mit ihren Stöcken in einer Reihe anzutreten. Dann gab er die notwendigen Befehle: „Laden! Gewehr anlegen! Zielen! Feuer!"

„Paff!", rief das Hinrichtungskommando im Chor.

Jimmie warf die Hände in die Luft, taumelte noch einen Moment, dann kippte er vornüber in den nasskalten Schnee und blieb reglos liegen. Es war ein großartiges Spektakel.

Nach wenigen Augenblicken stand er auf und ging, sehr zufrieden mit sich, zu den anderen zurück. Sie freuten sich mit ihm über den gelungenen Auftritt. Besonders dankbar war der Anführer. Diese kleinen dramatischen Szenen bedeuteten ihm viel, und es war immer wieder Jimmie Trescott, der ihm aus der Patsche half, wenn die Dinge nicht nach Plan liefen. „So wird's gemacht", sagte er zu den anderen.

Sie waren zutiefst bewegt und warfen Jimmie strahlende Blicke zu. Vor Stolz aufgeblasen wie ein Ballonfisch, stapfte er ans Feuer und setzte sich auf ein paar feuchte Fichtenzweige. „Holt noch 'n bisschen Holz, Jungs", murmelte er beiläufig. Einer der Zwillinge ging zu einer Zeder und brach ein paar vertrocknete Zweige ab. Er warf sie ins kümmerliche Feuer, das sofort mit kräftigem rotem Lichtschein aufflammte, wie zu Ehren von Jimmie Trescotts gelungener Darbietung.

Die Jungen setzten sich ans Feuer und redeten so, wie es dem Spiel entsprach. „Tja, Jungs", begann der Anführer, „so viele Nächte haben wir jetzt schon hier oben in den Rockies verbracht, was? Und überall Bären und Indianer, stimmt's?"

„Da hast du wohl recht, Kumpel", sagte Jimmie Trescott. „Unser wildes, freies Leben is … das kannste mit nix auf der Welt vergleichen, unser wildes, freies Leben."

Die beiden standen auf und schüttelten einander feierlich die Hände, während die anderen mit glänzenden Augen zusahen. „Ich lass dich nie im Stich, Partner", sagte Jimmie in großem Ernst. „Wenn du in der Klemme steckst, vergiss nie, Lightnin' Lou steht hinter dir."

„Danke, Partner", sagte Willie Dalzel ergriffen. „Das

vergess ich dir nie, Kumpel. Und du weißt ja, Deadshot Demon, der Anführer der Red Raiders, vergisst nie einen Freund."

Nur Homer Phelps machte kein glückliches Gesicht. Nach seiner beschämenden Weigerung, sich festnehmen und hinrichten zu lassen, hatte ihn keiner mehr beachtet. Er schien sein Verhalten zu bereuen und beobachtete wehmütig die berührenden Szenen. Er wusste, dass es im Augenblick nicht ratsam war, sich den anderen anzuschließen, ohne hämische Bemerkungen zu riskieren. Also hielt er sich bescheiden im Hintergrund.

Schließlich wagte er sich doch nahe genug ans Feuer, um ein bisschen Wärme abzubekommen, denn er fror entsetzlich. Keiner beachtete ihn, als er an Willie Dalzels Seite trat. Er nahm seinen ganzen Mut zusammen und sagte mit strahlendem Gesicht: „Wenn man mich jetzt verhaftet und hinrichtet, mach ich es bestimmt genauso gut wie Jimmie Trescott. Ganz sicher."

Der Anführer schnaubte verächtlich, und die anderen taten es ihm gleich. „Ha!", rief Willie.

„Warum hast du's dann nicht getan, als wir dich verhaften wollten? Warum?" Homer Phelps fühlte die verächtlichen Blicke auf sich ruhen und zuckte geknickt mit den Schultern.

„Du bist tot", stellte der Anführer klar. „So sieht's aus. Wir haben dich hingerichtet."

„Wann denn?", fragte Homer verständnislos.

„Na, vorhin. Stimmt's, Männer?"

Die anderen wussten, was von ihnen erwartet wurde.

268

„Ja, klar. Du bist tot, Homer. Du kannst nich' mehr mitspielen. Weil du tot bist."

„Das war ich nich'. Das war doch Jimmie Trescott", sagte Homer kläglich, den Blick zu Boden gerichtet. Er hätte alles dafür gegeben, wenn er seine unbedachte Weigerung hätte zurücknehmen können.

„Nein", bestimmte der Anführer, „das warst du. In unserem Spiel *warst* du es, und darum bist du jetzt tot." Er sah die vernichtende Wirkung seiner Worte, deshalb fügte er noch einen guten Rat hinzu: „Das nächste Mal stell dich nich' so blöd an."

Dann war es wieder einmal Zeit, von den Indianern angegriffen zu werden. Die Jungen duckten sich mit ihren Holzgewehren hinter den nächsten Baum, riefen „Paff!" und ermutigten einander, bis zum letzten Atemzug zu kämpfen. Währenddessen hockte der tote Kamerad beim Feuer und verfolgte missmutig das aufregende Spektakel. Nach dem Kampf kehrten die tapferen Verteidiger des Lagers ans Feuer zurück, schüttelten einander bewegt die Hände, sprachen sich mit „Alter Kumpel" an und prahlten mit ihren Heldentaten.

Da hatte einer der Zwillinge einen gewagten Einfall. „Ich hab den Häuptling erledigt, Leute. Habt ihr's gesehn? Ich hab den Häuptling erwischt."

Willie Dalzel, sein Anführer, fixierte ihn zornig. „Du hast den Häuptling nich' erwischt. Weil ich ihn nämlich erledigt hab, mit mein' eignen Händen."

„Oh", sagte der andere reumütig. „Dann muss es wohl 'n andrer gewesen sein."

„Haben wir Verwundete?", rief Willie Dalzel in die Runde. „Niemand verwundet?" Alle erklärten, den harten Kampf unbeschadet überstanden zu haben. Dann fiel der suchende Blick des Anführers auf Homer Phelps. „Aber einen Toten haben wir! Kommt, Männer, wir haben einen Toten! Wir müssen ihn begraben, versteht ihr?" Augenblicklich standen sie auf und gingen auf den toten Kameraden zu. Der Unglücksrabe erkannte die Gelegenheit, seinen Fehler gutzumachen, doch alles in ihm sträubte sich gegen die Vorstellung, sich begraben zu lassen, so wie er sich zuvor gegen die Hinrichtung gesträubt hatte. „Nein!", sagte er störrisch. „Ich will nich' begraben werden! Das will ich nicht!"

„Aber du *musst* begraben werden!", rief der Anführer entschieden. „Es tut nich' weh, verstehst du? Du bist ja nich' aus Glas, oder? Kommt, Jungs, macht sein Grab fertig!"

Sie verteilten Fichtenzweige in der Form eines Rechtecks auf dem Schnee und legten noch mehr Zweige bereit. Das Opfer verfolgte die Vorbereitungen mit glasigem Blick. Als sie so weit waren, wandte sich der Anführer entschlossen an ihn. „So, Homer, jetzt müssen wir dich ins Grab legen. Nimm du ihn an den Beinen, Jim!"

Homer Phelps fügte sich ins Unvermeidliche. Es war ihm immer noch zuwider, aber sein Widerstand äußerte sich nur noch in leisem Murmeln, als wüsste er gar nicht mehr, was er sagte. Mühsam schleppten sie ihn zu dem Rechteck aus Fichtenzweigen und legten ihn nieder. Dann deckten sie ihn mit Reisig zu, bis er nicht mehr zu sehen war. Der Anführer trat vor, um eine kurze Trauerrede zu halten, doch zuvor richtete er sicherheitshalber ein paar dringende Worte an das Grab. „Du darfst dich nicht bewegen! Zumindest so lange, bis ich fertig bin." Aus den aufgeschichteten Zweigen kam noch ein leises Rascheln, dann herrschte Stille.

Der Anführer nahm seine Mütze ab. Die anderen sahen die tiefe Betroffenheit in seinem Gesicht. „Männer", begann er mit brechender Stimme, „Männer, diesen Verlust werden wir den Indianern heimzahlen, das schwöre ich. Bowie-Knife Joe war ein tapferer Mann un' ein guter Kamerad, aber jetzt isser … von uns gegangen." Seine Stimme versagte ihm. Das einzige Geräusch in der Stille kam von Jimmie Trescott, der von mannhafter Trauer um den toten Kameraden überwältigt war.

Nachwort

„Hier war er mitten im Geschehen
und spürte den Pulsschlag des Lebens in sich.
Die Welt nahm ihren Lauf,
und er war da und beobachtete sie dabei. "
(Maggie, ein Mädchen von der Straße)

Der Titel der vorliegenden Sammlung zweier kurzer Ro-
mane und Erzählungen von Stephen Crane ist Programm.
Denn es sind nicht allein die titelgebenden *Geschichten eines*
New Yorker Künstlers, in denen Schlaglichter auf das von
Existenznot geplagte Leben einer Künstlergemeinschaft im
New York der 1890er Jahre geworfen wird – ausnahms-
los alle enthaltenen Texte können als sehr persönliche
Einblicke in das Leben und die Gefühlswelt des großen
US-amerikanischen Schriftstellers gesehen werden. Ein
kurzes Leben auf dem schmalen Grat zwischen selbstzer-
störerischem Erlebnishunger und der Suche nach Wahrheit, in einer von unversöhnbaren Gegensätzen zerrissenen
Welt. Erst 28 Jahre alt war Crane, als er am 5. Juni 1900 in
einem Sanatorium in Badenweiler an Tuberkulose verstarb.
Die Krankheit der Armut. Der vermeintlich lebensrettende
Aufenthalt war von seiner Lebensgefährtin und Freunden
aus England finanziert worden. Dabei war Crane nicht in
das Elend der New Yorker Slums hineingeboren worden,
von dem er aus eigener Erfahrung schonungslos in Texten
dieses Bandes erzählt und dabei immer wieder die Unent-
rinnbarkeit aus diesen Verhältnissen betont. Im Gegensatz

zu seinen Charakteren hatte er die Wahl. Stephen Crane wurde am 1. November 1871 als 14. Kind des Methodistenpastors Jonathan Townley Crane und seiner Frau Mary Helen Peck Crane, Tochter eines Geistlichen, in Newark, New Jersey, geboren. Dem intelligenten Stephen, dem nachgesagt wird, sich bereits mit vier Jahren das Lesen beigebracht und schon früh Gedichte und Geschichten geschrieben zu haben, standen alle Wege offen: Collegebesuch, militärische Laufbahn, Studium. Er wuchs in einem geschützten Bereich auf, lebte in einer gesellschaftlichen Schicht, die sich als Bollwerk der Moral, als Konstante zu der im Wandel begriffenen Welt und ihrer Heillosigkeit begriff. Denn nach dem Ende des amerikanischen Bürgerkrieges, im Zeitraum 1865 bis 1900, veränderte sich das Gesicht der Vereinigten Staaten grundlegend. Mark Twain prägte für diese Periode den Ausdruck *Gilded Age* – das lediglich *vergoldete* Zeitalter, das nach außen hin mit Innovation und wirtschaftlicher Blüte glänzte, gleichzeitig jedoch durch bitterste Armut und Korruption geprägt war. Die Vereinigung des gespaltenen Landes hatte den Prozess der Industrialisierung beschleunigt, einen nicht gekannten Kapitalismus entfesselt, der zu dramatischen gesellschaftlichen Verwerfungen führte. Unermesslichem Reichtum von Wenigen stand die Verelendung von Herrscharen an auch eingewanderten Arbeitern und Arbeiterinnen gegenüber, die in Ghettos der wachsenden Großstädte lebten. In seinem ersten kurzen Roman *Maggie, ein Mädchen von der Straße,* den Crane 1893 mit 22 Jahren unter Pseudonym veröffentlichte, beschreibt er solch unerträglichen Lebensumstände, die sich in Hass und Gewalt entladen. Ungeschönt und in drastischen Worten erzählt er die Lebensgeschichte Maggie Johnsons, die in den Slums der Bowery aufwächst. Mit ihrem Bruder, dem Vater und der Mutter, die beide schwere Alkoholiker sind, fristet Maggie in einer heruntergekommenen Mietskaserne ein Leben voller Brutalität und Demütigung, verdingt sich als Fabrikarbeiterin, ohne Aussicht auf ein besseres Leben: „In der Kragen- und Manschettenfabrik hatte sie oft ein Gefühl, als würde sie ersticken. Mit der Zeit würde sie in dem heißen, muffigen Raum verkümmern. Die schmutzigen Fenster klirrten, wenn die Hochbahn vorbeifuhr. Die Halle war von einem wirren Durcheinander aus Geräuschen und Gerüchen erfüllt.

Es machte sie nachdenklich, wenn sie einige der älteren Frauen beobachtete, die wie Maschinen die immer gleichen Handgriffe ausführten und dabei allerhand Geschichten herunterrasselten, von wirklichem oder eingebildetem Mädchenglück, von Säufern, die sie gekannt hatten, von den Kindern zu Hause oder von Lohnrückständen. Sie fragte sich, wie lange ihre eigene Jugend andauern würde. Ihre zarten, frischen Wangen erschienen ihr plötzlich als etwas Kostbares.“

Allein in Pete, einem angeberischen Möchtegern aus dem gleichen Milieu, sieht sie die Chance zur Veränderung. Er führt sie aus – in die schillernde Welt der Tanzlokale, Theater und Bars. Für sie sind es Orte der Glücksverheißung, und dass ihr Pete die Besuche solcher Orte ermöglicht, steigert ihre Bewunderung für ihn und nimmt sie als Beweis für seine Liebe. Doch für ihn ist es nur ein eitles Spiel. Bald schon zeigt er kein Interesse mehr an ihr und lässt sie fallen.

Fatal, dass es gerade Maggies Unschuld, ihr naiver Glaube an die Liebe ist, der sie ins Verderben stürzt. Und es ist geradezu grotesk, dass die Menschen, die sich aufgegeben haben und sich in ihrem Elend hassen, Maggies Unschuld und den Glauben an die Liebe als Verdorbenheit verurteilen, einem Moral- und Ehrencodex folgen, der nichts mit ihrer Lebenswirklichkeit zu tun hat.

Crane erzählt diese berührende Geschichte ohne jegliche Sentimentalität oder rührseligen Milieukitsch. Es ist das Auge des kühlen Beobachters, ja, ein Kameraauge, durch das wir als Leser blicken. Eine Art filmisches Erzählen, das die Handlung in Räume, Aktionen und Dialoge auflöst, harte Schnitte setzt, Bilder montiert. Die Montagetechnik wird bereits zu Beginn der Geschichte durch eine Straßenszene deutlich, in der zwei rivalisierenden Banden von Kindern um die Vorherrschaft im Revier kämpfen: „Die kleinen Kämpfer flitzten hin und her, duckten sich, warfen Steine und bedachten den Gegner mit wüsten Flüchen.

Eine Frau lehnte neugierig aus dem Fenster eines Mietshauses, das zwischen niedrigen, unscheinbaren Stallgebäuden aufragte. Sogar ein paar Arbeiter, die am Fluss einen Lastkahn entluden, hielten für einen Augenblick inne und verfolgten den Kampf. Der Maschinist eines Schleppers lehnte lässig an der Reling und schaute ebenfalls zu. Drüben auf Blackwell's Island schob sich eine Reihe gelber Sträflinge aus dem Schatten eines grauen, bedrohlich wirkenden Gebäudes und kroch wie ein langer Wurm am Ufer entlang."

Die in das eigentliche Geschehen eingeschnittenen Impressionen aus der Umgebung – eine Frau, die neugierig aus dem Fenster eines Mietshauses schaut; Arbeiter, die einen Lastkahn entladen – zeigen das Setting der Handlung und verweisen auf den Standort und die gewissermaßen „freie" Perspektive des Erzählers. Als nähme Crane quasi Regeln des Drehbuchschreibens vorweg, das sich ganz auf das Beschreiben des zu sehenden Bildes beschränken muss, führt er auch eine seiner Hauptfiguren zunächst namenlos ein: „Ein sehr kleiner Junge stand auf einem Steinhaufen und kämpfte für die Ehre der Rum Alley", heißt es im ersten Satz der Geschichte. Der Name des Jungen wird später durch die direkte Anrede „Jimmie" eingeführt, und erst im fortgeschrittenen Handlungsverlauf lernen wir ihn als den Bruder von Maggie kennen. Immer wieder arbeitet Crane mit solch distanzierter Perspektive, um sich dann langsam dem Geschehen zu nähern. Der Vergleich zu sich verändernden Kameraeinstellungen, von der Totalen zum Detail, liegt nahe. Nur selten gewährt er aber, sozusagen gänzlich unfilmisch, direkte Einblicke in die Innenwelt seiner Figuren – wie im oben genannten Beispiel, in dem der Erzähler ganz bei Maggie ist, von ihren Gefühlen in der Fabrik weiß und für sie spricht. Ein kunstvolles Wechselspiel von Distanz und Nähe, mit dem Crane eine unvergleichliche Anschaulichkeit, Dichte und Wirkungskraft des Erzählten erreicht.

Maggie, ein Mädchen von der Straße gilt als erstes Werk des amerikanischen Naturalismus, wurde aber zunächst kaum beachtet. Crane finanzierte die Veröffentlichung selbst, mit Geld aus dem Erbe seiner Mutter, die 1891 verstarb. Ein interessantes Detail, denn man darf annehmen, dass der hochreligiösen Frau der Lebenswandel ihres Sohnes nicht gefallen hatte, der das College als „Zeitverschwendung" bezeichnete und stattdessen „Forschungen" in den Saloons, Tanzlokalen und Bordellen der Bowery unternahm, um darüber zu schreiben. Aber was war es, dass Stephen Crane die Erwartungen seines Elternhauses enttäuschen und das Heilsversprechen ablehnen ließ? Warum wählte er, dem alle Wege offenstanden, die Armut auf Probe, wie eine Kurzgeschichte betitelt ist, in der Crane eindringlich seine Erfahrungen in der Rolle des Obdachlosen und Landstreichers in einem schäbigen Nachtquartier schildert. Im Grunde eine Reportage, in der er jedoch distanziert sich selbst in seiner „Verkleidung" zu einer Figur im Geschehen macht: „Sein Anzug war alt und zerschlissen, dazu trug er eine staubige Melone mit zerfetzter Krempe. Er würde heute essen wie ein Landstreicher und schlafen wie ein Obdachloser."

Warum also setzte er sich dem infernalischen Elend aus und damit sogar seine Gesundheit aufs Spiel? Denn in solch einer Nacht, in einem stinkenden Raum, gemeinsam mit vielen anderen Männern, die ohne medizinische Versorgung auf der Straße lebten, hat er sich vielleicht mit Tuberkulose infiziert. Sicherlich war es Crane ein ernstes Anliegen, diese sozialen Missstände aus eigener Erfahrung ans Licht der Öffentlichkeit zu bringen. In *Armut auf Probe,* erstveröffentlicht in *New York Press,* April 1894, heißt es dann auch: „Für den Jüngling waren es nicht bloß die Schreie eines von Albträumen geplagten Mannes; ihm erzählten sie die Geschichte dieses Zimmers und seiner Bewohner. Es war der Aufschrei eines armen Teufels, der in einem gnadenlosen Räderwerk zermalmt zu werden droht, dessen Stimme nicht mehr die des einzelnen Menschen ist, sondern der Klage einer großen Gruppe, einer Klasse, eines ganzen Volkes verleiht. Solche Gedanken gingen dem jungen Mann durch den Kopf, während er die dunklen Schatten beobachtete, die sich wie mächtige schwarze Finger um die halbnackten Körper legten. Statt zu schlafen, lag er auf seiner Pritsche und dachte sich Lebensgeschichten für die Männer aus, soweit es ihm seine bescheidene Erfahrung ermöglichte."

Neben der Motivation, dieser gequälten Klasse der Gesellschaft durch sein Schreiben eine Stimme geben zu wollen, war seine Entscheidung, in der Bowery die zweifelhafte Existenz eines freien Autors zu führen, sicher auch eine Auflehnung gegen die eigene Herkunft mit ihren Werten und religiös geprägten Moralvorstellungen. Eine Auflehnung und Identitätssuche, die womöglich auch im Zusammenhang mit der Entwurzelung zu sehen ist, die er als Kind erfuhr. Stephen war acht Jahre alt, als er seinen Vater verlor und von der Mutter in die Obhut seines älteren Bruders Edmund gegeben wurde. Die Geschwister waren es dann auch, die sich in der Folgezeit um das Kind und den Jugendlichen kümmerten. Über seinen Bruder Townley, der als Journalist arbeitete, kam Crane auch zuerst mit dem

Journalismus in Kontakt, was sein Interesse für die Reportage und ihre Darstellung der gesellschaftlichen Wirklichkeit geweckt haben dürfte.

Wie eng noch Stephens Kontakt mit seiner Mutter bis zu ihrem Tode im Jahre 1891 war, lässt sich nicht genau sagen, aber sein 1896 veröffentlichter kurzer Roman *Georges Mutter* weist zahlreiche Bezugspunkte zu Cranes eigener Biografie aus und lässt sich, wenn auch fiktionalisiert, unter anderem als sehr persönliche Auseinandersetzung mit der Beziehung zu seiner Mutter lesen.

Zudem steht *Georges Mutter* in engem Zusammenhang mit *Maggie, ein Mädchen von der Straße.* Gewissermaßen ist die Geschichte des Arbeiters George Kelcey, der allein mit seiner tiefgläubigen Mutter lebt und der verhängnisvollen Verführung zu einem scheinbar spannenderen und erfüllteren Leben erliegt, eine Spiegelung der *Maggie*-Erzählung. Ja, George kann als das männliche Pendant zu Maggie verstanden werden. Ist es bei ihr die Liebe zu einem Mann, von dem sie glaubt, er könne ihr eine andere schönere Welt bieten und sie schließlich ins Unglück stürzt, so ist es bei George ein Kreis falscher Freunde, scheinbar gebildet und besser bei Kasse, die ihn glauben machen, etwas Besseres zu sein und ihn durch seine aufkommende Hybris verderben.

In Cranes Biographie lässt sich die Mitgliedschaft in einem Club von Journalisten und Schriftstellern 1895 in New York verorten, als er an seinem Manuskript von *Georges Mutter* arbeitete.

Doch die Spiegelfunktion des Romans reicht noch weiter. *Georges Mutter* ist als Parallelhandlung zu *Maggie* angelegt. Denn George wohnt mit seiner Mutter zeitgleich im selben Haus wie Maggie Johnson und ihre Familie. Er begegnet ihr auf der Treppe, verliebt sich in sie, sieht in ihr sogar die Frau seiner Träume: „Manchmal erlebte er Augenblicke des Glücks, wenn Maggies Mutter betrunken lärmte. Dann saß er im Dunkeln und stellte sich vor, wie er das Mädchen aus seiner bedrückenden Umgebung retten würde.

Er erdachte sich raffinierte Pläne für Begegnungen auf dem Flur, vor der Tür oder auf der Straße. Doch sobald er sie sah, fürchtete er, sie könnte seine List durchschauen. Dann spürte er, wie ihm die Schamröte ins Gesicht stieg. Um zu beweisen, dass sie sich irrte, schaute er weg oder bedachte sie mit einem steinernen Blick."

George gesteht ihr seine Liebe nicht. Und als er ihrem Verehrer begegnet – wir wissen aus Maggies Geschichte: Es ist Pete, der sie ins Verderben stürzen wird – wendet er sich aus gekränktem Stolz gänzlich von ihr ab. Für den Leser, der beide Romane kennt und die Verbindung herstellt, ist es eine bittere Erkenntnis, die die Ausweglosigkeit der Figuren in ihrer Situation noch verstärkt: George hätte der Retter Maggies sein können.

Dem Unglück auch unter anderen Vorzeichen nicht entrinnen zu können, zeigt sich auch durch die beiden verschiedenen Mutter-Figuren in den Texten. Auch Georges Mutter, glaubensstark und fürsorglich und somit gänzlich anders charakterisiert als Maggies trunksüchtige und gewalttätige Mutter, kann ihren Sohn nicht retten.

„In einer dunklen Straße stand die kleine Kirche bescheiden zwischen zwei hoch aufragenden Mietshäusern. Der Schein der Straßenlaterne schimmerte blutrot auf dem nassen Pflaster wie ein geisterhaftes Todeszeichen. Weiter vorn ließen die hellen Lichter einer Allee eine goldene Brücke über der Straße entstehen. Von dort klang das Rattern von Rädern und Glockengeklingel herüber – die typische Geräuschkulisse der Stadt, die die feierliche Ruhe des kleinen Gebäudes zu bedrohen schien wie eine feindliche Streitmacht. Doch die kleine Kirche würde erhobenen Hauptes und mit grenzenloser Verachtung für ihre Feinde untergehen.

Als Kelcey mit seiner Mutter eintrat, hatte er plötzlich weiche Knie. Dieser Ort flößte ihm gehörigen Respekt ein. Der rote Teppich und die lederbezogene Tür mit ihren Messingnägeln, deren Köpfe wie strenge Augen in sein Innerstes zu schauen schienen, das alles hatte etwas Bedrohliches an sich. Und seine Mutter erschien ihm so verändert, dass er es nicht gewagt hätte, sie anzusprechen. Noch nie hatte er sich so allein gefühlt."

Immer wieder bittet die Mutter George, ihn zum Gottesdienst zu begleiten, um ihm den richtigen Weg zu weisen, doch er lehnt es schroff ab. Er fühlt sich von ihr bevormundet und nicht ernst genommen. Nur einmal folgt er ihrer Bitte. Aber statt einen Halt im Glauben zu finden, entfremdet ihn die Kirche von seiner Mutter.

Wie eine Selbstreflexion und Abrechnung mit dem vermeintlichen Heilsversprechen der Kirche liest sich auch die folgende Passage aus *Maggie:* „Die Augen des Jungen [Jimmi] nahmen früh einen harten Blick auf die Welt an. Er wuchs zu einem jungen Mann heran, der zäh war und immer ein spöttisches Grinsen im Gesicht hatte. Es waren wilde Jahre, in denen er kaum arbeitete, dafür aber umso aufmerksamer die menschliche Natur in der Gosse studierte. Er kam zu dem Schluss, dass sie nicht schlimmer war, als er nach seinen bisherigen Erfahrungen vermutet hatte. Er hatte nie einen Respekt gegenüber der Welt entwickelt, zumal er auch nie irgendein Idol gehabt hatte, das sie ihm hätte zertrümmern können.

Er hüllte seine Seele in einen Panzer und machte seine Beobachtungen.

Einmal verschlug es ihn gut gelaunt in eine Missionskirche, wo der Prediger immer nur ‚ihr' sagte, niemals ‚wir'. Während seine Zuhörer sich am Ofen wärmten, teilte er ihnen mit, wie sie aus seiner Sicht mit dem Herrgott stünden. Viele der anwesenden Sünder lauschten mit wachsender Ungeduld den ausführlichen Darstellungen ihrer Verderbtheit. Sie warteten auf die Verteilung der Essensmarken."

Das Gefühl der Einsamkeit, des Ausgesetzt-Seins, zieht sich durch alle Texte dieser Sammlung. Diesem Gefühl steht die Suche nach Zugehörigkeit, Liebe und Fürsorge entgegen, die unverstellt gerade auch in den „Kindertexten" des Bandes ausgedrückt wird. In *Picknick* zum Beispiel, wo die Geschichte eines kleinen Jungen erzählt wird, der zum

Picknick eingeladen von seinen Freunden bitter enttäuscht wird, aber beglückenden Trost von einer freundlichen Frau erfährt. Und vor allem in der herzzerreißenden Geschichte *Der kleine braune Hund,* in der Stephen Crane auf wenigen Seiten seine Meisterschaft im Erzählen und seine tiefe Empfindsamkeit noch einmal unter Beweis stellt. Eine Geschichte, in der die Seele ihren Panzer abgelegt hat und uns lehrt, was Stephen Crane in seinem Schreiben erfüllt: Mitgefühl zu wecken für die Kreatur.

Alexander Häusser

Alexander Häusser, geboren 1960 in Reutlingen, studierte Germanistik, Philosophie und Geschichte. Für sein Werk erhielt er zahlreiche Auszeichnungen; darunter den Literaturförderpreis der Stadt Hamburg. Sein Roman *Zeppelin!* wurde verfilmt und lief bundesweit in den Kinos. Häusser lebt mit seiner Familie in Hamburg. Zuletzt erschien vom ihm der Roman *Noch alle Zeit.*

Editorische Notiz

Geschichten eines New Yorker Künstlers
(Stories Told by an Artist)
Zuerst veröffentlicht in: *Last Words,* London: Digby, Long & Co, 1902
Deutsche Erstveröffentlichung

Wie „Great Grief" zu seinem Festtagsessen kam
(A Tale About How „Great Grief" Got His Holiday Dinner)

Die Bezahlung der Miete und andere Kleinigkeiten
(As to Payment of the Rent)

Ein Sonntagsessen
(How Pennoyer Disposed of His Sunday Dinner)

Das letzte Bild
(The Silver Pageant)

Maggie, ein Mädchen von der Straße
(Maggie: A Girl of the Streets)
In Buchform erstmals veröffentlicht: New York, 1893 (Pseudonym Johnston Smith)

Eine Straßenszene in New York
(A Street Scene in New York)
Zuerst veröffentlicht in: *Last Words,* London: Digby, Long & Co, 1902
Deutsche Erstveröffentlichung

Der kleine braune Hund
(A Dark-Brown Dog)
Zuerst veröffentlicht in: *Cosmopolitan Magazin,* New York, März 1901
Deutsche Erstveröffentlichung

Georges Mutter
(George's Mother)
Zuerst veröffentlicht in: *Edward Arnold Books,* London, 1896

Armut auf Probe
(An Experiment in Misery)
Zuerst veröffentlicht in: *New York Press,* April 1894

Der fahle Schein des Reichtums
(An Experiment in Luxery)
Zuerst veröffentlicht in: *New York Press,* April 1894
Deutsche Erstveröffentlichung

Das Picknick
(Shame)
Zuerst veröffentlicht in: *Whilomville,* Stories, Harper & Brothers, London und New York, 1900

Homer Phelps
(The Trial, Execution, and Burial of Homer Phelps)
Zuerst veröffentlicht in: *Whilomville,* Stories, Harper & Brothers, London und New York, 1900

Andreas Kollender

Andreas Kollender gelingt es in „**Mr. Crane**" meisterhaft, das Wesen dieses viel zu früh verstorbenen Genies heraufzubeschwören.

Roman

Mr. Crane

PENDRAGON

Im Sommer 1900 wird der Schriftsteller Stephen Crane im Tuberkulose-Sanatorium Badenweiler von der jungen Krankenschwester Elisabeth gepflegt. Sie kennt seine Bücher, seit Langem fühlt sie sich ihm seelenverwandt. In den heißen Tagen im Sanatorium entwickelt sich zwischen den beiden Außenseitern eine obsessive Liebesbeziehung, die sie vor allen geheim halten müssen.

Roman I Hardcover I 256 Seiten I € 24,00 I Mit Schutzumschlag und Lesebändchen
ISBN 978-3-86532-685-0 I Auch als eBook

Im Pendragon Verlag sind von Stephen Crane der Roman *Die rote Tapferkeitsmedaille* sowie die beiden Prosabände *Die tristen Tage von Coney Island* und *Geschichten eines New Yorker Künstlers* erschienen.

Pendragon Verlag
gegründet 1981
www.pendragon.de

Veröffentlicht im Pendragon Verlag
Günther Butkus, Bielefeld 2022
© by Pendragon Verlag Bielefeld 2022
© für die deutsche Übersetzung
by Pendragon Verlag Bielefeld 2022
Alle Rechte vorbehalten
Lektorat: Günther Butkus, Jessica Tiekötter
Umschlag und Herstellung: Uta Zeißler, Bielefeld
Umschlagfoto: Adobe Stock / Lynea
Satz: Pendragon Verlag auf Macintosh
Gesetzt aus der Adobe Garamond
ISBN 978-3-86532-785-7
Gedruckt in Deutschland

MIX
Papier
FSC FSC® C083411